1

*Der Autor Dieter Ebels schrieb auch Bücher über historische Ereignisse seiner Heimatstadt und war dabei auch dem Mythos „Thingstätte im Mattlerbusch" auf den Grund gegangen. Die wahren Hintergründe über diesen Ort hat er nicht nur in Büchern, sondern auch in einer Filmdokumentation festgehalten. Diese Doku kann bei Youtube unter **Dieter Ebels: Thingstätte im Mattlerbusch** angeschaut werden.*

Ein ganz besonderer Dank geht an
Jan-Elias Schmidt,
der sich als Darsteller des Mordopfers auf dem Buchcover
und im Innenteil zur Verfügung stellte.

Thingstätte
Duisburg – Krimi
Dieter Ebels
© 2020

Herstellung und Verlag: BoD – Books on Demand,
Norderstedt
ISBN: 978-3-7504-9697-2

Thingstätte

Dieter Ebels

Kriminalkommissarin Silvia Muisfeld lenkte den silbernen VW-Passat auf den Parkplatz neben den Tennisanlagen des Revierparks Mattlerbusch. Die Fahrt über den holprigen Kopfsteinpflasterbelag ließ den Innenraum des schon etwas älteren Fahrzeugs vibrieren. Es klapperte und knirschte an allen Ecken und Kanten.

„Fahr etwas langsamer", sagte ihr Kollege Sven Söhlbach, der auf dem Beifahrersitz saß und angesichts der Geräuschkulisse im Auto das Gesicht verzog. „Sonst fällt die Karre noch auseinander."

Silvia Muisfeld nahm den Fuß vom Gas.

„Wir sollten einen neuen Dienstwagen beantragen", meinte sie.

„Ha!", kam es abfällig aus Söhlbachs Mund. „Da fällt eher Ostern und Weihnachten auf einen Tag als dass wir ein neues Auto bekommen."

Das Fahrzeug hielt auf einen uniformierten Polizisten zu, der am Ende des Parkplatzes stand und ihnen zuwinkte.

Sven Söhlbach und Silvia Muisfeld taten ihren Dienst im Duisburger Kriminalkommissariat für Tötungsdelikte. Heute, bereits kurz nachdem sie ihr Büro im Präsidium betreten hatte, war die Meldung eingegangen, dass ein Spaziergänger eine blutüberströmte Leiche im Mattlerbusch entdeckt hatte.

Muisfeld stoppte den Passat. Als sie und ihr Kollege aus dem Auto stiegen, trat der uniformierte Polizist an sie heran. Er wirkte sehr nervös und sein Gesicht war unnatürlich blass.

„Kommt mit", sagte er nach einer knappen Begrüßung. „Kein schöner Anblick, der euch erwartet. Alles voll Blut." Er presste die Lippen aufeinander und schüttelte den Kopf. „Kein schöner Anblick."

5

Sven Söhlbach war nicht entgangen, dass die Hände des Polizisten zitterten.

„Geht´s dir nicht gut, Kollege?", fragte er.

„Es geht schon wieder. Ich war als erster am Tatort und beim Anblick der Leiche wurde mir schlecht. Ich musste mich übergeben, doch jetzt geht´s schon wieder." Er deutete zum Wald. „Macht euch auf das Schlimmste gefasst."
Dann ging er wortlos voran.

Muisfeld und Söhlbach folgten ihm auf den breiten Weg, der in den Wald hinein führte. Die beiden waren ein ungleiches Paar. Die eher zierliche Kommissarin wirkte mit ihrer Größe von 1,66 Meter neben Söhlbach, der sie mit einem Körpermaß von 1,87 Meter um mehr als zwanzig Zentimeter überragte, fast zwergenhaft.

„Jetzt hab´ ich auch ein mulmiges Gefühl im Magen", gab die fünfunddreißigjährige Kommissarin ihrem Kollegen zu verstehen. Dabei schob sie sich ihre schulterlangen rotbraunen Haare hinter die Ohren.

„Nicht nur du", erwiderte der nur drei Jahre ältere Söhlbach.

Der großgewachsene Sven Söhlbach brachte gerade mal achtzig Kilo auf die Waage und wirkte deshalb dünn und hager. Dass er sich die wenigen, noch verbliebenen Kopfhaare komplett abrasiert hatte und nun eine gepflegte Glatze sein Haupt zierte, unterstrich den schlaksigen Eindruck.

Der vor ihnen gehende Polizist marschierte sehr zügig und die beiden mussten ihre Laufgeschwindigkeit erhöhen, um ihrem uniformierten Kollegen folgen zu können.

Das alte Waldgebiet, das sie durchquerten war das ursprüngliche Herz des heutigen Revierparks Mattlerbusch. Die fünfundvierzig Hektar große Erholungsfläche im Duisburger Norden war ein beliebtes Ausflugsziel für Leute von nah und fern. Ein Besuch in der landesweit bekannten Niederrhein-Therme, die fast direkt neben dem „Mattler", wie das alte Waldstück im Volksmund genannt wird, lag, war für die meisten das Highlight eines jeden Revierparkbesuchs.

Nachdem die Polizeibeamten ein paar Mal auf kreuzende Waldwege abgebogen waren, sahen sie weitere Polizisten, die damit beschäftigt waren, das Gebiet vor ihnen mit Absperrbändern zu sichern.

Es war ein schöner Junitag und an einigen Stellen durchdrangen die hineinfallenden Sonnenstrahlen das dichte Blätterdach des Waldes; ein Anblick, fast wie auf einer Postkarte. Ein Vogelkonzert ohne Gleichen unterstrich den wunderschönen, sommerlichen Morgen.

Die Kripobeamten konnten dem allerdings nichts abgewinnen.

„Meinst du, dass Meier schon vor Ort ist?", fragte Muisfeld ihren Kollege.

„Ich denke, dass wir dieses Mal die ersten am Tatort sind, denn aus dem Anruf ging hervor, dass die Spusi noch informiert werden muss."

„Na, das wär' doch mal was."

Ralf Meier war der Leiter der Spurensicherung. Er prahlte oft damit herum, dass er und seine Truppe immer die ersten am Tatort sind, und das traf meistens auch zu.

Bald hatten sie den vermeintlichen Tatort erreicht. Sie verließen den Weg und gingen ein paar Meter quer durch die Büsche.

Der Anblick, der sich ihnen bot, war widerlich; ein blutüberströmter Mann. Der Tote war an einem rostigen Gestell gefesselt, welches aus dem Waldboden ragte.

Man hatte ihm ganz offensichtlich die Kehle durchgeschnitten, denn am Hals klaffte eine große Wunde.

Silvia Muisfeld trat an das Mordopfer heran. Auch wenn sie in ihrem Beruf schon oft entstellte Leichen gesehen hatte, überkam sie ein flaues Gefühl in der Magengegend. *An so etwas werde ich mich nie gewöhnen,* ging es ihr durch den Kopf. Die Kommissarin war eine Polizistin mit Leib und Seele, doch jedes Mal, wenn sie vor so schrecklich zugerichteten Mordopfern stand, merkte sie, dass sie an die Schmerzgrenze bezüglich ihrer Empfindungen angekommen war. Für sie persönlich war es oft ein großes Problem, damit umzugehen. Ihren Kollegen gegenüber verschwieg sie dieses Problem allerdings. Der einzige, dem sie sich anvertraut hatte, war ihr Partner Sven Söhlbach, den sie als echten Freund zu schätzen wusste.

Auch Söhlbach war an den Toten heran getreten. Er studierte konzentriert die genaue Lage des Mordopfers, von dem beide Arme stramm nach hinten an einem rostigen Metallgestell gebunden waren. Das gelbe Hemd, welches der Tote über seine Jeans trug, war vom Blut rot gefärbt. Das Mordopfer war in die Knie gesackt. Ein am Metallgestell befestigtes Seil, welches stramm über seine Stirn gelegt, den Kopf nach hinten zog, sorgte dafür, dass sein Hals frei lag. Eine weit aufklaffende Wunde zog sich fast über die gesamte Halsbreite. Die noch halb geöffneten Augen des Toten blickten stumpf zum Himmel. Dem Kommissar fiel sofort ein etwa drei Zentimeter großes Muttermal auf, welches direkt neben dem linken Auge auf der Schläfe des Toten prangte.

„Ich gehe von mehreren Tätern aus", sagte Söhlbach. „Einer alleine wäre kaum in der Lage, einen wehrhaften Mann so zu fesseln."

„Wenn er denn wehrhaft war", meinte seine Kollegin, deren Augen mittlerweile den Boden nach brauchbaren Hinweisen absuchten. „Vielleicht hatte man den Mann auch vorher mit irgendwelchen Mitteln ruhig gestellt."

„Das ist natürlich auch möglich. Wir müssen sowieso erst die Obduktion abwarten, um die genauen Todesumstände zu erfahren."

„Was ist das eigentlich für ein komisches Gestell, an dem der Tote gebunden ist?" Silvia deutete auf das rostige Metall.

„Keine Ahnung", antwortete Söhlbach. „Da steht noch so ein Teil." Sven zeigte auf ein weiteres Gestell, welches etwa vier Meter vom anderen entfernt stand.

Die beiden etwa anderthalb Meter hohen Gestelle waren identisch. Der Fuß bestand aus einem massiven, im Boden eingelassenen Betonsockel, der unten herum mit Efeu überwuchert war. Oben im Betonsockel waren zwei U-förmig gebogene Metallträger eingelassen, die parallel zueinander aufrecht in die Höhe ragten. Ein rostiger Eisenbolzen verband die beiden ebenfalls verrosteten Träger miteinander.

„Die Gestelle müssen uralt sein", meinte Söhlbach.

Seine Kollegin nickte. „Ich würde gerne wissen, zu welchem Zweck sie hier einmal aufgestellt wurden."

„Vielleicht gab es ja hier mal einen Spielplatz und die beiden Gestelle waren ursprünglich mit einem Balken verbunden", mutmaßte Sven.

„Ein Spielplatz mitten im Unterholz? Das wag´ ich zu bezweifeln."

Silvia wandte sich an den Polizisten, der sie hier her geführt hatte. „Wissen Sie, wozu diese Gestelle einmal gedacht waren?"

Der Mann zuckte mit den Schultern. „Keine Ahnung. Ich bin schon oft durch den Mattlerbusch spaziert, aber diese Dinger hab ich vorher nie gesehen."

„Ich glaub´s nicht", hörte man eine Stimme, die Muisfeld und Söhlbach nur zu gut kannten. „Ihr seid tatsächlich schneller als wir vor Ort. Das könnt ihr euch auf den Kalender schreiben."

Die Stimme gehörte Ralf Meier, dem Leiter der Spurensicherung.

Meier und fünf weitere, ganz in weiß gehüllte Männer und Frauen betraten den Tatort.

„Ich hoffe", sagte Meier, „ihr habt noch keine Spuren verwischt."

Der zweiundvierzigjährige Leiter der Spurensicherung grinste hämisch. Dabei ließ er die Hand über seine blonde Haartracht, von der die Kollegen behaupteten, er würde sie regelmäßig nachfärben, gleiten. Er betrachtete die Leiche. „Klarer Fall", meine er schließlich. „Tod durch erheblichen Blutverlust."

„Da wäre ich nie drauf gekommen", murmelte Silvia, die Meiers Sarkasmus, den er oft an den Tag legte, nicht immer mochte.

Nachdem ein Beamter der Spurensicherung das Mordopfer von allen Seiten fotografiert hatte, trat Ralf Meier an den Toten heran und betrachtete den Hals des Mannes.

„Sauberer Schnitt", kommentierte er den Anblick. „Muss ein sehr scharfes Messer mit einer langen Klinge gewesen sein."

„Kannst du schon in etwa sagen, wann er getötet wurde?", wollte Söhlbach von ihm wissen.

Meier wog abschätzend den Kopf. „Nach dem Gerinnungszustand des Blutes würde ich den Todeszeitpunkt in die frühen Morgenstunden legen. Der oder die Täter werden die Dämmerung ausgenutzt haben, damit es keine Zeugen gibt."

„Apropos Zeugen", sagte Silvia Muisfeld. „Wer hat den Toten denn entdeckt?" Diese Frage richtete sie an den Polizist, der sie hierher geführt hatte.

„Es war eine Frau, die mit ihrem Hund unterwegs war." Der uniformierte Beamte deutete auf eine Gruppe weiterer Polizisten, die etwas abseits standen. „Die Frau steht noch bei den Kollegen. Sie ist fix und alle."

„Kann ich verstehen", meinte Silvia. Dann wandte sie sich an Meier. „Wir überlassen euch jetzt den Tatort und werden uns um die Zeugin kümmern. Wann können wir mit eurem Bericht rechnen?"

„Sobald er fertig ist", antwortete Meier und grinste dabei. Er machte mit den Armen eine ausladende Geste. „Sieh dich um Silvia, der Wald ist groß. Eh wir hier alles abgesucht haben, dass dauert."

Silvia wusste, dass Meier und seine Truppe immer penibel genau arbeiteten und dass sie sich bezüglich des Berichts noch gedulden musste.

Dann begab sie sich gemeinsam mit Sven Söhlbach zu der Zeugin.

„Mein Name ist Muisfeld von der Kripo", stellte sie sich der Frau vor. „Das ist mein Kollege Söhlbach."

Die etwa fünfzigjährige Frau wirkte verstört. „Ich bin Frau Richter."

Ihr Gesicht war blass. Sie trug einen grauen Jogging-anzug, dessen Farbe fast zu ihren, zum Pferdeschwanz zusammen gebundenen Haaren passte. In der einen Hand hielt sie eine halb aufgerauchte Zigarette und in der anderen eine Hundeleine. Ihr Hund, ein dunkelbrauner Mischling, saß neben ihr.

„Frau Richter", fragte Söhlbach, „ist Ihnen heute Morgen, bevor Sie den Toten entdeckt haben, hier im Wald irgend-etwas aufgefallen?"

Die Angesprochene schüttelte den Kopf.

„Sind Ihnen vielleicht Personen entgegen gekommen, als sie den Wald betreten haben? Oder haben Sie gesehen, dass sich jemand eilig entfernte?"

„Nein." Die Frau führte mit zitternden Fingern die Zigarette zum Mund und zog daran. „Es war so ruhig wie immer. Ich gehe mit meinem Kalle jeden Morgen die gleiche Runde. So früh sind eigentlich nie Leute unterwegs. Ich hätte den Toten gar nicht gesehen. Kalle hat ihn entdeckt."

Als der Hund seinen Namen hörte, blickte er sein Frau-chen aufmerksam an und legte seinen Kopf etwas auf die Seite.

„Erzählen Sie mal ganz genau, wie Ihr Kalle den Toten entdeckt hat, Frau Richter."

„Der Kalle strolcht immer quer durch den Wald. Heute Morgen hat er laut gebellt und ich dachte, dass er vielleicht ein Kaninchen oder ein Eichhörnchen gesehen hat. Als das Gebell nicht aufhörte, bin ich zu ihm hin und sah den Toten. Es war schrecklich."

„Wissen Sie noch, wie spät es da war?"

Frau Richter präsentierte das nackte Handgelenk ihres linken Armes. „Hab´ keine Uhr angezogen. Das mach ich nie, wenn ich morgens mit Kalle raus gehe."

„Haben Sie denn sofort die Polizei verständigt?", wollte Söhlbach von ihr wissen.

Sie schüttelte den Kopf. „Mein Handy lass´ ich auch immer zuhause. Als ich den Toten entdeckt habe, war ich ganz verzweifelt, weil ich keine Polizei anrufen konnte. Ich hab´ mich darüber geärgert, dass ich ohne Handy unterwegs war, aber wer rechnet denn mit so etwas? Ich habe laut um Hilfe gerufen; hab´ gehofft, dass mich vielleicht jemand hört. Aber es war niemand da. Ich bin dann losgelaufen, zur Straße. Da hab ich ein Auto angehalten. Die Fahrerin hat dann die Polizei gerufen."

„Frau Richter", sagte Söhlbach, „Sie können jetzt wieder nach Hause gehen. Wenn Sie sich aber nicht wohlfühlen, dann begleitet Sie gerne einer unserer Kollegen zu einem Arzt."

„Nicht nötig."

Sven Söhlbach überreichte der Frau seine Karte. „Sollte Ihnen doch noch etwas einfallen, rufen Sie uns bitte an. Und bevor Sie jetzt wieder mit Ihrem Kalle nach Hause gehen, geben Sie bitte Ihre Personalien bei den Kollegen ab."

Dann begaben sich Muisfeld und Söhlbach wieder zum Tatort.

„Mit etwas Glück haben wir seine Identität", empfing Ralf Meier die beiden und hielt eine Klarsichthülle hoch, in der eine Visitenkarte steckte. „Zunächst hatten wir geglaubt, dass die Täter alle persönlichen Gegenstände des Toten mitgenommen haben. Dann aber entdeckten wir ganz zufällig diese Karte. Sie steckte ganz unten in der linken Gesäßtasche. Die Karte wurde von den Tätern ganz offensichtlich übersehen."

Söhlbach nahm das Fundstück zur Hand.

„Johannes Weidekamp, Journalist", las er vor. „Und dann steht da noch ´ne Handynummer." Er schaute noch einmal zu dem Toten. Sofort nahm er wahr, dass jemand von der Spurensicherung die vorher noch geöffneten Augen des Mordopfers geschlossen hatte.

Auch Silvia sah sich die Karte an. „Sollte der Tote es nicht selbst sein, dann wird uns der Mann, dem diese Karte gehört, bestimmt weiterhelfen."

Sie nahm ihr Smartphone zur Hand und wählte die auf der Karte angegebene Nummer. „Der Teilnehmer ist nicht erreichbar", sagte sie nach kurzer Zeit. „Das Handy ist ausgeschaltet. Mal sehen, ob ich unter dem Namen ein Ergebnis finde." Sie tippte den Namen ein. „Hmm, hier habe ich einen Johannes Weidekamp. Er wohnt in Bottrop. Seine Festnetznummer steht auch hier. Mal sehen, vielleicht haben wir ja Glück."

Nun wählte sie die Festnetznummer. Es dauerte einen Moment, bis jemand abnahm.

„Weidekamp", meldete sich eine weibliche Stimme.

„Guten Tag Frau Weidekamp, mein Name ist Silvia Muisfeld. Ich hätte gerne Herrn Johannes Weidekamp gesprochen."

„Kleinen Moment. Ich hole meinen Mann."

Wenig später hörte Silvia eine Männerstimme.

„Ja bitte?"

Silvia stellte sich noch einmal höflich mit ihrem Namen vor. Dann sagte sie: „Spreche ich mit Johannes Weidekamp?"

„Ja, warum?"

„Mit dem Journalist Johannes Weidekamp?"

„Nein, das ist mein Sohn. Aber Journalist möchte er erst einmal werden. Bisher hat es bei ihm gerade mal zum Praktikanten bei der Zeitung gereicht."

„Ach so, Ihr Sohn. Können Sie mir sagen, wie ich mich mit Ihrem Sohn in Verbindung setzen kann?"

„Worum geht es denn? Was wollen Sie denn von meinem Sohn?"

„Herr Weidekamp, ich bin von der Polizei und Ihr Sohn kann uns bei wichtigen Ermittlungen helfen."

„Hat er etwa etwas ausgefressen?"

„Nein. Es wäre lieb, wenn Sie uns sagen könnten, wo wir ihn finden."

„Mein Sohn wohnt in Kettwig; hat sich dort eine kleine Wohnung eingerichtet. Er ist aber selten zuhause. Als ich das letzte Mal mit ihm telefoniert habe, war er in Duisburg unterwegs; sagte mir, dass er einer ganz großen Story auf der Spur sei, eine Story, die ihn zu einem berühmten Journalist machen würde. Wenn Sie wollen, kann ich Ihnen seine Telefonnummer geben. Da ist er immer erreichbar. Warten Sie einen Augenblick."

Silvia war etwas perplex, als der Mann am Telefon ihr die gleiche Handynummer durchgab, die sie vorhin erfolglos angewählt hatte.

„Herr Weidekamp, genau diese Nummer steht auch auf der Visitenkarte Ihres Sohnes. Ich habe bereits dort angerufen, aber das Handy ist ausgeschaltet."

„Ausgeschaltet? Er hat sein Handy nie ausgeschaltet. Dann muss das Handy kaputt sein."

Die junge Kommissarin atmete kurz durch.

„Herr Weidekamp, können Sie uns Ihren Sohn kurz beschreiben? Wie sieht er aus? Hat er irgendein Erkennungsmerkmal?"

„Warum möchten Sie das wissen? Hat er etwa doch etwas ausgefressen?"

„Nein. Aber die Visitenkarte spielt bei Ermittlungen, die wir gerade tätigen, eine Rolle. Um weiter zu kommen, brauchen wir eine Personenbeschreibung Ihres Sohnes." Der Mann am anderen Ende der Leitung schwieg für einen Moment.

„Mein Sohn", sagte er schließlich zögerlich, „trägt ein auffälliges Muttermal auf seiner linken Schläfe."

Silvia schloss die Augen und atmete tief durch.

„Herr Weidekamp, bleiben Sie bitte zuhause. Wir kommen bei Ihnen vorbei."

„Warum denn? Ist Johannes etwas passiert?"

„Das kann ich Ihnen am Telefon noch nicht sagen. Warten Sie bitte zuhause auf uns. Wir kommen aus Duisburg. Es kann deshalb einige Zeit dauern, bis wir bei Ihnen sind. Bis gleich."

Damit war das Gespräch beendet.

Sven Söhlbach sah sie fragend an. „Der Tote ist Johannes Weidekamp, oder?"

Silvia nickte. „Ja. Es deutet alles darauf hin. Sein Vater hat dieses Muttermal beschrieben."

„Und? Habt ihr schon eine Spur?", ertönte eine Stimme hinter Muisfeld und Söhlbach.

„Steff?" Silvia Muisfeld schaute den Mann überrascht an. „Was machst du denn hier?"

„Berufliche Neugier. Ich war zufällig ganz in der Nähe und habe über Funk von dem Mord gehört. Hab´ mir gerade den Toten angesehen. Kein schöner Anblick."

Söhlbach blickte den Mann skeptisch an. Stephan Kowalewski, der von seinen Kollegen immer nur Steff genannt wurde, tat seinen Dienst im gleichen Kriminalkommissariat wie er. Sein Büro lag nur zwe Türen weiter. Kowalewski hatte sich vor einigen Jahren der Liebe wegen von München nach Essen versetzen lassen. Seine Beziehung war allerdings schnell in die Brüche gegangen. Da er ungebunden war, hatte er vor sechs Monaten eine ausgeschriebene Stelle in Duisburg angenommen. Der vierunddreißigjährige Kowalewski war bei den Kollegen sehr beliebt, da er mit seinem sonnigen Gemüt oft für gute Laune am Arbeitsplatz sorgte.

Sven Söhlbach ließ sich nicht anmerken, dass er Steff nicht sonderlich mochte. Diese innerliche Abneigung war aufgeflammt, als Kowalewski damit begonnen hatte, ständig mit Silvia zu flirten. Auch wenn Svens Beziehung zu seiner Kollegin nicht über eine enge Freundschaft hinaus ging, verspürte er so etwas wie Eifersucht.

Stephan Kowaleski war 1,80 Meter groß und hatte eine sportliche Figur. Seine dunkelblonden Haare waren seitlich kurz rasiert und oben lang. Eine Haarsträhne lag immer auf seiner Stirn.

Sven Söhlbach mochte dieses tiefgründige Lächeln nicht, welches in Kowalewskis Gesicht ständig zu sehen war, wenn er Silvia anblickte.

„Das sieht aus, wie eine Hinrichtung", sagte Kowalewski. „Gibt es schon erste Hinweise auf den Toten?"

„Wie es aussieht, handelt es sich um einen Johannes Weidekamp", antwortete Silvia. „Das wollen wir gerade überprüfen."

Sie zeigte Kowalewski die Visitenkarte.

„Diese Karte steckte bei dem Toten in der Tasche. Ich habe gerade mit seinem Vater telefoniert und dieser hat mir das Muttermal des Mordopfers beschrieben. Eigentlich steht es außer Frage, dass es sich bei dem Toten um

Johannes Weidekamp handelt. Wir fahren jetzt nach Bottrop zu seinen Eltern. Vielleicht können sie uns Hinweise geben."

„Na dann", sagte Kowalewski, „viel Spaß."

Er zwinkerte der Kommissarin zu.

„Sag mal, Silvia", fügte er hinzu. „Hättest du nicht mal Lust, mit mir Essen zu gehen? Ich lade dich ein."

Silvia lächelte.

„Danke für die Einladung Steff. Vielleicht komm´ ich darauf mal zurück."

Dann wandte sie sich an Söhlbach.

„Komm Sven, lass uns losfahren."

Als Muisfeld und Söhlbach etwas später im Auto saßen, bemerkte die Kommissarin sofort, dass sich ihr Kollege merkwürdig verhielt.

„Was ist los, Sven? Hast du irgendwas?"

„Nee. Was soll ich denn haben?"

„Meinst du, ich merke nicht, dass du immer komisch bist, wenn Steff anwesend ist?"

„Ich finde es halt nicht gut, dass der Kerl dich ständig anbaggert."

Silvia grinste.

„Ist da etwa jemand eifersüchtig?"

Söhlbach beendete das Gespräch mit einer abwertenden Handbewegung.

*　　*　　*

Das Gespräch mit den nächsten Angehörigen eines Mordopfers gehört zu den unangenehmen Tätigkeiten eines Polizisten, eine Tätigkeit, vor der sich jeder am liebsten drücken würde.

Auch Muisfeld und Söhlbach hätten sich eine andere Aufgabe gewünscht, als sie etwa eine Stunde nach dem Telefonanruf in Bottrop bei den Eltern des Mordopfers anklingelten.

Die Tür öffnete sich und die Eltern von Johannes Weidekamp standen vor ihnen. Die Ahnung, dass ihrem Sohn etwas Schlimmes zugestoßen war, spiegelte sich bereits in ihren ängstlich drein schauenden Augen wider.

„Es kann sein, dass Ihrem Sohn etwas zugestoßen ist", sagte Silvia Muisfeld, nachdem sie die Wohnung betreten hatten. Ihre Stimme klang zurückhaltend. Sie zeigte den beiden ein Foto mit dem Gesicht des Mordopfers. „Ist das Ihr Sohn?"

„Ja", stammelte Herr Weidenkamp. „Ist er tot?"

Silvia nickte.

Während Frau Weidekamp bitterlich weinte, schüttelte ihr Mann nur ungläubig mit dem Kopf.

„Wie ist das passiert?", kam es ungläubig über seine Lippen.

„Ihr Sohn wurde ermordet."

„Ermordet? Wer soll denn unseren Johannes ermorden?"

Frau Weidekamp drehte sich um. Mit schnellen Schritten verließ sie den Raum und verschwand in einem anderen Zimmer.

Der Vater des Toten folgte ihr, kam aber wenig später allein zurück.

„Meine Frau kann jetzt nicht…, sie versteht es nicht. Ich versteh´ es auch nicht. Warum unser Johannes? Wer hat das getan?"

Dicke Tränen kullerten über seine Wangen.

„Herr Weidekamp, ich weiß, wie schrecklich das jetzt für Sie ist. Aber wenn wir den Mörder Ihres Sohnes finden wollen, dann brauchen wir Ihre Unterstützung. Sind Sie in der Lage, uns ein paar Fragen zu beantworten?"

Der Mann starrte die beiden Polizisten mit tränengefüllten Augen an. Er schwieg.

Sven Söhlbach ergriff das Wort. „Wenn Sie noch nicht in der Lage sind, darüber zu reden, dann können wir auch später noch einmal vorbeikommen."

Der Angesprochene deutete auf ein Sofa. „Setzen Sie sich", sagte er leise.

Nachdem die beiden Platz genommen hatten, ließ sich Herr Weidekamp auf einen Sessel ihnen gegenüber nieder.

„Wie ist mein Sohn gestorben?", wollte er wissen.

Sven und Silvia tauschten einen kurzen Blick miteinander aus.

Dann ergriff die Kommissarin das Wort. „Ihrem Sohn wurde eine Schnittverletzung zugefügt. Er starb an den Folgen des hohen Blutverlustes."

„Wer hat das getan? Und warum?"

„Wir wissen es nicht, Herr Weidekamp. Damit wir dem Täter auf die Spur kommen, müssen wir möglichst viel über das private Umfeld Ihres Sohnes heraus bekommen. Wissen Sie, ob Ihr Sohn mit irgendjemandem Streit hatte oder ob er bedroht wurde?"

„Johannes war ein friedliebender Mensch. Er ging jedem Streit aus dem Weg."

Hatte Ihr Sohn eine Partnerin?"

„Nein, er lebte alleine."

„Was ist mit Freunden? Gibt es Leute, mit denen er regelmäßig zusammen war?"

„Früher hatte er mal Freunde, doch das ist lange her. Damals hat er noch bei uns zuhause gewohnt. Unser Johannes war ein Träumer. Er wollte unbedingt Journalist werden; hat schon in seiner Jugend Geschichten über irgendwelche Ereignisse geschrieben und dazu Fotos gemacht. Seine Storys hatte er dann immer bei den Zeitungen eingereicht."

„Worüber genau hatte er denn geschrieben?"

„Über alles Mögliche; Gemeindefeste, Sommerkirmes, Sportveranstaltungen, und, und, und."

„Wurden all seine Artikel auch veröffentlicht?"

Weidekamp schüttelte den Kopf. „Nein. Nicht ein einziger. Johannes hat aber niemals aufgegeben. Er konnte gut schreiben und beherrschte die deutsche Sprache wie kaum ein anderer. Seine Deutschnote beim Abi war `ne glatte Eins." Er blickte traurig nach unten. „Die Welt ist so ungerecht. Trotz dieser guten Deutschkenntnisse bekam Johannes bei seinen Bewerbungen nur Absagen."

„Wo hatte er sich denn beworben?"

„Na, er wollte doch Journalist werden. Da bewarb er sich bei fast allen großen Zeitungen. Alles umsonst."

„Und was hat er zuletzt gemacht?"

„Nichts. Man hat ihm ja keine Chance gegeben. Johannes hatte bei einer großen Tageszeitung in Essen ein Praktikum gemacht, ganz ohne Bezahlung. Er hatte sich für ein ganzes Jahr verpflichtet und dann sogar freiwillig noch ein Jahr dran gehängt. Aber glauben Sie, er wurde übernommen? Das war alles so gemein." Weidekamp stützte die Ellbogen auf die Knie und vergrub das Gesicht in seine Hände. Wieder schüttelte er den Kopf.

„Wann war das mit dem Praktikum?", wollte Sven wissen.

„Es ist jetzt gut zwei Jahre her."

„Und womit hat Ihr Sohn in den letzten Jahren seine Zeit verbracht?"

„Johannes war zu einem Einzelgänger geworden. Meine Frau und ich waren eigentlich die einzigen, die er noch hatte. Uns geht es finanziell sehr gut und deshalb konnten wir Johannes auch immer unterstützen. Seine kleine Wohnung in Kettwig bezahlen wir übrigens auch."

„Es ist sehr lobenswert, dass Sie ihn so unterstützt haben. Sie haben mir aber immer noch nicht gesagt, womit sich Ihr Sohn in der letzten Zeit beschäftigt hatte."

Weidekamp zuckte mit den Schultern. „Keine Ahnung. Ich habe Ihnen ja schon gesagt, dass er erzählt hat, dass er einer ganz großen Sache auf der Spur war; hab ihn selbstverständlich auch gefragt, was das für eine große Sache ist, aber er hatte nur gemeint, dass er darüber nicht reden könne. Wenn ich ganz ehrlich bin, hatte ich gedacht, dass es wieder eine seiner Träumereien ist."

„Vielleicht waren es dieses Mal keine Träumereien. Vielleicht wurde Ihr Sohn wegen dieser Sache, der er auf der Spur war, sogar umgebracht."

„Warum sollte man ihn deshalb umbringen? Er hätte sich niemals mit irgendwelchen Verbrechern eingelassen. Johannes war ein anständiger Junge."

„Herr Weidekamp, überlegen Sie ganz genau. Hatte Ihr Sohn Ihnen gegenüber vielleicht mal einen Namen erwähnt? Oder wissen Sie, mit wem er verkehrt hat?"

Die Antwort war ein stummes Kopfschütteln.

22

„Kann es sein, dass er mal mit Ihrer Frau darüber geredet hat?"

„Wissen Sie, unser Sohn war in der letzten Zeit nicht oft hier, aber wenn er uns besucht hatte, dann haben wir immer zusammen gesessen. Er gab uns das Gefühl, dass er über sein Umfeld nicht reden wollte. Wir hatten es akzeptiert."

„Das heißt, Sie wussten nicht einmal, wie Ihr Sohn seinen Tag verlebte? Hatte er auch keine Hobbys?"

„Johannes fotografierte gerne. Zu Weihnachten hatten wir ihm eine neue Kamera geschenkt." Weidekamp stand auf, öffnete die Tür des Wohnzimmerschranks und nahm einen Ordner heraus. Er übergab den Ordner den Kripobeamten. „Sehen Sie selbst", sagte er, „was für tolle Aufnahmen Johannes gemacht hat. Die Fotos brachte er bei seinem letzten Besuch mit."

Silvia Muisfeld betrachtete die DIN-A4großen Bilder, die einzeln in Klarsichthüllen geordnet waren.

„Alles Fotos von alten Fachwerkhäusern", stellte Silvia beim durchblättern fest. „Wirklich sehr schöne Aufnahmen. War Ihr Sohn im Urlaub?"

„Im Urlaub?" Verwunderung lag in Weidekamps Stimme. „Wie kommen Sie darauf, dass er im Urlaub war?"

Die Kommissarin deutete auf die Bilder. „Diese Aufnahmen könnten in einem kleinen Eifel- oder Sauerlandstädtchen gemacht worden sein. Dort findet man oft alte Fachwerkhäuser."

„Die Fotos hat Johannes ganz in der Nähe seiner Wohnung in Kettwig gemacht. Waren Sie noch nie in der Kettwiger Altstadt?"

Muisfeld schüttelte den Kopf.

„Dann hast du aber etwas verpasst", meinte Söhlbach. „Ein Cousin von mir wohnt in Kettwig. Immer wenn ich bei ihm zu Besuch war, sind wir in die Altstadt gegangen. In einem der Fachwerkhäuser gibt es eine gemütliche Gaststätte, in die wir jedes Mal eingekehrt sind."

Silvia zuckte mit den Schultern. „Man kann nicht alles gesehen haben." Sie betrachtete weiterhin Foto für Foto. Beim Anblick eines der Bilder spitze sie ihre Lippen. Sven, der Silvias Eigenarten genau kannte, wusste sofort, dass ihr etwas aufgefallen war. Wenn Silvia so die Lippen spitze, dann arbeiteten ihre Hirnzellen auf Höchstleistung; dann hatte sie etwas Besonderes entdeckt.

„Merkwürdig", sagte sie. „Personen sind auf all den Fotos nicht zu sehen, nur Häuser. Aber diese eine Aufnahme hier, zeigt einen Mann."

Sie schob ihrem Kollegen die Mappe mit den Bildern zu. Das besagte Foto zeigte eine Treppe, die zwischen Fachwerkhäusern nach unten führte. Ein Mann mit einer roten Baseballkappe, der offensichtlich die Stufen hinauf stieg, hielt seine Hand hoch, so als wolle er dem Fotograf ein Zeichen geben. Der abgebildete Mann schaute nach unten. Sein Gesicht war deshalb nicht zu erkennen.

„Sieht so aus", meinte Söhlbach, „als würde dieser Mann Ihren Sohn kennen, Herr Weidekamp."

Weidekamp sah sich das Foto an. Dann schüttelte er den Kopf. „Keine Ahnung, wer das ist. Aber warten Sie. Jetzt fällt mir ein, dass meine Frau Johannes auch gefragt hatte, wer der Mann auf dem Foto ist."

„Und? Was hat er gesagt?"

„Das habe ich vergessen. Meinen Sie, das könnte der Mörder sein? Warten Sie, ich hole meine Frau. Ich hoffe, sie hat sich ein wenig gefasst."

Er verschwand im Nebenraum und kam wenig später gemeinsam mit seiner Frau zurück.

Frau Weidekamps Gesicht wirkte entstellt. Ihr Mann nahm die Fotomappe und zeigte ihr das Bild. „Johannes hat dir doch erzählt, wer der Mann auf dem Foto ist, oder?"

Sie nickte lethargisch.

„Er hatte gesagt, dass es Jürgen von der KDH ist."

„Was ist KDH?", fragte Söhlbach.

„Ich weiß es nicht", kam es leise über Frau Weidekamps Lippen. „Als ich Johannes danach gefragt hatte, wurde er mit einem Mal merkwürdig. Dann sagte er, dass es nichts Besonderes ist und dass der Jürgen halt ein Bekannter von ihm sei. Ich kenne meinen Sohn und weiß wie er aus den Augen schaut, wenn ihm etwas unangenehm ist. Sein Blick war der gleiche, den er als Junge hatte, wenn er etwas vor mir verbergen wollte.

„KDH", murmelte Silvia Muisfeld, nahm ihr Smartphone und tippe auf dem Display herum. „Hm", kam es schließlich über ihre Lippen. „Über eine Million Treffer. Es gibt 'ne Unmenge verschiedene Unternehmen und Institutionen, die unter dem Begriff KDH verzeichnet sind." Dann wandte sie sich wieder den Eltern des Mordopfers zu. „Haben Sie wirklich keine Idee, was KDH bedeuten könnte?"

„Nein", antwortete Frau Weidekamp mit heiserer Stimme. „Sonst hätte ich meinen Sohn ja nicht danach gefragt."

Die Kommissarin reichte der Frau ihre Visitenkarte. „Falls Ihnen dazu doch noch etwas einfallen sollte, wäre es lieb, wenn Sie mich sofort anrufen würden.

„Seit wann wohnte Ihr Sohn denn in Kettwig?", fragte Söhlbach.

Frau Weidekamp blickte ihren Mann fragend an. „Seit etwa einem Jahr, oder?"

25

Der Angesprochene nickte. „Und vorher hat er bei Ihnen gewohnt?", wollte Sven wissen.

„Ja, er wohnte oben in seinem Zimmer. Wir haben es so gelassen, wie es bei seinem Auszug war. Es hätte ja sein können, dass Johannes irgendwann wieder nach Hause möchte."

„Hätten Sie etwas dagegen, wenn wir uns in seinem Zimmer einmal umsehen?"

Die Eltern des Toten hatten nichts dagegen und so standen die beiden Kripobeamten wenig später im Kinderzimmer.

Das gemachte Bett wirkte sehr ordentlich. Ansonsten gab es nur leere Schränke mit weit geöffneten Türen. Auf einem Wandregal neben dem Bett standen einige Flugzeugmodelle, durchweg Kampfflugzeuge aus beiden Weltkriegen. Die übrigen Regale, die fast bis in Deckenhöhe eine ganze Wand überzogen, waren ebenfalls leer. Direkt über dem Bett hing ein Poster an der Wand. Es zeigte ein altes, dreimotoriges Propellerflugzeug.

„Unser Sohn hat fast all seine Sachen mitgenommen", erklärte Herr Weidekamp, der hinter ihnen den Raum betrat. „Viel hatte er ja nicht. Das einzige, was er in rauen Mengen besaß, waren Bücher."

„Was für Bücher hat Ihr Sohn denn gelesen?", wollte Muisfeld wissen.

„Es waren überwiegend Geschichtsbücher. Die deutsche Geschichte war sein Hobby. Und das Fotografieren natürlich. Er mochte auch alte Flugzeuge." Weidekamp deutete auf das Poster an der Wand. „Das ist eine JU52. Einige dieser Maschinen fliegen heute noch. Die Tante Ju, wie das Flugzeug im Volksmund genannt wurde, war für meinen Sohn immer ein Muster der Beständigkeit. Diese

Maschine war für meinen Sohn symbolträchtig. Er hatte die JU52 regelrecht verehrt. Johannes durfte sogar mal einen Rundflug mit diesem Flieger mitmachen."

„Und die deutsche Geschichte war auch ein Hobby Ihres Sohnes?", wunderte sich Söhlbach.

„Ja. Johannes hat alle Bücher darüber regelrecht gefressen."

„Welche Zeit in der deutschen Geschichte interessierte Ihren Sohn denn am meisten?"

„Das Dritte Reich und die Nachkriegszeit."

„Hatte Ihr Sohn darüber auch Berichte für Zeitungen geschrieben?", fragte Silvia Muisfeld.

„Nein. Nicht dass ich wüsste." Die Stimme des Mannes klang monoton.

„Herr Weidekamp", fuhr Silvia fort, „können Sie uns die Adresse der Wohnung in Kettwig aufschreiben? Vielleicht finden wir ja dort einen Hinweis auf den Mörder Ihres Sohnes."

Der Angesprochene reagierte nicht. Seine Augen waren auf dem Bett hängen geblieben. In seinem Blick lag Lethargie.

Silvia erkannte dicke Tränen, die über seine Wangen rollten.

„Herr Weidekamp", sprach sie ihn fast flüsternd an. „Sollen wir besser später noch einmal vorbei kommen?"

„Nein, das brauchen Sie nicht. Ich werde Ihnen Johannes´ Adresse geben. Den Wohnungsschlüssel habe ich auch." Er wandte sich zu den beiden Polizisten um. „Ich kann das nicht verstehen. Unser Johannes kann doch nicht einfach tot sein."

Als Weidekamp sich schließlich wortlos ins Wohnzimmer begab, folgten ihm die beiden Beamten.

Wenig später verließen Muisfeld und Söhlbach die Wohnung. Silvia schaute auf den Zettel mit der Kettwiger Wohnungsangabe.

Sie blickte ihren Kollegen fragend an. „Was meinst du, sollen wir erst zurück ins Präsidium oder direkt nach Kettwig fahren?"

„Lass uns nach Kettwig fahren. Die Wohnung ist im Moment unsere einzige Hoffnung, Hinweise zu finden."

„Nach der Aussage von seinen Eltern hatte der Tote überhaupt kein soziales Umfeld", sagte Silvia. „Das ist doch sehr merkwürdig, oder?"

„Ich vermute eher, er wollte über sein Umfeld nicht reden. Denk doch mal an den Mann auf dem Foto. Es ist doch ganz offensichtlich, dass er dem Fotograf mit der Hand ein Zeichen gibt."

„Das wäre eine Möglichkeit, Sven. Wenn wir diesen Mann ausfindig machen könnten, würde es uns vielleicht weiterhelfen."

„Es sei denn, der Mann ist nur ganz zufällig auf dem Foto zu sehen. Es besteht ja auch die Möglichkeit, dass er mit seiner Hand gestikulierte, weil er nicht aufs Bild wollte."

„Nehmen wir an", sagte Silvia, „dass auch in der Wohnung des Toten keine Hinweise zu finden sind. Wo sollen wir dann ansetzen?"

„Weidekamp war doch bis vor einiger Zeit als Praktikant bei der Zeitung tätig. Vielleicht hatte er ja noch Kontakte zu ehemaligen Kollegen."

„Und wenn nicht?"

Sven Söhlbach lächelte. „Seit wann bist du so pessimistisch, Silvia?"

„Bin ich ja gar nicht. Ich denke halt nur etwas weiter. Fakt ist, Johannes Weidekamp war ganz offensichtlich ein

Außenseiter. Wer weiß, warum man ihn bei der Zeitung nicht eingestellt hatte? Vielleicht lag es an seiner Welt-anschauung."

Söhlbach zog verwundert die Augenbrauen hoch. „Woher kennst du seine Weltanschauung?"

„Wer ein altes Flugzeug verehrt, der muss doch eine verschrobene Weltanschauung haben, oder siehst du das anders?"

Ihr Kollege schmunzelte. „Irgendwie hast du Recht. Eine eigenartige Einstellung."

*   *   *

Günter Rommel verspürte Anspannung.

Er stand vor dem großen Panoramafenster in seinem Wohnzimmer und schaute hinaus in den Garten. Sein Blick war auf einen kleinen Nistkasten gerichtet, der am Stamm einer Kiefer befestigt war. Das Kohlmeisen-pärchen, welches dort im Minutentackt ein- und ausflog, um seine Jungen mit Raupen und anderen Insekten zu versorgen, interessierte den Mann im Moment nicht, obwohl ihn diese Vögel begeisterten. Sie zogen gerade ihre zweite Brut in diesem Jahr auf. Seine Aufmerksamkeit galt dem Radio. Er hatte extra den Lokalsender Radio Duisburg eingeschaltet, weil er wusste, dass sie dort als erstes darüber berichten würden.

Dann kam endlich die Meldung, auf die er gewartet hatte:

„Soeben meldet die Polizei, dass im Revierpark Mattler-busch eine männliche Leiche gefunden wurde. Laut Polizei ist der Mann einem Mord zum Opfer gefallen. Eine Frau, die heute Morgen mit ihrem Hund im alten Waldgebiet des Revierparks spazieren ging, hatte den Toten entdeckt. Die Identität des etwa dreißigjährigen Toten ist noch nicht bekannt. Der Polizeisprecher sagte aber, dass es diesbezüglich bereits eine erste Spur gibt. Sobald es neue Fakten zu diesem Mord gibt, werden wir darüber berichten."

Dann ertönte wieder Musik aus dem Radio; Highway to Hell von ACDC.

Passender geht es nicht, dachte Rommel. *Seitdem er herumgeschnüffelt hatte, war er auf dem Highway to Hell. Jetzt hat er sein Ziel erreicht.*

Nicht mehr lange, dann habe auch ich mein Ziel erreicht, dann ist es ist vollendet. Dann habe ich meine Rache und kann endlich mein Reichtum ausleben.

30

Seine Anspannung hatte sich noch nicht gelegt. Je mehr er über das Mordopfer nachdachte, desto mehr innere Unruhe verspürte er.

Hoffentlich hatte er noch nichts ausgeplaudert.

Günter Rommel atmete tief durch.

Jetzt schweigt er für immer.

*   *   *

Die zwei Kripobeamten hatten Glück. Genau in dem Moment, als sie in der total zugeparkten Kirchfeldstraße im Essener Stadtteil Kettwig vorfuhren, wurde ein Parkplatz frei; nur wenige Meter vor dem Haus, in dem Johannes Weidekamp gewohnt hatte.

Die Wohnung des Mordopfers lag in der ersten Etage. Als die beiden die Tür öffneten, fiel ihnen sofort die Unordnung ins Auge. In dem großen Raum, der sich gleich hinter der Tür auftat, lagen überall Kleidungsstücke herum; auf den Sitzmöbeln, dem Tisch und dem Boden.

„Was für ein Chaos", kommentierte Silvia die Szenerie. „Von Ordnung hatte er wohl nicht viel gehalten."

„Wer weiß", sagte Sven. „Vielleicht hat hier ja jemand herum gestöbert."

Seine Kollegin schüttelte den Kopf. „Das glaub´ ich kaum." Sie deutete auf einen Schrank mit Glastüren. Durch die Scheiben erkannte man ordentlich gestapelte Handtücher. „Hier hat niemand etwas gesucht, sonst wären auch die Schränke durchwühlt."

In dem etwa vierzig Quadratmeter großen Wohnraum war eine auch Küche integriert. Auf einer ausgeklappten Schlafcouch lagen ein Kopfkissen und eine Bettdecke. Der Bewohner hatte den Raum ganz offensichtlich auch als Schlafzimmer genutzt. Es gab nur eine einzige Tür, die in ein anderes Zimmer führte.

Sven Söhlbach öffnete diese Tür und trat in ein kleines, fensterloses Badezimmer.

„Eine Einraumwohnung", stellte er fest.

Silvia begab sich zu einem breiten Schreibtisch, auf dem sich zahlreiche Unterlagen türmten. Der Fußboden neben diesem Möbelstück war mit Bücherstapel bedeckt, die einige Quadratmeter Raum in Anspruch nahmen. Auf der

32

Arbeitsplatte, mitten im Gewirr aus Mappen und Schrift-stücken, stand ein Laptop.

Ohne zu zögern, setzte sie sich vor das Gerät und schaltete es ein.

„Vielleicht erfahren wir ja dadurch, womit sich Weidekamp beschäftigt hat."

Sven trat neugierig neben sie.

Als der Rechner hochgefahren war, stieß Silvia einen Fluch aus. „Scheiße! Kennwort geschützt."

„Gib doch mal Johannes ein", meinte ihr Kollege.

Silvia versuchte es. „Falsches Kennwort", murmelte sie. „Ich versuch es mal mit JU52, das war doch sein Lieblingsflugzeug."

Nachdem „JU52" und auch „Tante Ju" nicht fruchteten, gab Silvia auf. „Wir nehmen den Rechner mit. Unsere Jungs werden kein Problem damit haben."

„Das ist aber interessant", hörte sie Söhlbach sagen. Er hatte ein Buch vom Schreibtisch genommen. „Literatur über verbotene und geheime Nazisymbole." Er schlug das Buch auf. „Weidekamp hatte sich offensichtlich sehr intensiv mit diesem Werk beschäftigt. Neben zwei Symbolen in diesem Buch sind handschriftliche Anmer-kungen."

„Was wurde denn angemerkt?", fragte Silvia neungierig.

Söhlbach schaute kopfschüttelnd auf die Buchseite. Er zuckte kurz mit den Schultern. „Ich kann dieses Gekritzel nicht entziffern."

„Zeig mal her." Nun nahm Silvia das Buch zur Hand. „So eine Sauklaue kann ja keiner lesen." Sie überflog mehrere Buchseiten. „Da sind ja `ne Menge Symbole drin. Ich wusste nicht, dass die Nazis so viel Geheimzeichen hatten. Obwohl hier steht, dass die meisten nicht einmal geheim waren." Sie klappe das Buch wieder zu. „Das nehmen wir auch mit. Irgendjemand wird es wohl entziffern können, und dann wissen wir genauer, womit er sich beschäftigt hatte."

Die Unterlagen auf dem Schreibtisch waren durchweg belanglos; Ordner mit Fotomagazinen, Fachbroschüren und alte Zeitschriften. In der untersten Mappe waren Fotos einsortiert. Sven schaute sich die Bilder an.

„Da ist er wieder", sagte er.

Seine Kollegin machte große Augen. „Wer ist da wieder?"

„Der Mann von dem Foto mit den Fachwerkhäusern, dieser geheimnisvolle Jürgen von der KDH."

Silvia sah sich ebenfalls die Fotos an. Bei den Aufnahmen handelte es sich um Waldmotive. Auf zwei der Bilder stand ein Mann neben einem Baum und winkte. Der Mann trug eine rote Baseballkappe. Auch auf diesen Fotos war der Kopf nach unten geneigt, so, dass man sein Gesicht nicht erkennen konnte. Nachdem Silvia ein drittes Bild, auf dem der Unbekannte nur von hinten zu sehen war entdeckte, sagte sie: „Das kann kein Zufall sein. Der Typ will nicht erkannt werden."

Sie schaute sich die Fotos mit dem der unbekannte Mann noch einmal gründlich an.

„Auf dieser Baseballkappe ist seitlich ein kleiner Schriftzug zu sehen", murmelte sie. „Vielleicht hilft das uns ja weiter."

Ein Foto ließ deutlich erkennen, was auf der roten Kappe abgebildet war. Silvia erkannte eine weiße Zahl.

„Da ist eine Zahl auf der Kappe, eine Achtzehn", erklärte sie ihrem Kollegen.

„Vielleicht", vermutete Sven, „ist es ja die Nummer eines berühmten Baseballspielers."

Silvia tippe mit dem Finger auf das Foto.

„Der Mann trägt eine Art Trachtenjacke, eine grob ge-
strickte, graue Jacke mit Zopfmuster und Hirschhorn-
knöpfe. So läuft doch kaum jemand bei uns herum."

„Vielleicht ist er ja ein Liebhaber von Trachtenkleidung.
Solche Leute soll es ja auch geben."

„Auf dem Foto, welches in Kettwig aufgenommen worden
war, hatte er diese Jacke auch schon an."

„Das macht unsere Suche nach diesem Mann um einiges
leichter. Wir suchen nach einem Trachtenfreak mit roter
Baseballkappe."

Während Silvia sich weiterhin mit den Fotos beschäftigte,
ließ Söhlbach seinen Blick suchend durch das Zimmer
schweifen. „Wenn er Hobbyfotograf war, dann müssen
hier noch mehr Fotos zu finden sein. Vielleicht gibt es ja
doch Aufnahmen, auf denen der Mann zu erkennen ist."

„Dann lass uns mal suchen", meinte Silvia und öffnete die
Schreibtischtür. „Oh", staunte sie, „eine Kamera."

„Zeig mal her", sagte Sven und nahm den Fotoapparat in
die Hand. „Junge, junge, ein richtig teures Stück. Solche
Geräte benutzen Profis. Weidekamps Eltern haben dafür
ganz schön tief in die Tasche gegriffen. Mal sehen, was er
zuletzt fotografiert hat." Söhlbach schaltete die Kamera an
und als er den Speicher abfragen wollte, wunderte er sich.
„Nanu? Bitte Speicherkarte einlegen. Na so was." Er
öffnete eine seitliche Klappe und entdeckte sofort den
leeren Schlitz. „Keine Karte drin", stellte er fest. „Wollen
wir doch mal sehen", murmelte er und betätigte ein paar
kleine Tasten auf der Kamerarückseite. „So teure Geräte
haben meist auch einen interner Speicher. Aha, da haben
wir es ja." Er schaute auf den kleinen Monitor und atmete
tief durch. „Keine Dateien vorhanden. Entweder wurde nie
etwas abgespeichert oder es wurden alle Fotos gelöscht."

„Wir sollten nach der Speicherkarte suchen", schlug Silvia vor und begann sofort damit, die Schubladen und Fächer des Schreibtisches zu durchstöbern.

Sven Söhlbach sah sich unterdessen nach weiteren Fotos um.

Nachdem die beiden trotz gründlicher Suche weder Fotos noch einen Speicherchip gefunden hatten, meinte Silvia: „Die Jungs von der Spusi sollen sich hier noch einmal genauer umsehen. Es kann doch nicht sein, dass ein Hobbyfotograf keine seiner Aufnahmen bei sich zuhause archiviert."

Sven Söhlbach deutete zum Laptop. „Vielleicht wurden die Fotos darin gespeichert."

Etwas resigniert verließen die beiden schließlich die Wohnung. Weidekamps Laptop und das Buch mit den handschriftlichen Notizen hatten sie mitgenommen.

Als sie ihren Dienstwagen erreichten, meinte Sven: „Hast du Appetit auf eine Currywurst?"

„Wie kommst du jetzt auf Currywurst?"

„Es ist Mittag und ich habe Hunger."

„Und wo willst du die Currywurst essen?"

„Lass dich überraschen. Also, hast du Lust?"

Silvia spitzte für einen Moment die Lippen. „Warum nicht."

Söhlbach verstaute die mitgenommenen Beweisstücke im Kofferraum. Dann sagte er: „Wir machen einen kleinen Spaziergang."

„Hattest du unterwegs schon eine Pommesbude entdeckt?"

„Nein, aber ich weiß, wo es leckere Currywurst gibt. Ich hatte dir doch erzählt, dass ein Cousin von mir in Kettwig wohnt. Deshalb kenn ich mich hier ganz gut aus."

Die zwei waren noch nicht lange unterwegs, als Sven sagte: „Gleich wird dir die Umgebung bekannt vor kommen."

„Glaub ich nicht. Ich war noch nie in Kettwig."

„Aber du hast die Fotos gesehen."

Wenig später tat sich vor ihnen eine Treppe auf, die zwischen alten Fachwerkhäusern hinab auf ein kleines, mit Natursteinplatten gepflastertes Plateau führte. Auf dem Balken eines der Häuser konnte man dessen Baujahr ablesen: ANNO 1646. Vom Plateau aus führten auf der linken Seite ein paar Stufen zum Eingang einer Gaststätte. Über der Tür war ein Schild mit dem Namen des Lokals angebracht; „Stiege" konnte man dort lesen.

„Komm, ich zeig dir was", sagte Söhlbach und ging die Treppe hinunter.

Seine Kollegin folgte ihm.

Vor einer weiteren Treppe, die nach links in die Tiefe führte, blieb er stehen.

„Na?", meinte er. „Kommt dir das bekannt vor?"

Silvia deutete nach unten. „Genau da stand der Unbekannte mit der roten Mütze. Genau an dieser Stelle wurde also das Foto aufgenommen." Die Kommissarin schaute sich staunend um. „Total romantisch hier", kommentierte Silvia die mittelalterlich anmutende Szenerie mit den teils schiefen Fachwerkhäusern.

„Und dort", Sven wies mit der Hand auf das Wirtshaus, „werden wir jetzt einkehren."

„Stiege", las Silvia den Schriftzug auf dem Schild über dem Eingang laut vor. „Welch passender Name."

Die zwei Kripobeamten betraten das Lokal und Sven führte seine Kollegin durch die Gaststube.

„Folge mir, Silvia. Wir setzten uns nach draußen in den Biergarten."

Als die beiden in den Biergarten hinaus traten, tat Silvia sofort ihre Begeisterung kund. „Ist das schön hier", kam es spontan über ihre Lippen. Auf eine solche Aussicht war sie nicht gefasst gewesen. Der Rundblick über die Dächer der Stadt ließ in der Ferne einen bewaldeten Höhenzug erkennen.

„Da unten, am Fuß dieses Hügels", erklärte Sven und deutete auf den langgestreckten Höhenzug, „liegt das Ruhrtal. Den kleinen Stausee, der direkt unter uns ist, kann man von hier aus leider nicht sehen. Von dort aus bin ich schon mal mit dem Schiff flussaufwärts bis zum Baldeneysee gefahren. Das sollten wir zwei vielleicht auch mal machen, denn die Bootsfahrt über die Ruhr ist wirklich wunderschön."

„Vielleicht sollten wir das", murmelte Silvia.

In dem Moment betrat ein Ober den Biergarten.

„Hallo", grüßte er die neuen Gäste freundlich. „Da haben Sie ja noch fast freie Platzwahl." Dabei machte er mit den Händen eine weit ausladende Geste.

Jetzt erst registrierte Silvia, dass lediglich zwei Tische des Biergartens belegt waren.

„Suchen sie sich den schönsten Platz aus", sagte der gut gelaunt wirkende Ober. „Ich bringe Ihnen sofort die Karte."

„Danke, nicht nötig", erwiderte Sven. „Zweimal Currywurst mit Pommes, bitte."

„Und was kann ich Ihnen zu trinken bringen?"

„Wasser bitte."

Mit den Worten: „Kommt sofort", verschwand der Kellner im Gasthaus.

Kaum hatten Muisfeld und Söhlbach an einem der Tische Platz genommen, klingelte Silvias Handy.

„Muisfeld", meldete sie sich.

Nachdem sie dem Anrufer einige Zeit wortlos zugehört hatte, fragte sie: „Wann haben Sie diesen Anruf bekommen, Frau Weidekamp?" Mit den Worten: „Danke, dass Sie mich sofort angerufen haben", beendete die Kommissarin kurze Zeit später das Gespräch.

„Frau Weidekamp?", fragte ihr Kollege neugierig. „Was hat sie gesagt?"

„Bei ihr hat ein Mann angerufen. Seinen Namen konnte Frau Weidekamp nicht verstehen. Der Mann fragte nach ihren Sohn; wollte wissen, wo er sich aufhält. Als sie ihm schließlich erzählte, dass die Polizei bei ihr war und dass Johannes ermordet wurde, hatte der Anrufer sofort aufgelegt."

„Es gibt also doch Bekannte von Johannes Weidekamp. Wenn wir es doch noch schaffen, sein Umfeld zu durchleuchten, dann haben wir eine echte Chance, den Täter zu finden. An sonsten…"

„Ich werde jetzt erst mal dafür sorgen, dass unsere Kollegen etwas zu tun haben." Sie hielt ihr Handy hoch. „Die Spusi soll sich umgehend noch einmal gründlich in Weidekamps Wohnung umsehen. Außerdem müssen die Telefonverbindungen der Familie Weidekamp überprüft werden. Wenn wir den Namen des unbekannten Anrufers rausfinden, sind wir einen Schritt weiter."

Während Silvia telefonierte, kam der Ober an den Tisch und brachte das bestellte Wasser.

„Die Currywurst kommt gleich", sagte er lächelnd und verschwand wieder.

„So", meinte Silvia schließlich und steckte ihr Handy wieder in die Tasche. „Die Kollegen kümmern sich drum."
Ihr Blick ging erneut in die Ferne und blieb an dem bewaldeten Höhenzug hängen. „Es ist echt schön hier; fast wie im Urlaub. Wenn jetzt auch noch die Currywurt schmeckt, war ich nicht das letzte Mal hier."
Sven schmunzelte.
„Aber jetzt bist du nicht im Urlaub, sondern dienstlich hier", sagte er. „Sollten weder Weidekamps Laptop noch die Überprüfung von den Telefonverbindungen seiner Eltern keine neuen Erkenntnisse bringen, dann stehen wir wieder bei Null."
„Es gibt aber noch eine dritte Möglichkeit, eventuell Infos über das Mordopfer zu bekommen."
„Und die wäre?"
„Überlegt doch mal, Sven. Johannes Weidekamp hatte doch ein zweijähriges Praktikum bei einer Tageszeitung absolviert. Dort muss er doch auch Leute kennen gelernt haben. Weidenkamp hat praktisch zwei Jahre mit ihnen zusammen gearbeitet. Da gab es doch auch bestimmt das eine oder andere Gespräch über private Dinge."

*　　*　　*

Sven Söhlbach und Silvia Muisfeld hatten ihre Currywurt in Kettwig genossen. Beim Essen war über private Dinge geplaudert worden und den schrecklichen Mordfall hatten sie für kurze Zeit vergessen.

Für die Rückfahrt von Kettwig bis zu ihrer Dienststelle hatten sie nur eine halbe Stunde benötigt. Nun saßen die beiden in ihrem Büro im Duisburger Polizeipräsidium.

Sven las das Ergebnis der kriminaltechnischen Untersuchung. Der Bericht war ihm gerade auf den Schreibtisch geflattert.

„Der Tod trat zwischen fünf und fünfuhrdreißig ein", sagte er. „Nichts deutet darauf hin, dass das Johannes Weidekamp mit Gewalt an dieses Gestell gefesselt wurde. Außer der tödlichen Wunde am Hals gibt es keine Druckstellen oder Schrammen. Bei ihm konnten auch keine Medikamente oder andere ruhigstellende Mittel nachgewiesen werden. Es sieht ganz so aus, als hätte er sich freiwillig bei vollem Verstand fesseln lassen."

Söhlbachs Kollegin schüttelte den Kopf.

„Das kann ich einfach nicht nachvollziehen", sagte sie und strich sich dabei die schulterlangen Haare hinter die Ohren. „Wer lässt sich freiwillig fesseln, damit man ihm die Kehle durchschneiden kann?"

„Weidekamp wird nicht geahnt haben, was man mit ihm vor hat", meinte Sven. „Er muss den Täter gut gekannt haben, denn er hatte ihm blind vertraut. Niemand lässt sich von einem Fremden an ein Gestell fesseln. Vielleicht war es für ihn irgendein Fesselspiel."

Silvia nickte. „So könnte es gewesen sein. Ein Fesselspiel mit tödlichem Ende."

Söhlbach blätterte den mehrseitigen Bericht der KTU um.

41

„Meyer und seine Leute haben im Umkreis des Tatorts ´ne Menge Dinge eingesammelt. Angefangen von Zigaretten-kippen bis hin zu alten Blechdosen. Doch keines dieser Fundstücke konnte dem Mord zugeordnet werden. Wir haben absolut nichts, was uns weiterbringt. Ich hoffe, dass Weidekamps Laptop wenigstens ein paar Hinweise liefert. Leider wird es noch etwas dauern, bis unsere Kollegen den Rechner komplett überprüft haben. Da müssen wir uns noch etwas gedulden."

Während Sven den Bericht zu Ende las, blätterte Silvia das Buch durch, welches sie aus der Wohnung des Mord-opfers mitgenommen hatte; das Buch über Nazisymbole. Eigentlich sollte sich ein Kollege, der fast jede Schrift entziffern konnte, das Buch ansehen, um den Anmer-kungen, welche Weidekamp hinzugefügt hatte, einen Sinn zu geben. Doch ausgerechnet dieser Kollege befand sich momentan im Urlaub.

In diesem Moment betrat Kommissar Stephan Kowalewski das Büro.

„Und?", fragte er. „Gibt´s was Neues?"

„Nein Steff", antwortete Silvia. „Die KTU brachte keine Hinweise und was das Umfeld des Mordopfers angeht, tappen wir auch noch im Dunklen."

„Warum interessiert dich das so sehr?", wollte Söhlbach von Kowalewski wissen. „Es ist doch gar nicht dein Fall."

Der Angesprochene grinste.

„Ich musste schließlich einen Grund haben, um euch bei der Arbeit zu stören. Eigentlich bin ich ja hier, um Silvia an meine Einladung zu erinnern."

Er schaute Silvia fragend an.

„Du hast noch nicht zu gesagt."

Muisfeld schüttelte lächelnd den Kopf.

„Ich werde darauf zurück kommen, wenn mir danach ist, Steff. Okay?"

„Okay. Du bestimmst die Zeit und das Restaurant und ich bezahle."

Mit diesen Worten verließ Kowalewski den Raum.

Als er die Tür hinter sich zugezogen hatte, atmete Sven Söhlbach tief durch.

„Du machst diesem Typ auch noch Hoffnung", brummelte er.

„Steff ist doch ein netter Kerl", sagte Silvia. „Was hast du gegen ihn?"

„Was ich gegen ihn habe? Er flirtet mit dir; will dich zum Essen einladen. Hast du dich nicht mal gefragt, warum er das macht? Ich kann dir genau sagen, warum er das macht. Er will dich ins Bett bekommen."

„Und?"

„Wie, und? Beziehungen unter Kollegen gehen gar nicht. Steffs Benehmen ist unter aller Sau."

„Mein kleiner Sven ist also doch eifersüchtig."

„Ich will dich nur vor diesem Luftikus warnen. Er lässt sich von München nach Essen versetzen und kurze Zeit später nach Duisburg. Er ist noch nicht einmal in der Lage, sesshaft zu werden. Das zeugt doch von Unzuverlässigkeit."

„Jetzt übertreibe es mal nicht." Silvia blickte ihren Kollegen ernst an. „Ich finde ihn sehr nett und damit musst du dich abfinden. Wenn ich mich dazu entschließen sollte, seine Einladung zum Essen anzunehmen, dann musst du das akzeptieren. Schließlich sind wir zwei ja nicht verheiratet."

Söhlbach wandte sich wortlos dem Fenster zu und starrte abwesend hinaus.

„Wenn es dich beruhigt, Sven, ich werde seine Einladung vorerst nicht annehmen."

„Was heißt vorerst?"

„Vorerst heißt vorerst. Und jetzt lass uns das Thema wechseln."

Silvia schaute auf die Mappe mit dem KTU-Bericht.

Doch in ihren Gedanken war sie bei Stephan Kowalewski. Sie musste sich eingestehen, dass er ihr mehr als nur sympathisch war. Steff hatte etwas, was sie anzog und sie war sich eigentlich der Sache ganz sicher, die Einladung zum Essen anzunehmen. Auch wenn sie am liebsten sofort zugesagt hätte, wollte sie noch etwas warten. Ihr Kollege Steff sollte nicht glauben, dass sie sofort auf ihn anspringt, nur weil er ständig mit ihr flirtete und sie mit Komplimenten überschüttete. Eigentlich mochte Silvia keine Männer, die sich auf diese Art an sie heranmachen wollten. Doch bei Steff war das anders. Silvia hatte bereits bei ihrer ersten Begegnung gemerkt, dass der neue Kollege sie magisch anzog.

„Woran denkst du?", wurde sie von Sven aus den Gedanken gerissen.

„Ich denke natürlich an unseren Fall", log sie.

„Und was genau denkst du?"

Die Kommissarin zuckte mit den Schultern.

„Wenn wir wenigstens einen Hinweis zum Tatmotiv hätten", murmelte sie. „Wenn man zugrunde legt, wie viel Fachliteratur Weidekamp angesammelt hat, dann könnte man davon ausgehen, dass der Fall damit zu tun hat. Er hatte sich mit der deutschen Geschichte bis hin zur Nachkriegszeit auseinander gesetzt. Er könnte bei Recherchen in seinen Büchern darauf gestoßen sein, dass jemand Dreck am Stecken hat. Soweit ich weiß, sind gerade in der Nachkriegszeit viele ehemalige Nazis wieder in die Politik eingestiegen. Es gab zwar eine Entnazifizierung, aber da ja fast jeder damals ein Parteibuch in der Tasche hatte, wären ja kaum kluge Köpfe übrig geblieben, um Deutschland wieder nach vorne zu bringen."

„Du vermutest also, dass Weidekamp jemanden auf die Schliche gekommen ist, der eine dunkle Vergangenheit hat, eine Vergangenheit, von der niemand wissen darf."

„Ja. Genau in diese Richtung denke ich."

Sven strich mit der Hand über seine Glatze.

„Wenn jemand wegen seiner dunklen Vergangenheit einen Mord begeht, dann muss für ihn aber verdammt viel auf dem Spiel stehen. Es muss jemand sein, der eine hohe Position bekleidet, vielleicht ein Politiker."

„Es muss auf jeden Fall jemand sein, der genug Kaltschnäuzigkeit an den Tag legt, um so ein grausames Verbrechen durchzuführen. Ich denke, dass nicht jeder, der ein dunkles Geheimnis in sich trägt, das Potential dazu hat, einem Menschen die Kehle durchzuschneiden, um ihn ausbluten zu lassen."

„Vielleicht liegst du mit deiner Vermutung ja richtig", sagte Sven. „Aber wer weiß, die Suche nach dem oder die Täter kann auch in eine ganz andere Richtung gehen. Wir haben überhaupt noch keinen Anhaltspunkt."

Silvia blätterte zum wiederholten Mal in dem Buch herum, welches sie aus Weidekamps Wohnung mitgenommen hatte; das Buch mit den Nazisymbolen. Mit einem Mal stutzte sie.

„Merkwürdig", murmelte sie. „Wusstest du, dass auch einige Zahlen als Nazisymbole gelten?"

„Nein. Was für Zahlen?"

„Zum Beispiel die Achtzehn, genau die Zahl, die der unbekannte Mann auf Weidekamps Fotos auf seiner Baseballkappe trägt."

Söhlbach lachte kurz auf.

„Zufall", sagte er.

„Und wenn nicht?"

„Warum ist die Achtzehn denn ein Nazisymbol?", wollte Söhlbach wissen.

„Die Achtzehn steht für Buchstaben aus dem Alphabet. Der erste Buchstabe, also die Eins, ist das A und der achte ist das H. Das sind die Initialen von Adolf Hitler, AH."

„Darauf muss man erst mal kommen", meinte Sven.

„Auch die Achtundachtzig ist so ein Nazisymbol."

„HH", folgerte Söhlbach. „Und wofür steht das?"

„Ganz einfach, für Heil Hitler."

„Ach du Scheiße. Die spinnen wohl, die Nazis."

Silvia Muisfeld klappte das Buch wieder zu.

Dann sagte sie: „Wir haben gerade noch da drüber gesprochen, dass Weidekamp vielleicht einem Altnazi, der Dreck am Stecken hat, auf die Schliche gekommen ist. Deshalb sollten wir diesen Typ mit der Achtzehn auf der Mütze nicht außer Acht lassen."

„Trotzdem steht aber eins fest, liebe Kollegin, der Mann mit der roten Kappe ist auf jeden Fall viel zu jung für einen Altnazi."

In diesem Moment betrat ein Mann das Büro.

„Und?", fragte er. „Habt ihr schon was?"

Der Mann war so plötzlich in den Raum getreten, dass Silvia fast erschrak.

„Hallo Herr Metzger-Ibbenburg", begrüßte sie ihn etwas irritiert.

Metzger-Ibbenburg war der Leiter des Kriminalkommissariats für Tötungsdelikte. Er sah seine Kollegen fragend an.

Sven schüttelte den Kopf. „Nein. Wir tappen noch im Dunklen."

„Was haben Sie bis jetzt heraus bekommen? Der Kollege Kowalewski hat angedeutet, dass Sie zu den Eltern des Mordopfers gefahren sind."

„Ja. Da waren wir. Das Mordopfer heißt Johannes Weidekamp. Er wohnte in Kettwig, seine Eltern wohnen in Bottrop. Weidekamp wollte Journalist werden, hatte aber keine Arbeitsstelle. Die Wohnung wurde von den Eltern finanziert. Sein Interesse galt der deutschen Geschichte. Über dieses Thema stapeln sich unzählige Bücher in seiner Wohnung."

„Liegt der KTU-Bericht schon vor?", fragte Metzger-Ibbenburg.

Söhlbach deutete auf die Papiere, die vor ihm auf dem Schreibtisch lagen. „Der Bericht ist gerade erst gekommen."

Der Kommissariatsleiter schaute sich die Unterlagen neugierig an. Als er die Tatortfotos mit dem schrecklich zugerichteten Mordopfer sah, verzog er das Gesicht. Er blätterte die Fotos durch.

„So, wie das aussieht", sagte er schließlich, „hat der Täter sein Opfer regelrecht zur Schau gestellt. Es sieht nach dem Werk eines Ritualmörders aus."

„Wenn es ein Ritualmord war", meinte Silvia, „dann hätte es schon vorher ähnliche Mordfälle gegeben."

„Oder es ist das erste Mal, dass der Täter sein Ritual vollzogen hat", entgegnete Metzger-Ibbenburg.

Er deutete auf die Fotos.

„Was ist das eigentlich für ein Gestell, an dem der Mann gefesselt wurde?", wollte er wissen.

„Keine Ahnung", antwortete Söhlbach. „Das konnte uns niemand sagen. Ein paar Meter daneben findet sich das gleiche Gestell noch einmal. Diese Gestelle müssen uralt sein, denn sie sind total verrostet. Sie stehen, halb zugewuchert, einige Meter vom Wanderweg entfernt im Wald."

„Die Presse hat natürlich schon Wind davon bekommen", sagte Metzger-Ibbenburg. „Was soll ich denen denn erzählen?"

„Bitten Sie die Presse um Verständnis dafür, dass sie sich aus ganz bestimmten Gründen zu den laufenden Ermittlungen noch nicht äußern können. Das werden sie zwar nicht gerne hören, aber wenn Sie erklären, dass wir keinerlei Anhaltspunkte haben, sehe ich jetzt schon die morgigen Schlagzeilen in den Zeitungen: Brutaler Mord, Polizei tappt noch im Dunkeln. Allerdings müssen wir ein Foto des Mordopfers in den Medien veröffentlichen. Wir müssen herausfinden, wer Weidekamp zuletzt gesehen hat, beziehungsweise, wo er sich aufgehalten hatte."

„Ich denke, Sie haben Recht, Herr Kollege." Er blickte Söhlbach fragend an. „Wie sieht Ihr weiteres Vorgehen aus? In welche Richtung gedenken Sie zu ermitteln?"

„Zunächst warten wir auf die Auswertung von Weidekamps Laptop. Auf dem Rechner sollten eigentlich brauchbare Daten zu finden sein."

„Wie sind Sie an den Rechner gekommen?"

„Er stand in Weidekamps Wohnung."

„Und warum haben Sie die Daten auf dem Rechner nicht selbst abgerufen?"

„Weil wir es nicht konnten. Man braucht ein Passwort."

„Ach so." Mit den Worten: „Verständigen Sie mich umgehend, sobald es etwas Neues gibt", verließ Metzger-
Ibbenburg das Büro.

„Verständigen Sie mich umgehend, sobald es etwas
Neues gibt", wiederholte Silvia leise die letzten Worte des
Kommissariatsleiters. „Der Chef denkt wohl wir sind Hell-
seher. Wenn es nach ihm ginge, dann müssten alle
Mordfälle schon aufgeklärt sein, bevor das Opfer über-
haupt tot ist."

„Er macht auch nur seinen Job, Silvia."

„Wir ebenfalls, Sven." Die Kommissarin lehnte sich zurück
in den Stuhl und fuhr sich mit beiden Händen über das
Gesicht. „Manchmal habe ich den Eindruck', fuhr sie fort,
„Metzger-Ibbenburg glaubt, wir wären Maschinen; Maschinen, die man einschaltet und die dann so lange
laufen, bis der Fall erfolgreich geklärt ist."

Söhlbach lächelte. „Das kommt davon, dass wir offensichtlich zu effektiv arbeiten. Unsere Aufklärungsquote kann
sich sehen lassen. Der Chef weiß das und glaubt deshalb,
dass wir alle Fälle mit links lösen."

Silvia Muisfeld streckte sich. Dann sagte sie: „Jetzt haben
wir doch tatsächlich ein paar Minuten unserer wertvollen
Dienstzeit mit Quatschen verplempert. Für uns gibt es
schließlich noch `ne Menge Arbeit. Die Mutter des Mord-
opfers hatte doch gesagt, dass der Mann auf den Fotos
von Weidekamp, Jürgen vom KDH ist. Wir werden den
Onkel Google noch einmal nach dem Begriff KDH
befragen. Wohl oder übel müssen wir dann bei allen Firmen, Vereinen und Institutionen, die eine Verbindung zum
Begriff KDH vorweisen, anrufen, um nach einem Jürgen
zu fragen."

Nachdem Silvia in der Internetsuchmaschine den Begriff KDH eingegeben hatte und die Anzahl der Suchergebnisse sah, schluckte sie.

„894.000 Ergebnisse", kam es ungläubig aus ihrem Mund. Im Schnelldurchlauf überflog sie die ersten zehn Ergebnisseiten.

„So kompliziert wird es doch nicht", sagte sie schließlich. „Die meisten Ergebnisse sind internationale Firmen mit Sitz im Ausland. Ich denke, es reicht aus, wenn wir erst einmal alle KDHs in Deutschland anrufen."

„Und du glaubst wirklich, dass sie dir am Telefon Auskünfte über ihre Mitarbeiter geben?"

„Ich versuch`s jedenfalls."

Silvia öffnete das erste Suchergebnis, nahm das Telefon und wählte die Rufnummer einer Firma für Software-Entwicklung in Koblenz, die unter KDH eingetragen war.

„Mein Name ist Muisfeld", sagte sie als die Verbindung stand. „Würden Sie mich bitte mit Ihrer Personalabteilung verbinden?" Nach einer kurzen Pause hatte sie eine Dame der Personalabteilung am Ohr. „Guten Tag", begrüßte die Kommissarin die Frau freundlich. „Mein Name ist Muisfeld, Kripo Duisburg. Wir arbeiten an einem Mordfall und suchen einen Zeugen, der zuletzt mit dem Opfer gesehen wurde. Das Einzige, was wir über diesen Zeugen wissen, ist sein Vorname. Er heißt Jürgen und soll vom KDH sein."

Die Dame am anderen Ende der Leitung stutzte einen Moment. „Irgendwie hab ich das Gefühl, gerade veräppelt zu werden", sagte sie schließlich. „Außerdem heißt es, von der KDH."

„Es hört sich für Sie bestimmt etwas merkwürdig an, aber es ist leider bitterer Ernst. Wir wissen auch nicht, ob unser Zeuge überhaupt bei Ihnen arbeitet. Ich rufe alle Firmen, die mit dem Begriff KDH in Verbindung stehen an, in der Hoffnung, auf diesen Jürgen zu stoßen."

„Selbst wenn ich Ihnen diese Geschichte abnehmen würde", entgegnete die Frau aus der Personalabteilung, „ich darf am Telefon nicht ohne Weiteres Personalien von Mitarbeitern ausplaudern. Tut mir leid."

„Das kann ich ja verstehen", sagte Silvia. „Wenn ich den offiziellen Dienstweg einhalte, dann flattert Ihnen morgen ein Brief von der Staatsanwaltschaft ins Haus. In diesem Brief werden Sie aufgefordert, die Daten Ihres Firmenpersonals umgehend schriftlich offen zu legen. Dadurch verzögern sich unsere Ermittlungen allerdings erheblich. Der Mörder läuft noch frei herum und ist sehr gefährlich. Wenn Sie mir jetzt telefonisch Auskunft geben, dann helfen Sie uns sehr."

„Ich weiß nicht."

„Wie viel Personal gibt es in Ihrer Firma eigentlich? Oder dürfen Sie das auch nicht sagen?"

„Doch, das darf ich. Wir haben an die vierzig Mitarbeiter."

„Das ist ja überschaubar", meinte die Kommissarin. „Ich mache Ihnen einen Vorschlag. Sie überfliegen die Vornamen der Firmenangestellten und beantworten meine Frage, ob es bei Ihnen einen Jürgen gibt, einfach mit Ja oder Nein."

„Warten Sie einen Moment. Ich schaue nach."

Es dauerte nicht sehr lange, und die Frau war wieder am Telefon. „Hören Sie?"

„Ja", antwortete Silvia.

„Ich kann Ihnen definitiv sagen, dass in unserem Unternehmen kein Jürgen arbeitet."

„Trotzdem, danke für Ihre Hilfe."

Söhlbach hatte das Gespräch verfolgt.

„Ist wohl doch nicht so einfach", stellte er fest. „Na ja. Wenn wir zu Zweit herum telefonieren, dann haben wir die Suchergebnisse schneller durch."

Zwei Stunden später beendeten die beiden ihre Telefonaktion. Die meisten Angerufenen hatten die Polizeiarbeit unterstützt und die gewünschten Informationen preisgegeben. Lediglich drei Unternehmen aus Ostdeutschland und eines aus Bayern hatten am Telefon jegliche Auskunft verweigert.
Der Vorname Jürgen hatte fünf Treffer erzielt; vier Treffer in Sportvereinen und einen in einem Kleingartenverein, dessen Kürzel ebenfalls KDH lautet.
„Wenn ich mir angucke, wo unsere Jürgens wohnen", sagte Silvia, „dann glaube ich nicht, dass sie etwas mit dem gesuchten zu tun haben. Eckernförde, Berlin, Ramsau, Rostock und Prüm in der Eifel, alles viel zu weit weg."
„Dann bleibt uns also nur noch eins", folgerte ihr Kollege. „Für heute machen wir erst mal Feierabend. Morgen wird Weidekamps Laptop ausgewertet. Ich bin davon überzeugt, dass der Rechner uns weiterhelfen wird."
„Dein Wort in Gottes Ohr."

*   *   *

„Halb Neun", murmelte Sven Söhlbach nach einem Blick auf seine Uhr. „Möchte mal wissen, wo sie bleibt."

Obwohl der Dienst um Acht begann, war seine Kollegin Muisfeld noch nicht aufgetaucht.

Kommissar Söhlbach war heute Morgen bereits sehr früh aufgewacht und hatte nicht mehr einschlafen können, weil ihm viele Dinge durch den Kopf gegangen waren. Er hatte nicht nur an den aktuellen Mordfall mit dem schrecklich zugerichteten Opfer gedacht, sondern auch an Silvia, beziehungsweise an die Annäherungsversuche vom Kollegen Kowalewski. Dass Steff sich an seine Silvia ranmachte, passte ihm gar nicht.

Er saß an seinem Schreibtisch. Vor ihm stand Weidekamps Laptop. Den Kollegen war es gelungen, das Passwort zu knacken. Sven hatte sich die Dateien auf dem Rechner bereits angesehen. Eine der Dateien beinhaltete eine Art Tagebuch von Weidekamp. Söhlbach war direkt auf den letzten Eintrag gegangen und war von dem, was Johannes Weidekamp da geschrieben hatte, geschockt. Wenn Weidekamps Recherchen richtig waren, dann sollte ein schlimmes Ereignis bevorstehen.

Söhlbachs Finger trommelten unruhig auf dem Schreibtisch herum.

Als sich die Bürotür öffnete, blickte er auf.

Es war aber nicht seine Kollegin, die eintrat, sondern Kommissar Kowalewski.

„Guten Morgen, Sven", sagte er, offensichtlich bei bester Laune.

„Guten Morgen Steff."

„Ist Silvia noch nicht da?"

Söhlbach deutete auf den leeren Schreibtischplatz ihm gegenüber.

53

„Nee. Siehst du doch, oder?"

„Wo ist sie denn?"

Die Antwort war ein wortloses Schulterzucken.

Kowalewski lächelte. „Vielleicht wollte sie heute mal ausschlafen." Er machte kehrt und ging zur Tür. „Dann komm ich nachher noch mal."

Bevor Kowalewski den Raum verließ, wandte er sich noch einmal um. „Gibt es eigentlich in eurem Mordfall etwas Neues?"

„Nee."

„Gut, dann bis später."

Mit diesen Worten verschwand Kommissar Kowalewski wieder.

„Arschloch", kam es leise über Svens Lippen, als sein Kollege weg war.

Er hatte keine Lust, Steff etwas über das zu erzählen, was er im Laptop des Mordopfers entdeckt hatte.

Der soll Silvia in Ruhe lassen, ging es ihm durch den Kopf. Söhlbach dachte über das Verhältnis zu seiner Kollegin nach. Er mochte Silvia sehr gut leiden. Sie war nicht nur einfach eine Kollegin, sondern sie war seine Freundin; sogar seine beste Freundin. Als die zwei sich kennen gelernt hatten, hatte er ein paar Mal versucht, mit ihr etwas anzufangen, denn in seinen Augen war sie eine sehr begehrenswerte Frau. Silvia und er waren oft auf ein Bierchen ausgegangen. Einmal, an einem feuchtfröhlichen Abend in einer Kneipe, waren sich die beiden näher gekommen. Aus einem harmlosen Küsschen war ein inniger Kuss geworden. Auch später, als die beiden mit dem Taxi heimgefahren waren, hatten sie auf der Rückbank gesessen und herum geknutscht. Erst als Silvia vor ihrem

Haus ausgestiegen war und Sven mit hinein wollte, hatte sie ihm erklärt, dass sie das nicht wollte.

Als die beiden am nächsten Tag wieder in ihrer Dienststelle waren, hatte Silvia ihm gesagt, dass sie gestern zu tief ins Glas geschaut hatte. Sie sagte, dass sie ihre alte, zerbrochene Beziehung immer noch nicht ganz überwunden hatte und keine neue Beziehung eingehen will. Silvia hatte Sven zu verstehen gegeben, dass sie ihn sehr mag, aber sich eine Liebesbeziehung mit ihm nicht vorstellen kann. Sie hatte gesagt, dass sie ihn gerne als besten Freund behalten möchte, denn es gäbe keinen anderen Menschen, mit dem sie so gut klar käme.

Die Freundschaft zwischen Silvia Muisfeld und Sven Söhlbach hatte sich weiter entwickelt. Es war eine Freundschaft, die auf Offenheit und Ehrlichkeit beruht. Die zwei sitzen auch heute noch oft zusammen und cuatschen über Gott und die Welt.

Silvia und ich sind mehr, als nur Kollegen, dachte Söhlbach. *Wir sind zwar kein Liebespaar, aber wir sind ein Paar, das zusammen gehört.*

Sven dachte daran, dass die zwei fast wie Geschwister waren und ihm kam der Gedanke, dass er vielleicht deshalb das Bedürfnis verspürte, Silvia vor dem Kollegen Kowalewski zu schützen.

Er wurde aus seinen Gedanken gerissen, als Silvia das Büro betrat.

„Der Morgen fing richtig scheiße an", fluchte sie.

„Guten Morgen erst mal, liebe Kollegin", begrüßte Sven sie.

Muisfeld atmete tief durch. „Tschuldigung, Sven. Guten Morgen."

Sie ließ sich auf ihren Schreibtischstuhl fallen.

Söhlbach sah sie fragend an.

„Und? Wer hat dich so geärgert?"

„Auf der Berliner Brücke hat es geknallt. Ein LKW ist auf einen anderen aufgefahren und das mitten im Berufsverkehr. Kannst du dir den Stau vorstellen? Und ich mittendrin. Erst ging es gar nicht und dann nur einspurig weiter."

„Und deshalb bist mies drauf?"

„Nein, nicht nur deshalb. So ein Penner hat sich direkt vor der Unfallstelle einfach vor mich gedrängt; hat sich nicht an das übliche Reißverschlusssystem gehalten. Direkt hinter den Unfallfahrzeugen war er dann sofort wieder nach rechts gezogen, um dort zu überholen. Das ging aber in die Hose, weil es sich auf dieser Spur erneut staute. So kam ich wieder links an ihm vorbei. Etwas später war er direkt hinter mir; hing mir fast auf der Stoßstange und betätigte wie verrückt seine Lichthupe. So ein Arschloch."

„Und? Was hast du gemacht?"

„Ich habe natürlich meinen Überholvorgang extra verlangsamt. Als er mich dann schließlich überholt hat, habe ich noch seinen Stinkefinger zu sehen bekommen."

„Seit wann regst du dich denn über solche Idioten auf? Der bekommt eine Anzeige und fertig. Oder hast du das Kennzeichen vergessen?"

„Nein, ich hab´s mir aufgeschrieben. Die Anzeige schreibe ich nachher." Silvia deutete auf den Laptop, der vor Sven auf dem Schreibtisch stand. „Ist der von Weidekamp?"

„Ja."

„Und? Hast du reingeguckt?"

„Ja, und das, was da steht, hört sich nicht gut an. Wir können nur hoffen, dass Johannes Weidekamp ein Spinner war."

Silvia machte große Augen.

„Was schreibt er denn?"

„Eine der Dateien ist so eine Art Tagebuch und der letzte Eintrag lautet:

Der Anruf, den ich gestern heimlich belauscht habe, brachte mir die erschütternde Erkenntnis, dass ich den Kopf dieser Organisation schnell finden muss. Sonst gibt es mit einem Schlag hundert Tote."

Muisfeld blickte ihren Kollegen skeptisch an.

„Bist du sicher, Sven, dass das ein Tagebuch ist? Es hört sich eher nach einem Manuskript für einen Thriller an."

„Ich habe bis jetzt nur den Anfang und das Ende dieser Aufzeichnung gelesen. Das Ende kennst du ja jetzt. Am Anfang beschreibt Weidekamp einen Besuch bei seinen Eltern. Er berichtet von einem Erdbeerboden, den seine Mutter extra für ihn gebacken hatte und davon, dass sie ihm heimlich zweihundert Euro zugesteckt hat. Das hört sich doch eher nach einer realen Geschichte an, oder?"

„Ja, das hört sich real an."

„Liebe Kollegin, was hältst du davon, wenn wir diese Tagebuchdatei mal gemeinsam durchgehen?"

Silvia schaute ihr Gegenüber skeptisch an.

„Eigentlich", sagte sie, „haben wir noch ´ne Menge Papierkram von unserem letzten Fall zu erledigen. Der Chef hat schon zweimal danach gefragt. Ich denke es reicht, wenn nur einer von uns sich den Laptop vornimmt."

„Und wer von uns soll das machen?"

„Da ich weiß, wie gerne du dich über den Papierkram stürzt, schreibe ich freiwillig den Bericht."

Silvia wusste genau, dass es für ihren Kollegen nichts Schlimmeres gab, als Berichte zu schreiben.

Söhlbach lächelte sie an.

„Silvia, du bist ein Schatz."

Zwei Stunden später hatte Söhlbach die tagebuchartig geführten Aufzeichnungen im Laptop durchgelesen. Während des Lesens hatte er sich ab und zu Notizen gemacht.

„So", sagte er, rollte mit seinem Stuhl ein Stück nach hinten und lehnte sich zurück. Dann schlug er die Beine übereinander und blickte Silvia an. „Möchtest du wissen, was Weidekamp geschrieben hat?"

„Schieß los."

„Also, es ist tatsächlich ein Tagebuch, in dem Weidekamp alles notiert hatte, was ihm wichtig erschienen war. Dazu gehörte sogar, dass er ab und zu mal morgens zum Bäcker gelaufen ist, um sich Brötchen zu holen. Die Einträge reichen etwa zwei Monate zurück."

„Brötchen interessieren mich nicht. Hast du etwas Aufschlussreiches bezüglich des Mordes gefunden?"

„Nicht direkt. Weidekamp schreibt aber ziemlich am Anfang der Aufzeichnungen, dass er einen gewissen Giesen angerufen hat, um sich bei ihm zu entschuldigen, weil er das mit dem Kehle durch schneiden und ausbluten lassen nicht so gemeint hat."

„Was?"

„Ja, du hat richtig verstanden."

Silvia sah ihren Kollegen ungläubig an. „Mit anderen Worten, Weidekamp hatte jemanden angedroht, ihm die Kehle durchzuschneiden, um ihn ausbluten zu lassen.

Dass Weidekamp auf die gleiche Weise ermordet wurde, kann doch kein Zufall sein, oder?"

Söhlbach zuckte mit den Schultern. „Keine Ahnung."

„Steht sonst noch etwas über diesen Giesen drin?", wollte Silvia wissen.

„Nein. Der Name Giesen wird nur ein einziges Mal in Verbindung mit diesem Telefongespräch erwähnt."

„Giesen", murmelte Silvia und tippte auf der Tastatur ihres Rechners herum. „Wollen wir doch mal sehen, wie viele Giesens es in unserer Ecke gibt. Vielleicht sind es ja nicht so viele und wir können den Giesen, der Weidekamp kannte, finden." Dann schaute sie mit großen Augen auf den Monitor. „Ach du Scheiße. Giesens gibt es wie Sand am Meer. Das können wir knicken. Gibt es noch etwas Interessantes in den Aufzeichnungen?"

Sven nickte.

„In den Eintragungen der letzten Tage wird dieser Jürgen von der KDH erwähnt."

„Und was schreibt er über ihn?"

„Ich lese dir den ersten Eintrag, in dem dieser Jürgen vorkommt, mal vor.

Heute wurde ich beim Einkauf versehentlich von einem Mann dermaßen um gerempelt, dass ich hingefallen bin. Dem Mann war das sehr peinlich und er hat sich sofort bei mir entschuldigt. Er hat darauf bestanden, mich als Entschädigung zum Kaffee einzuladen. Ich bin dann mit ihm ins Café gegangen und er gab mir einen aus. Wir haben uns nett unterhalten und der Mann war mir sehr sympathisch. Er heißt Jürgen und hat mir sogar das Du angeboten. Jürgen erzählte mir, dass er wegen einer Schulung hier in Kettwig ist und dass er nach der Schulung immer Langeweile hat, weil er ja niemanden

59

kennt, mit dem er etwas unternehmen kann. Jürgen fragte mich, ob ich mich noch einmal mit ihm treffen würde, um ihm etwas von Kettwig zu zeigen. Da er sehr nett ist, habe ich zugesagt. Morgen Nachmittag treffen wir uns wieder.

Der nächste Eintrag, in dem Jürgen erwähnt wird, folgt am nächsten Tag.

Heute Nachmittag war ich mit Jürgen unterwegs. Wir sind an der Ruhr entlang spaziert, ein ganzes End flussaufwärts. Dort haben wir uns auf eine Bank gesetzt und lange gequatscht. Jürgen hatte mich gefragt, wofür ich mich interessiere. Da habe ich ihm von meinen Nachforschungen erzählt. Ich habe ihm sogar anvertraut, dass ich bei meinen Nachforschungen auf die KDH gestoßen bin und dass in dieser Vereinigung ganz offensichtlich merkwürdige Dinge vorgehen. Als Jürgen das hörte, war er mit einem Mal ganz komisch. Schließlich gestand er mir, dass auch er dieser Organisation angehört. Er versicherte mir aber, dass die KDH eine ganz harmlose Vereinigung ist, in der sich nur ehrenwerte Leute treffen, um über gemeinschaftliche Interessen zu plaudern. Damit war das Thema für uns erst einmal beendet. Ich werde mich morgen wieder mit Jürgen treffen. Dann werde ich versuchen, über ihn mehr über die KDH zu erfahren. Dass ich auf Jürgen getroffen bin, sehe ich als Wink des Schicksals. Vielleicht gelingt es mir ja durch ihn, in die KDH aufgenommen zu werden. Dann säße ich bezüglich meiner Nachforschungen an der Quelle.

Zwei Tage später erwähnt Weidekamp wieder etwas, was mit diesem Jürgen zu tun hat, allerdings ohne seinen Namen zu nennen.

Er hat nachgefragt und meinte, dass es gut für mich aussieht und dass ich vielleicht der KDH beitreten kann.

60

Ich hoffe, dass es klappt. Dann werde ich die Leute, über die ich schon so viel zusammen getragen habe, persönlich kennen lernen. Auch wenn das Material, was ich über sie gesammelt habe, schon fast ausreichen würde, um ihnen das Genick zu brechen, so werde ich mein Werk mit Hilfe der KHD beenden.

Am gleichen Tag schrieb er einen Nachtrag in das Tagebuch.

Ich habe es geschafft. Man wird mich in der KDH aufnehmen. Demnächst werde ich zum Aufnahmeritual eingeladen.

Den Satz, der im letzten Eintrag von Weidekamp steht, kennst du ja schon.

Der Anruf, den ich gestern heimlich belauscht habe, brachte mir die erschütternde Kenntnis, dass ich den Kopf dieser Organisation schnell finden muss. Sonst gibt es mit einem Schlag hundert Tote.

Ich vermute, dass dieser Jürgen der Anrufer war, den Weidekamp belauscht hatte. Der letzte Eintrag wurde zwei Tage vor Weidekamps Tot verfasst."

Silvia Muisfeld lehnte sich nach hinten und strich mit beiden Händen ihre schulterlangen, rotbraunen Haare hinter die Ohren. „Was zum Teufel verbirgt sich hinter dieser KDH? Das sollten wir schleunigst herausfinden."

„Aber wie?"

„Wenn ich das wüsste."

„Ich hatte mir heute Morgen auch schon die anderen Dateien auf dem Rechner angesehen", sagte Söhlbach. „Dabei handelt es sich überwiegend um Kopien von Politikerreden, die Weidekamp zusammen getragen hatte. Alles ziemlich belanglos. Dann ist noch eine Fotodatei dabei. Ich habe diese Fotos durchgesehen. Auf den

Bildern sind ausschließlich Weidekamps Eltern zu sehen. Aus den Daten des Rechners geht hervor, dass Weidekamp sich den Laptop erst vor drei Monaten angeschafft hatte."

„Dann hatte Weidekamp das gesammelte Material, was er in den Aufzeichnungen erwähnt, irgendwo anders deponiert. Fragt sich nur, wo."

„In seiner Wohnung war nichts. Vielleicht hat er es bei seinen Eltern versteckt."

„Wir haben doch sein Zimmer gesehen, Silvia. Da gab es keine Unterlagen."

„Vielleicht sollten wir seine Eltern mal fragen, ob wir uns mal auf dem Speicher und im Keller umsehen dürfen, weil dort Unterlagen sein können, die uns zum Mörder ihres Sohnes führen."

„Das wäre eine Möglichkeit." Sven stand auf und begab sich neben den Stuhl seiner Kollegin. „Und? Wie weit bist du mit dem Bericht?"

„Fast fertig."

„Ich würde sagen, wir machen eine kurze Kaffeepause. Ich habe es dir noch gar nicht gesagt. Um halb Zwölf haben wir einen Termin in Essen. Ich habe heute Morgen mit der Zeitungsredaktion telefoniert, in der Weidekamp gearbeitet hatte. Vielleicht erfahren wir dort ja mehr über ihn."

Silvia nickte. „Vorher werde ich aber noch einmal Weidekamps Eltern anrufen. Vielleicht kennen sie ja diesen Giesen, bei dem sich ihr Sohn entschuldigt hat."

„Gute Idee."

Die Kommissarin wählte die Rufnummer von Weidekamps Eltern. Sie drückte die Lautsprechertaste des Telefons, damit ihr Kollege das Gespräch mit verfolgen konnte.

„Ja, bitte?", meldete sich eine männliche Stimme. Herr Weidekamp klang sehr heiser.

„Hallo Herr Weidekamp, hier ist Silvia Muisfeld von der Kripo."

„Haben Sie den Mörder gefunden?"

„Nein, Herr Weidekamp. Tut mir leid. Wir ermitteln noch." Silvia holte tief Luft. „Herr Weidekamp, Ihr Sohn erwähnte in seinen Aufzeichnungen einen gewissen Giesen. Hatte er diesen Namen Ihnen gegenüber schon einmal er- wähnt?"

„Ja, das hat er."

„Hatte er auch gesagt, wer dieser Giesen ist und woher er ihn kennt?"

„Giesen war ein Kollege von ihm."

„Ein Kollege?"

„Ja. Von der Zeitung. Unser Johannes hatte zunächst nur positiv über seine Kollegen gesprochen; hatte gesagt, sie seien alle sehr nett. Irgendwann aber begann er damit, über einige seiner Kollegen zu schimpfen. Er sagte, sie sind hinterhältig und falsch. Giesen gehörte auch zu den Kollegen, die Johannes nicht mehr leiden konnte. Mein Sohn hatte gesagt, dass Giesen sogar der schlimmste von allen war. Johannes war ja nur Praktikant, aber er hatte auch selbst recherchierte Berichte für die Zeitung ge- schrieben. Schließlich wollte er ja beweisen, was er drauf hatte. Giesen war Johannes´ Chef und jeder Bericht, den unser Junge geschrieben hatte, gab er Giesen. Sein Chef sollte doch sehen, wie gut Johannes schreiben konnte. Die meisten Geschichten von ihm waren aber mit einer abfälligen Bemerkung im Papierkorb gelandet. Einige Berichte, die besonders gut recherchiert und geschrieben waren, erschienen aber in der Zeitung. Giesen hatte sie allerdings unter seinem eigenen Namen veröffentlicht. Er hatte quasi unserem Jungen die Storys geklaut. Johannes hatte sich darüber beim Vorgesetzten von Giesen beschwert. Dieser hatte unseren Sohn nur ausgelacht, denn er war nicht nur Giesens Vorgesetzter, sondern gleichzeitig auch einer seiner besten Kumpel. Nach diesen Vorkommnissen hatte Johannes die Tätigkeit bei der Zeitung hingeschmissen."

„Kann es sein, dass Ihr Sohn sich mit diesem Giesen gestritten hatte?"

„Ja. Ein Tag, bevor Johannes bei der Zeitung aufgehört hatte, gab es dort ein Betriebsfest. Unser Sohn trank eigentlich nur ganz selten Alkohol, doch auf diesem Fest hatte er getrunken. Johannes hatte uns erzählt, dass er eigentlich froh darüber war, getrunken zu haben, denn der Alkohol löste seine Zunge und so hatte er den Mut gefunden, diesem Giesen mal so richtig die Meinung zu sagen."

„Dann hatte er also Krach mit Giesen."

„Und was für einen. Unser Sohn war aber eigentlich nicht der Typ, der sich mit Leuten, die ihm etwas antaten, herumstritt. Johannes machte es ganz anders. Er beobachtete diese Leute, um ihre Schwachpunkte zu finden. Johannes sagte immer, wenn man den Schwachpunkt findet, dann kann man die Leute damit im Griff haben."

„Und? Hatte Johannes auch bei Giesen einen Schwachpunkt gefunden?"

„Ja."

„Und was für ein Schwachpunkt war das?"

„Das hat er nicht gesagt."

„Herr Weidekamp, können Sie mir genau sagen, was Ihr Sohn über Giesens Schwachpunkt erzählt hatte?"

„Er sagte, dass Giesen ein Geheimnis hätte, mit dem er ihn sogar erpressen könnte. Was es aber auch immer war, Johannes hatte ihn nicht erpresst."

„Und das wissen Sie ganz genau?"

„Ja. Johannes hatte gesagt, dass er Giesen angerufen hatte, um ihm zu sagen, was er alles über ihn weiß und dass er sein Geheimnis kennt. Mein Sohn hatte gesagt, dass er seinem Exchef mit diesem Anruf Angst machen wollte, aber mehr auch nicht."

„Herr Weidekamp, kann es sein, dass Giesen sich von Ihrem Sohn so sehr bedroht fühlte, dass er ihm etwas angetan hat?"

„Nein. Als Johannes vor einiger Zeit mal wieder bei uns zu Besuch war, hatte er uns erzählt, dass er Giesen gegenüber ein schlechtes Gewissen hatte und dass ihm diese Geschichte im Magen lag. Er hatte gesagt, dass es nicht richtig von ihm war, Giesen zu verfolgen und zu bespitzeln, nur um ihm dann mit dem, was er herausgefunden hatte, Angst einzujagen. Meine Frau hatte Johannes den Rat gegeben, diesen Giesen anzurufen und die Sache zu klären. Dem Rat war unser Sohn auch sofort gefolgt. Er hatte sofort von uns aus angerufen und ich habe selbst gehört, wie sich unser Junge bei ihm entschuldigt hat. Nach dem Anruf war Johannes so richtig erleichtert."

„Können Sie sich noch daran erinnern, was genau Ihr Sohn zu Giesen am Telefon gesagt hatte?"

„Ja. Johannes hat gesagt, dass er das, was er ihm auf dem Betriebsfest an den Kopf geworfen hatte, nicht so gemeint hat und er sich dafür entschuldigen möchte. Dann sagte er noch, dass Giesen sich keine Sorgen machen müsste, denn er würde sein Geheimnis niemals ausplaudern. Mein Sohn hatte Giesen am Telefon versprochen, dass er alles, was er über ihn herausgefunden hatte, für immer für sich behalten würde."

„Und Johannes hat Ihnen nicht erzählt, was er über Giesen wusste?"

„Nein. Meine Frau hatte versucht, es herauszubekommen, doch Johannes meinte nur, dass es Dinge gibt, über die man nicht redet, weil diese Dinge nur den Betroffenen etwas angehen."

Herr Weidekamp, ich hätte da noch eine Frage. Kann es sein, dass Ihr Sohn irgendwo in Ihrem Haus Unterlagen deponiert hat? Vielleicht auf dem Speicher oder im Keller?"

„Nein, das glaube ich nicht."

„Sie sind sich aber nicht sicher?"

„Eigentlich ja. Was für Unterlagen sollen das denn sein?"

„Ihr Sohn hatte in der letzten Zeit Recherchen über die KDH zusammen getragen. Leider konnten wir diese Unterlagen nirgendwo finden. Diese Unterlagen könnten uns aber zu seinem Mörder führen."

„Ich werde nachsehen, ob ich etwas finde. Wenn ja, dann rufe ich Sie an."

„Vielen Dank, Herr Weidekamp. Wenn es etwas Neues gibt, melden wir uns wieder."

Damit war der Anruf beendet.

„Es trifft sich gut", meinte Söhlbach, „dass wir gleich einen Termin bei der Zeitung haben. Vielleicht sollten wir vorher noch einmal dort anrufen, um zu fragen, ob dieser Giesen auch anwesend ist. Ihn müssen wir auf jeden Fall befragen."

„Nein. Wir rufen nicht an. Giesen soll noch nicht wissen, was wir erfahren haben. Ich möchte sehen wie er reagiert, wenn wir ihn mit dieser Aussage konfrontieren."
„Und wenn er nicht da ist?"
„Dann haben wir Pech."

*   *   *

Silvia Muisfeld und Sven Söhlbach kamen mit etwas Verspätung in Essen an. Für die Fahrt von Duisburg bis zu ihrem Ziel hatten sie fast fünfzig Minuten gebraucht, weil es mal wieder einen Stau gegeben hatte.

Der Mann, mit dem sie sich in der Zeitungsredaktion treffen wollten, hieß Pantrow. Ihn hatten sie bereits von Unterwegs aus angerufen, um Ihm mitzuteilen, dass es etwas später werden würde.

Als die beiden schließlich das Büro von Pantrow betraten, schaute dieser auf seine Uhr.

„Na ja, so spät ist es ja doch nicht geworden", sagte er und stand von seinem Schreibtischstuhl auf, um die Polizisten zu begrüßen.

Dann bot er Muisfeld und Söhlbach Stühle an und setzte sich wieder.

„Als ich erfuhr, dass Johannes Weidekamp tot ist", sagte er, nachdem alle saßen, „wollte ich es gar nicht glauben. Johannes war noch so jung."

„Aber ganz offensichtlich", meinte Muisfeld, „war er einer großen Sache auf der Spur und hatte so viel herausbekommen, dass man ihn wegen seines Wissens umgebracht hat."

Pantrow schüttelte leicht den Kopf. „Ich kann das einfach nicht fassen."

„Erzählen Sie uns doch mal", forderte Söhlbach ihn auf, „was Johannes Weidekamp bei Ihnen in der Redaktion so alles gemacht hat."

Pantrow kratzte sich am Kinn. „Johannes Weidekamp hat das gemacht, was Praktikanten halt so tun. Er war ein Mann für alle Fälle. Zu seinen Aufgaben gehörte das Kaffeekochen genauso, wie Botengänge und Akten sortieren. Johannes hatte zwar immer wieder versucht,

68

journalistisch tätig zu sein, aber die Ber chte, die er schrieb, waren allesamt unbrauchbar. Sie glichen Schulaufsätzen. Er hatte einfach nicht das Zeug zum Journalisten."

„War Johannes Weidekamp in der Zeit, in der er hier tätig war, vielleicht mit irgendwelchen Mitarbeitern angeeckt?", wollte Muisfeld wissen.

„Nein. Er war eigentlich bei allen Mitarbeitern sehr beliebt. Schließlich hatte er ihnen ´ne Menge Arbeit abgenommen und sie stets mit frischem Kaffee versorgt."

„Und es ist noch nie etwas vorgefallen? Ich meine, hat sich Weidekamp nicht ein einziges Mal über etwas beschwert?"

Pantrow wirkte für einen Augenblick nachdenklich.

„Ja", sagte er schließlich. „Da ist mal etwas vorgefallen. Weidekamp hatte sich bei mir mal über seinen direkten Vorgesetzten in der Redaktion beschwert; hatte behauptet, dieser würde ihm Berichte klauen."

„Und? Was genau ist da vorgefallen?"

„Weidekamp kam zu mir, legte eine Zeitung auf meinen Tisch und deutete auf einen Bericht auf der Titelseite. Er meinte zu mir, dass er diesen Artikel verfasst hatte und Erich Giesen, das war sein Vorgesetzter, ihn unter seinen Namen veröffentlicht hat. Das habe ich Weidekamp natürlich nicht abgenommen, denn für so einen Bericht hatte er nicht das Zeug. Ich hatte auch hinterher noch mit Erich Giesen Rücksprache gehalten. Er meinte, dass Weidekamp in der letzten Zeit ziemlich frustriert wirkte und auch sauer darüber war, weil er nicht als offizieller Mitarbeiter übernommen worden war. Giesen hatte es zugelassen, dass Weidekamp bei der Gestaltung des

Berichts mitwirken durfte und daraufhin behauptete er, den Bericht selbst geschrieben zu haben."

„Ist Herr Giesen auch im Haus?", fragte Söhlbach. „Wir würden uns gerne auch mit ihm mal unterhalten."

„Als ich vorhin an seinem Büro vorbeikam, war er noch nicht da, aber warten Sie, ich frag mal nach."

Er griff zum Telefon.

„Ich bin´s", sagte er, nachdem die Verbindung stand. „Ist Erich mittlerweile eingetrudelt?" Pantrow lauschte für einen Moment in den Hörer. „Danke", sagte er schließlich und beendete das Gespräch.

„Also, der Kollege Giesen ist jetzt da."

„Wo finden wir ihn?", wollte Söhlbach wissen.

„Sie gehen den Flur links entlang. Es ist die letzte Tür, direkt neben dem Aufzug."

Die beiden Polizisten bedankten sich für die Auskunft und verließen Pantrows Arbeitszimmer.

Wenig später standen sie vor Giesens Büro.

Die Tür stand weit offen.

Sofort fiel ihnen ein Mann in die Augen, der vor einem Aktenschrank stand und seine Finger suchend über eine Reihe Ordner glitten ließ.

Der etwa 1,80 Meter große Mann war sehr korpulent, Seine braune Stoffhose spannte sich über den dicken Bauch weit nach vorne. Die Knöpfe seines weißen Hemdes standen ganz offensichtlich unter Spannung und es sah so aus, als würden sie jeden Moment unter dem Druck der prallen Bauchfüllung abreißen.

Er murmelte etwas vor sich hin und strich dabei mit der Hand über seine blanke Glatze.

„Entschuldigen Sie", sprach Silvia ihn an. „Sind Sie Herr Giesen?"

70

Der wohlbeleibte Mann wandte sich ihnen zu. Jetzt erst erkannten die beiden Polizisten sein übermäßig ausgeprägtes Doppelkinn.

„Ja", antwortete der Mann. „Der bin ich. Was kann ich für Sie tun?"

Söhlbach hielt seinen Dienstausweis hoch. Dann stellte er sich und seine Kollegin kurz vor.

„Die Kripo", sagte Giesen und zog überrascht die Augenbrauen nach oben. „Ist etwas passiert, über das wir berichten sollen?"

„Nein", gab Sven zu verstehen. „Es geht um den Mord an Ihren ehemaligen Mitarbeiter Johannes Weidekamp. Wir hätten da ein paar Fragen an Sie, Herr Giesen."

Der Angesprochene wies auf Stühle, die vor seinem Schreibtisch standen. „Setzen Sie sich", sagte er. „Dann lässt es sich entspannter plaudern."

Er selbst begab sich hinter den Schreibtisch und ließ seinen gewichtigen Körper regelrecht auf den Stuhl fallen. Dabei vernahm man ein leises Schnaufen.

„Also", sagte Silvia, nachdem sie und ihr Kollege Platz genommen hatten. „Uns ist zu Ohren gekommen, dass es zwischen Ihnen und Herrn Weidenkamp eine Auseinandersetzung gegeben hatte. Können Sie uns dazu etwas sagen?"

Giesen lehnte sich nach hinten. Nun bedeckte sein Doppelkinn den kompletten Hals.

„Das stimmt", erklärte er. „Es war auf unserem Betriebsfest. Johannes hatte wohl zu tief ins Glas geschaut. Er hatte sich vor der ganzen Belegschaft vor mich aufgebaut und mich übel beschimpft; hatte behauptet, dass ich ihm die Storys geklaut habe. Einige Mitarbeiter haben sich Johannes daraufhin geschnappt und ihn zur Tür

71

befördert. Sie wollten den Störenfried rausschmeißen. Im Hinausgehen hatte Weidekamp noch gerufen, dass ich mich vorsehen sollte; hatte gemeint, er würde mir die Kehle aufschneiden und mich wie ein Schwein ausbluten lassen." Giesen lächelte.

„Wie gesagt", sprach er weiter. „Er war total betrunken und wusste ganz offensichtlich nicht mehr, was er tat."

„Hatte er Ihnen Angst mit dieser Drohung gemacht?", wollte Söhlbach wissen.

Der korpulente Mann hinter dem Schreibtisch winkte ab. „Warum sollte ich Angst vor jemanden bekommen, der in diesem Moment nicht mehr Herr seiner Sinne war?"

Silvia Muisfeld wog ihren Kopf hin und her.

„Wenn mir jemand androhen würde, mir die Kehle durchzuschneiden", sagte sie, „dann wäre mir aber nicht wohl."

Die Antwort war ein erneutes Abwinken.

„Die Sache war übrigens schon längst erledigt. Johannes hatte mich angerufen, um sich bei mir zu entschuldigen. Damit war diese Drohung für mich aus der Welt. Wissen Sie, ich bin nicht nachtragend. Zwischen mir und Johannes war wieder alles in Ordnung."

„Obwohl Herr Weidekamp Sie vorher bespitzelt und Ihr Geheimnis herausbekommen hatte?"

Silvias Aussage trieb Giesen eine leichte Röte ins Gesicht. Er wirkte für einen Moment verunsichert.

Dann aber sagte er: „Ich verstehe nicht, was Sie meinen. Von was für einem Geheimnis reden Sie?"

„Sie wissen ganz genau, wovon ich rede", entgegnete Muisfeld.

Giesens anfängliche Verunsicherung war verschwunden. Er zog seine Schultern nach oben.

„Nein. Ich weiß nicht, wovon Sie reden. Bitte klären Sie mich auf."

Da Silvia nicht wusste, welches Geheimnis Weidekamp aufgedeckt hatte, wechselte sie das Thema.

„Herr Giesen, haben Sie Johannes Weidekamp nach dem Betriebsfest noch einmal gesehen?"

„Nein. Niemand hatte ihn mehr gesehen. Er war hier nie wieder aufgetaucht." Giesen beugte sich nach vorne und stützte sich mit beiden Ellbogen auf dem Schreibtisch ab. Dann blickte er der Kommissarin tief in die Augen. „Und jetzt lenken Sie nicht vom Thema ab, Frau Muisfeld. Von welchem Geheimnis haben Sie gerade gesprochen?"

Silvia und Sven sahen sich kurz an. Dann lächelte sie und meinte: „Wir alle wissen doch ganz genau, worum es geht. Darüber reden wir vielleicht ein anderes Mal."

Giesen ließ sich nicht beirren.

„Ich weiß nicht, worum es geht. Es wäre nett von Ihnen, wenn Sie mich aufklären."

Er schaute Söhlbach und Muisfeld abwechselnd an.

Silvia zuckte mit den Schultern.

„Es ist so, Herr Giesen, Johannes Weidekamp hatte mit jemandem darüber geredet, dass er Sie heimlich aus-spioniert hat. Dabei ist er Ihrem Geheimnis auf die Schliche gekommen. Ehrlich gesagt, wissen wir nicht, worum es bei diesem Geheimnis geht. Wir haben gehofft, von Ihnen etwas darüber zu erfahren."

Giesen lehnte sich grinsend in seinen Stuhl zurück.

„Da kann ich Ihnen leider nicht weiterhelfen", gab er den beiden zu verstehen. „Ich wüsste nicht, was Weidekamp da entdeckt haben will. Bei mir gibt es keine Geheimnisse. Außerdem hätte ich es bestimmt bemerkt, wenn man mir heimlich nachspioniert. Da hat Ihnen jemand einen großen

Bären aufgebunden. Als Journalist kann ich Ihnen aus Erfahrung sagen, dass Sie nicht alles glauben sollten, was die Leute so erzählen."

„Und als Polizist", sagte Söhlbach, „kann ich Ihnen sagen, dass wir gerade durch solche Hinweise schon so manchen Fall aufgeklärt haben. Außerdem sind wir verpflichtet, jedem Hinweis nachzugehen, mag er zunächst noch so merkwürdig klingen."

Giesen nickte.

„Okay, Sie tun Ihre Arbeit. Trotzdem kann ich Ihnen nur sagen, dass es bei mir keine Geheimnisse gibt. Können Sie mir erklären, was für einen Grund Weidekamp dafür gehabt haben soll, mich auszuspionieren?"

„Er hatte behaupten, dass Sie ihm eine Story geklaut und seine Geschichte unter Ihrem Namen auf der Titelseite der Zeitung veröffentlicht haben. Dafür wollte er sich bei Ihnen rächen."

Giesen winkte ab.

„So ein Quatsch. Die Wahrheit ist, dass er an einer Story mitarbeiten durfte und gleich glaubte, sie sei ganz alleine auf seinem Mist gewachsen. Mit dieser infamen Behauptung ist er sogar zum Chef gegangen. Diese Geschichte war einfach lächerlich."

Silvia Muisfeld hatte nicht vergessen, dass Giesen für einen kurzen Moment rot angelaufen war, als sie vorhin das Geheimnis, welches Weidekamp herausgefunden haben wollte, erwähnt hatte. Sie wusste, dass der Mann vor ihnen etwas verschwieg, auch wenn er sich jetzt nichts mehr von seiner anfänglichen Nervosität anmerken ließ.

„Herr Giesen", sagte sie. „Ich muss Sie trotzdem fragen, wo Sie sich gestern Morgen zwischen fünf und halb sechs aufgehalten haben."

Für einen Moment glaubte die Kommissarin, erneut einen leichten Hauch von Röte in Giesens Gesicht erkannt zu haben.

„Um diese Zeit lag ich noch im Bett und habe geschlafen." Giesens Stimme klang fest.

„Dafür gibt es aber keine Zeugen, oder?"
Silvia sah ihn fragend an.

„Doch. Meine Frau."

„Ihre Frau?"

„Ja, meine Frau. Bei uns klingelt jeden Morgen um sechs Uhr der Wecker. Dann stehen wir beide gemeinsam auf, um zu frühstücken."

„Aber wenn Sie sich nachts heimlich weggeschlichen und sich danach wieder leise ins Bett gelegt hätten, dann wäre es Ihrer Frau entgangen."

Giesen schüttelte den Kopf.

„Erstens hat meine Frau einen so leichten Schlaf, dass ich mich gar nicht davon schleichen könnte und zweitens wohnen wir in Sprockhövel. Ich fahre jeden Morgen vierzig Kilometer bis zu meiner Arbeitsstelle und bin gute vierzig Minuten bis hierher unterwegs. Nach meinen Informationen wurde Weidekamp doch irgendwo im Duisburger Norden ermordet. Sie sagten, zwischen fünf und halb sechs. Können Sie mir erklären, wie ich es schaffen sollte, von dort aus so schnell nach Hause zu fahren, damit ich um sechs Uhr wieder neben meiner Frau im Bett liege? Wenn ich mir die Strecke vorstelle, würde ich sagen, man braucht dafür gut anderthalb Stunde. Oder sind Sie da anderer Meinung?"

Muisfeld überlegte kurz und musste feststellen, dass der Mann vor ihr Recht hatte.

Bevor sie noch etwas sagen konnte, schob Giesen eine Visitenkarte über den Schreibtisch.

„Bitte", sagte er. „Da steht meine Adresse und meine Telefonnummern drauf, auch meine private. Rufen Sie meine Frau an und befragen sie. Sie wird meine Aussage bestätigen."

Schulterzuckend nahm die Kommissarin die Karte an sich. Mit den Worten: „Danke für Ihre Auskünfte, Herr Giesen", erhob sie sich. „Kennen Sie sonst noch jemanden in der Redaktion, der uns etwas über Johannes Weidekamp erzählen kann?"

Giesen fasste sich an sein ausgeprägtes Doppelkinn.

„Es gibt viele Kollegen, die Weidekamp kannten, aber ich denke nicht, dass es jemanden gibt, der Ihnen weiterhelfen kann. Sie könnten Herrn Pantrow fragen, ob er Ihnen eine Liste mit allen Mitarbeitern zusammenstellt, die mit Weidekamp etwas zu tun hatten, aber ich kann Ihnen gleich sagen, dass es nichts bringen wird. Weidekamp war immer sehr zurückhaltend. Allzu viel Gespräche mit den anderen Kollegen hat es nicht gegeben. Ich war nicht nur sein direkter Vorgesetzter, falls man das bei einem Praktikanten überhaupt sagen kann, ich war auch sein engster Mitarbeiter. Doch selbst mir gegenüber war er immer sehr schweigsam."

Söhlbach und Muisfeld verließen die Redaktion.
Als sie wieder in ihrem Auto saßen, meinte Silvia:
„Giesen verschweigt uns etwas."
„Wie kommst du darauf?"
„Hast du nicht bemerkt, dass er rot angelaufen ist, als ich sein Geheimnis erwähnt hatte?"
Sven hob kurz die Schultern.

„Ja, schon, aber ich dachte, dass es an seinem Über-gewicht lag. Manche Dicke laufen schon bei der kleinsten Anstrengung rot an. Ich finde, dass er sehr überzeugend klang."

Silvia schüttelte leicht den Kopf.

„Irgendetwas stimmt da nicht. Weidekamp hatte Giesen angedroht, ihm die Kehle durchzuschneiden und genau das hat jemand bei ihm selbst gemacht. Das kann einfach kein Zufall sein."

„Und wenn doch?"

Nachdenklich schaute Silvia auf Giesens Visitenkarte, die sie immer noch in ihrer Hand hielt. Dann nahm sie ihr Handy und wählte Giesens Privatnummer.

Schon nach kurzer Zeit meldete sich Giesens Frau am Telefon.

„Guten Tag Frau Giesen, mein Name ist Silvia Muisfeld. Ich bin von der Kripo Duisburg. Ihr Mann hat Ihnen doch bestimmt schon erzählt, dass ein ehemaliger Mitarbeiter von ihm ermordet wurde, oder?"

„Ja, das hat er mir gestern erzählt. Erich konnte es gar nicht fassen, dass sein ehemaliger Kollege tot ist."

„Frau Giesen, wir müssen routinemäßig alle Mitarbeiter der Zeitung überprüfen. Können Sie uns sagen, wann Ihr Mann gestern Morgen das Haus verlassen hat?"

„Gestern?" Die Frau am anderen Ende der Leitung schien einen Augenblick zu überlegen. „Gestern war Dienstag. Da ist Erich schon sehr früh aus dem Haus gegangen. Er musste noch Recherchearbeiten erledigen, bevor er ins Büro fuhr."

„Sehr früh? Können Sie mir sagen, um welche Uhrzeit?"

„Dienstags fährt er oft schon gegen vier Uhr los, damit er noch alle wichtigen Aufgaben erledigen kann. Gestern war es auch so."

„Und Sie sind sich da ganz sicher?"

„Natürlich. Ich sagte Ihnen doch, dass er dienstags oft früh weg muss."

„Vielen Dank für Ihre Auskunft, Frau Giesen."

Sven hatte jedes einzelne Wort mithören können.

„Das gibt's doch nicht", kam es ungläubig aus seinem Mund.

„Ich habe dir gleich gesagt, dass mit diesem Giesen etwas nicht stimmt. Er ist sogar so dreist, mir seine Karte in die Hand zu drücken, damit ich seine Frau anrufen soll. Giesen ist sich seiner Überzeugungskraft so sicher, dass er glaubte, ich würde seine Frau sowieso nicht kontaktieren. Das war sein Fehler."

„Dann lass uns mal wieder in die Redaktion gehen", sagte Sven. „Ich bin gespannt, was Giesen zu der Aussage seiner Frau sagt."

Als Söhlbach und Muisfeld wenig später das Büro von Giesen betraten, saß dieser hinter seinem Schreibtisch und blickte die beiden verwundert an.

„Haben Sie noch etwas vergessen?", wollte er wissen.

„Nein", antwortete Söhlbach. „Wir haben nichts vergessen."

„Herr Giesen", sagte Silvia. „Gerade eben haben wir Ihre Frau angerufen, um Ihr Alibi zu überprüfen. Muss ich Ihnen sagen, was sie ausgesagt hat?"

Der korpulente Mann hinter dem Schreibtisch lief rot an.

„Scheiße", kam es leise aus seinem Mund. „Scheiße, Scheiße, Scheiße."

„Da kann ich Ihnen nur zustimmen", meinte Muisfeld. „Sie beschreiben Ihre Situation vortrefflich."

„Was hat meine Frau gesagt?", fragte Giesen.

„Dass Sie um vier Uhr das Haus verlassen haben. Warum haben Sie uns belogen?"

Der Befragte schluckte.

„Haben Sie meiner Frau erzählt, dass ich etwas anderes ausgesagt habe?"

„Nein."

„Ein Glück", sagte Giesen und wirkte sichtlich erleichtert.

Söhlbach schaute ihn fragend an.

„Dann erzählen Sie uns doch mal, wo sie wirklich waren, Herr Giesen."

„Ich sage Ihnen die Wahrheit, aber Sie müssen mir versprechen, dass meine Frau nichts davon erfährt."

„Wir versprechen Ihnen überhaupt nichts. Soeben haben Sie sich zu unserem Hauptverdächtigen gemacht. Sollten Sie uns jetzt nicht die Wahrheit sagen, dann nehmen wir sie in U-Haft."

Giesen zog eine Schreibtischschublade auf und griff hinein.

Wie im Affekt zogen die beiden vor ihm ihre Dienstwaffen.

„Machen Sie kein Mist", wies Söhlbach ihn an.

Als Giesen seine Hand wieder langsam auf der Schublade hob, hielt er eine Schachtel Zigaretten in den Fingern.

„Stecken Sie Ihre Schießeisen wieder weg", sagte Giesen, dem die Nervosität im Gesicht geschrieben stand. „Vor zwei Wochen hab´ ich mit dem Rauchen aufgehört. Der Arzt hat gesagt, dass ich sonst nicht sehr alt werde, und abnehmen soll ich auch. Aber jetzt brauch ich ´ne Kippe."

Er zeigte auf die offene Schublade und blickte die beiden Kripobeamten fragend an.

„Darf ich das Feuerzeug rausholen?"

Sven Söhlbach nickte und steckte die Pistole wieder weg.

„Aber jetzt", forderte er den Mann hinter dem Schreibtisch auf, „erzählen Sie uns, wo sie gestern Morgen waren."

„Ich war bei meiner Freundin."

„Und Ihre Freundin wird es uns bestätigen."

Giesen steckte sich die Zigarette an und machte einen tiefen Zug daran. „Ja, aber es ist nicht so einfach."

Muisfeld sah ihn mit großen Augen an.

„Nicht so einfach?"

„Es ist so. Ich bin verheiratet, sie ist verheiratet und wir wollen es auch beide bleiben. Ich hab sie bei einem Gesundheitskurs für Übergewichtige kennengelernt. Wir haben uns sofort sehr gut verstanden und dann ist es eben passiert. Wenn es geht, dann treffen wir uns einmal in der Woche. Auch Dicke sind Menschen und brauchen ab und zu etwas Zärtlichkeit."

„So genau will ich das gar nicht wissen", gab Silvia ihm zu verstehen. „Schreiben Sie uns den Namen und die Adresse Ihrer Geliebten auf, damit wir sie befragen können."

„Versprechen Sie mir, dass Sie meiner Frau nichts davon sagen?"

„Wenn Sie Ihre Frau mit einer anderen betrügen, ist das Ihre Sache. Geben Sie uns also bitte die Adresse Ihrer Freundin."

„Kann ich sie vorher anrufen?", fragte Giesen.

„Damit sie ihr erzählen können, was sie aussagen soll?"

„Nein. Wenn ich sie nicht auf Ihre Frage vorbereite, wird sie logischer Weise abstreiten, dass sie mich kennt. Wir zwei hatten ausgemacht, alles abzustreiten, falls jemand Wind von unserer Beziehung bekommen sollte. Wissen Sie, für uns steht sehr viel auf dem Spiel."

„Warum nicht?", sagte Muisfeld. „Aber zuerst rede ich mit ihr. Stellen Sie den Lautsprecher ihres Telefons an und wählen ihre Nummer. Ich bin schon ganz gespannt darauf, ob Sie uns auch dieses Mal belogen haben. Wie heißt Ihre Freundin überhaupt?"

„Ines."

„Und wie weiter?"

„Ines Adamsky."

Wenig später klang das Freizeichen aus dem Telefonlautsprecher.

„Adamsky", meldete sich eine weibliche Stimme.

„Guten Tag Frau Adamsky", begrüßte die Kommissarin sie. „Frau Adamsky, mein Name ist Silvia Muisfeld. Ich bin von der Kripo Duisburg. Wir sitzen hier im Büro von Herrn Giesen und brauchen eine Aussagen von Ihnen."

Mit einem Handzeichen wies sie Giesen an, etwas zu sagen.

„Hallo Engelchen", sagte er. „Was die Frau Kommissarin sagt, das stimmt. Ein ehemaliger Kollege von mir wurde ermordet und die Polizei ermittelt jetzt. Die Kommissarin weiß von unserem Verhältnis. Sag ihr bitte die Wahrheit."

„Was für eine Wahrheit?"

„Frau Adamsky", ergriff Silvia wieder das Wort. „Wissen Sie, wo sich Herr Giesen gestern Morgen vor seiner Arbeit aufgehalten hat?"

Die Antwort war ein Schweigen.

„Sag es Ihnen", forderte Giesen sie schließlich auf.

„Du warst bei mir", kam es schließlich zögernd aus dem Lautsprecher.

„Frau Adamsky", sagte Silvia. „Sagen Sie uns bitte, wann genau Herr Giesen bei Ihnen war?"

„Ganz früh. Um halb fünf."

„Und wie lange ist er bei Ihnen geblieben?"

„Wie immer; drei Stunden. Um halb acht ist er zur Arbeit gefahren."

„Würden Sie das auch schriftlich niederlegen?"

„Schriftlich? Hören Sie, ich weiß nicht, was Erich Ihnen erzählt hat, aber es darf niemand erfahren. Ich werde es auf keinen Fall schriftlich machen."

Dann machte es „Klick" und das Gespräch war beendet.

Giesen sah seine beiden Besucher verzweifelt an.

„Und jetzt?", wollte er wissen.

„Jetzt werden wir Sie wieder verlassen, Herr Giesen", sagte Söhlbach und blickte seine Kollegin an. „Oder hast du noch Fragen an ihn, Silvia?"

„Nein. Im Moment nicht. Aber Sie sollen wissen, Herr Giesen, dass wir uns weitere Schritte vorbehalten."

Als Söhlbach und Muisfeld wieder auf der Rückfahrt nach Duisburg waren, redeten sie über Giesen und seinem Verhältnis.

„Ganz ehrlich, Silvia, was hältst du von dieser Geschichte?"

„Was soll ich davon halten? Ich bin mir sicher, dass er uns dieses Mal nicht belogen hat."

„Nur weil er sie Engelchen genannt hat, muss die Aussage nicht stimmen. Was macht dich so sicher, dass er dieses Mal die Wahrheit gesagt hat?"

Silvia zuckte mit den Schultern.

„Keine Ahnung. Ist so 'n Gefühl."

„Ein Gefühl?"

„Ja. Ich kann mir einfach nicht vorstellen, dass der Dicke dazu in der Lage ist, Weidekamp in den Mattlerbusch zu schleifen und ihn zu fesseln, um ihm die Kehle aufzuschneiden."

„Ich kann mir das zwar auch nicht vorstellen, aber du musst zugeben, dass es trotzdem durchaus möglich wäre. Weidekamp wurde ja nicht in den Mattlerbusch geschliffen. Es deutet alles darauf hin, dass er sich freiwillig an dieses Gestell hat fesseln lassen."

„Genau daran muss ich immer denken. Warum lässt sich jemand freiwillig an einem Gestell fesseln? Wenn Weidekamp geahnt hätte, was man mit ihm vorhat, hätte er sich nicht fesseln lassen. Oder siehst du das anders?"

„Das sehe ich genauso."

„Vielleicht ging es bei dieser Fesselung ja um ein perverses Sexspiel? Wir wissen ja nicht, was für sexuelle Neigungen Weidekamp hatte."

Söhlbach blies die Luft durch seine Backen.

„Du meinst, Weidekamp hat sich fesseln lassen, weil es um ein Sexspiel ging? Dann würde es bedeuten, dass der Täter auch eine Frau sein könnte."

„Niemand hat etwas von einer Frau in seinem Leben erzählt, weder die Kollegen, noch sein Eltern."

„Das stimmt", sagte Söhlbach, „aber solche Frauen sind ja auch käuflich."

„Ja, allerdings."

„Oder man kann sie in gewissen Internetforen kennenlernen. Dort rotten sich doch Gleichgesinnte immer zusammen."

„Das hört sich ja so an, als hättest du schon Erfahrung damit gemacht."

„Kein Kommentar."

*   *   *

83

An der schäbig grauen Betonwand des hell erleuchteten Kellerraums hing eine große, rotweiße Fahne mit einem seltsamen Zeichen in der Mitte. Dieses Zeichen wirkte wie eine Raute, die auf zwei Füßen stand. In der Raute selbst war ein Kreis abgebildet. Mitten auf dem Kreis prangte ein Kreuz.

Der Raum, den man auf Grund seiner Größe ohne weiteres als Saal bezeichnen konnte, glich von der Einrichtung her mit seinen vielen Tischen und Stühlen fast einer Schulklasse.

Auf den Stühlen in der ersten Reihe nahmen gerade drei Männer Platz. Einer von ihnen trug eine graue Trachtenstrickjacke. Die rote Baseballkappe auf seinem Kopf trug seitlich eine weiße 18. Sein Nebenmann war groß und bullig. Der dritte im Bunde hatte eine Glatze und schien ganz darin aufzugehen, auf einem Kaugummi herum zu kauen.

Ihnen gegenüber, an der Wand mit der Fahne, saß ein Mann hinter einem breiten Tisch.

„Ich habe euch eher erwartet", sagte er.

Seine Stimme klang sehr hell, spiegelte aber dennoch große Selbstsicherheit wider.

„Ihr habt diesen Schnüffler also aus dem Verkehr gezogen."

Der etwa vierzig Jahre alte Mann erhob sich, zog seinen weißen Pulli gerade und ging um den Tisch herum. Vor den drei Neuankömmlingen blieb er stehen.

„Ja, Hauptkameradschaftsführer", antwortete einer der drei, ein 1,90 Meter großer, breitschultriger Bulle von einem Mann, mit kurzgeschorenen, blonden Haaren. „Er schweigt nun für immer."

84

Selbst im Stehen wirkte der nur 1,69 Meter messende Kameradschaftsführer im Vergleich mit dem sitzenden Hünen klein und zerbrechlich.

Der Name des Kameradschaftsführers war Günter Rommel, doch das wussten die anderen im Raum nicht, denn seinen Namen hatte er noch nie preisgegeben. Für sie war er der Herr Hauptkameradschaftsführer.

„Ihr habt gute Arbeit geleistet", sagte er und strich sich mit der Hand über seine dunklen Haare. Dass er eine Perücke trug, wusste niemand. Unter der Perücke hatte er nur wenige verbliebene Haare, die nur noch seitlich auf seinem Haupt wuchsen. Die Perücke war Teil seiner Tarnung, genau wie die dunkle, modische Brille, die er eigentlich nicht brauchte. Er trug Schuhe mit speziellen Einlagen und einer erhöhten Sohle, die ihn um fünf Zentimeter größer erschienen ließen. Auch das gehörte dazu, seiner Person ein anderes Aussehen zu geben. Niemand sollte ihn erkennen und niemand sollte wissen, wer er ist.

Er wandte sich an die drei Männer:

„Habt ihr es genauso erledigt, wie ich es euch aufgetragen habe?"

Der Mann vor ihm nickte. „Er starb an der Stelle, an der schon unsere Gedankenbrüder die Fahne verehrten. Es war auch für uns ein großes Gefühl, an diesem Ort der Ehre zu stehen. Ich empfand es nicht nur als Hinrichtung eines Verräters. Es war auch ein Blutopfer für alle, die an diesem Ort die Fahnen hoch hielten."

Der Kameradschaftsführer lächelte. „Das hast du wunderschön gesagt, Bernd."

Erneut zog er seinen weißen Pulli, der etwas zu kurz geraten schien, nach unten. Dann nickte er zufrieden.

„Dieses Problem habt ihr sehr vorbildlich gelöst, Kameraden; wirklich sehr lobenswert."

Rommel klatschte leicht in die Hände und spendete den drei Männern einen zaghaften Applaus.

„Solche Taten", sprach er weiter, „stärken unsere Verbundenheit. Dass ihr diesem Weidekamp so schnell auf die Schliche gekommen seid, war eine großartige Leistung. Er stand tatsächlich kurz davor, unsere Kameradschaft auffliegen zu lassen. Unser Glück, dass er das Angebot, in unsere Kameradschaft aufgenommen zu werden, aus Neugier nicht ablehnen konnte. Er dachte wohl, dass er so noch mehr über die Kameradschaft Deutscher Heimatfreunde erfahren könnte. Doch die KDH ist wachsam." Rommel lachte kurz auf. „Da lässt sich dieser Trottel doch tatsächlich darauf ein, sich zum Aufnahmeritual an die Halterungen fesseln zu lassen. Die Hinrichtung des Mannes war aus der Sicht der Kameradschaft eine Heldentat, für die es von der Führung noch eine Extrabelobigung geben wird."

Der Hüne lächelte. „Herr Hauptkameradschaftsführer, wir haben, wie aufgetragen, ebenfalls dafür gesorgt, dass vorerst niemand die Identität des Toten heraus findet. All seine persönlichen Sachen haben wir entsorgt."

„Ja", sagte nun der Mann mit der roten Baseballkappe. „Weidekamp hatte mir erzählt, dass er allein wohnt und außer seinen Eltern keine Verwandten hat. Seine Eltern hatte er in der letzten Zeit nicht oft besucht. Bis die sich wundern, warum sich ihr Sohn nicht mehr meldet, können Monate vergehen. Außerdem wohnen sie in Bottrop. Ich denke, die Bullen werden das Verschwinden von Weidekamp nicht mit einem Mord in Duisburg in Verbindung bringen." Er griff neben seinen Stuhl und hob eine schwarze Tasche auf. „Hier drin sind alle Unterlagen über Weidekamps Recherchen. Das, was von ihm bisher über uns zusammen getragen wurde, hätte ausgereicht, um unseren großen Plan zunichte zu machen. Der Trottel hatte die Unterlagen im Kofferraum seines Autos deponiert. Da wir Weidekamp schnell aus dem Verkehr ziehen mussten, blieb mir leider nicht mehr die Gelegenheit, herauszufinden, wo seine Wohnung ist. Aus den Gesprächen mit ihm ging aber hervor, dass er alles, was ihm wichtig war, immer bei sich trug. Er glaubte, bei ihm zu Hause wäre nichts sicher. Deshalb gehe ich davon aus, dass es in seiner Bude sowieso keine Hinweise auf uns gibt."

„Ich möchte eure Heldentat ja nicht schmälern", sagte der Kameradschaftsführer, „aber die Polizei kennt bereits die Identität des Verräters. Sie wissen, dass es Johannes Weidekamp ist. Da ist euch wohl bei der Beseitigung aller Dinge, die auf seine Identität hingewiesen haben, etwas entgangen. Die Polizei tappt aber, was die Hintergründe des Mordes angehen, noch im Dunkeln. Ich glaube auch nicht, dass sie dahinterkommen werden, warum Weidekamp sterben musste. Also Kameraden, ausgezeichnete Arbeit", lobte der Kameradschaftsführer die Männer.

Rommel hob beide Arme und machte zwei Fäuste mit erhobenen Daumen. „Weiter so, Kameraden."

Dann begab er sich wieder hinter den breiten Tisch und nahm Platz.

„Zum nächsten Thema", sprach er weiter. „Jürgen, du wolltest doch die Neurekrutierungen überprüfen. Wie sieht´s aus?"

Der Angesprochene lehnte sich entspannt in seinen Stuhl zurück und lächelte.

„Es sieht gut aus", sagte er. „Ich möchte sogar sagen, es sieht sehr gut aus. Unsere Jungkameraden sind unglaublich eifrig. Sie sind neuerdings auch in den Schulen tätig. Selbst ich war überrascht, als ich hörte, wie viel Schüler aus den letzten Jahrgängen sich für unsere Sache interessieren. Die Mitgliederzahl der Jungkameradschaft steigt kontinuierlich." Der Mann mit der roten Baseballkappe erhob sich von seinem Stuhl. „Lieber Hauptkameradschaftsführer, ich möchte aus gegebenem Anlass einen Vorschlag einbringen."

„Ich höre", forderte der Kameradschaftsführer ihn auf.

„Gerade weil wir so viele neue Jungkameraden rekrutiert haben, möchte ich vorschlagen, dass wir die Probezeit, die Zeit der Treueprüfung, auf drei Jahre verlängern. Wir konnten die Schüler zwar sehr schnell für unsere Ideen begeistern, aber in ihrem jugendlichen Alter könnte der eine oder andere darauf kommen, die Kameradschaft zu hinterfragen. Ich bin der Meinung, dass ein Mitglied, welches geweiht wird, mindestens drei Jahre in der Jungkameradschaft gedient haben muss. Das sollte zur eisernen Regel werden, eine Regel, die uns eine gewisse Sicherheit gegen Verrat bringt. Obwohl, eine endgültige Sicherheit wird es niemals geben, wenn wir unser Streben nach einer großen Mitgliederzahl weiterhin so vorantreiben."

Der Kameradschaftsführer fasste sich mit der Hand ans Kinn und nickte. „Du hast Recht, Jürgen. Deinen Vorschlag werde ich bei der großen Versammlung aufgreifen."

„Es könnten aber auch Ausnahmen dieser Regel geben", sagte Jürgen. „Wenn zum Beispiel ein Neuling eine Heldentat begeht, die ihn für immer an die Kameradschaft bindet, dann sollte es die Möglichkeit geben, die Weihe vorzuziehen."

„Man merkt doch gleich", sagte der Kameradschaftsführer, „dass du mal Jura studieren wolltest, Jürgen. Ich wollte dich sowieso bei dem Entwurf unseres neuen Regelwerks um Mithilfe bitten, denn du denkst einfach an alles."

„Mach ich doch gerne."

Der Mann mit dem weißen Pulli erhob sich. „Ich möchte mich noch einmal bei euch dreien bedanken. Bernd, Jürgen und auch du, Patrik, ihr habt ausgezeichnete Arbeit geleistet; habt dafür gesorgt, dass dieser Intrigant für immer aus dem Verkehr gezogen wurde. Aus gutem Grund möchte ich euch drei noch einmal auf euer Schweigeversprechen hinweisen. Wir vier, die wir hier im Raum sitzen, sind die einzigen, die von unserem Plan wissen. Ihr redet also mit niemandem darüber, auch nicht mit anderen Kameradschaftsführern. Wir, der innere Kern der Gruppe, haben andere Pläne, Pläne von denen niemand etwas weiß und von denen niemand jemals etwas erfahren wird. Sie sollen alle denken, dass wir eine harmlose Kameradschaft sind, eine Kameradschaft, die sich für die Traditionen der Deutschen Heimat einsetzt. "

„Keine Sorge", sagte der Mann mit der Baseballkappe. „Wir wissen ganz genau, was davon abhängt, dass niemand etwas erfährt."

Der Kameradschaftsführer nickte.

„Gut so", sagte er. „Dank euch wird unser Plan aufgehen. Wir werden der Welt ein großes Signal senden, wenn wir das Leben von Hundert dieser bösartigen Menschen mit einem Schlag auslöschen. Dieser Tag rückt immer näher und ich kann ihn kaum erwarten."

„Herr Kameradschaftsführer", sagte der Mann mit der Glatze und stand auf. „Auch ich kann es kaum erwarten, diese kriminelle Bande zu beseitigen. Trotzdem mache ich mir Sorgen. Es besteht die Gefahr, dass diese Tat ein schlechtes Licht auf die KDH werfen könnte. Nicht, dass der Schuss nach hinten los geht."

„Deine Sorgen sind nicht gerechtfertigt, Patrik. Die KDH wird diese Tat offiziell auf das Schärfste verurteilen und politische Lösungen dafür bieten, damit so etwas nie wieder vorkommt. Natürlich werden wir nicht als KDH auftreten, sondern als ordentliche politische Partei, deren neuen Namen ich bei der Hauptversammlung bekannt geben werde. Euch kann ich es ja schon sagen. Wir nennen uns FPDB. Das bedeutet FREIHEITLICHE PARTEI DEUTSCHER BÜRGER.

Mein Plan sieht wie folgt aus: Sobald die FPDB als offizielle Partei angemeldet ist, und das wird Morgen schon sein, werde ich einen anonymen Brief aufsetzen, in dem ein großer Anschlag auf Ausländer angekündigt wird. Diesen Brief, den ich in München in einen Briefkasten werfen werde, sende ich dann an unsere eigene Parteizentrale, die ihren Sitz ab morgen offiziell in Berlin hat. Selbstverständlich werden wir den Brief, so, wie wir ihn erhalten haben, an das Bundeskanzleramt weiterleiten, damit man dort dieser Ankündigung auf den Grund gehen kann. Da es nirgendwo aktuelle Hinweise gibt und anonyme Ankündigungen häufig auftauchen, wird man das Schreiben nicht ganz ernst nehmen, zumal man ein Schreiben mit einem Poststempel aus München nicht unbedingt auf Duisburg beziehen wird. Wenn wir dann erfolgreich zugeschlagen haben, ist die Regierung unter Druck.

Das Volk wird erschreckt feststellen, dass in der bisherigen deutschen Politik etwas falsch gelaufen ist, denn so etwas hätte nie passieren dürfen. Wir als FPDB werden dann an die Öffentlichkeit gehen und in den Medien empört darauf hinweisen, dass die Regierung dem Schreiben mit der Ankündigung auf diesen Anschlag nicht nachgegangen ist. Natürlich veröffentlichen wir eine Kopie des Schreibens, welches wir an das Bundeskanzleramt geschickt haben.

So, wie ich es geplant habe, wird diese Massenexekution der KDH in die Karten spielen. Diese Tat wird unsere Kameradschaft stärken."

„Dann bin ich beruhigt", meinte der Mann mit der Glatze und setze sich wieder.

„Patrik, Bernd, Jürgen", sagte Rommel und sah einem nach dem anderen in die Augen, „ihr drei habt in der KDH eine große Zukunft. Ihr drei gehört zum Urgestein und werdet bald hohe, gut bezahlte Positionen in unserer Partei einnehmen. Ich weiß, dass ihr mich nicht enttäuschen werdet. Wenn es soweit ist und wir genug Macht haben, dann werde ich vorschlagen, dass die alte Thingstätte im Mattlerbusch zu eine unserer offiziellen Kultstätten wird. Dieser Ort wird wieder seine alte Größe bekommen. Dann werden in den Fahnenhalterungen, an dem ihr den Verräter gerichtet habt, wieder Masten stehen, an denen die Flaggen wehen, die Flaggen der KDH.

Die FREIHEITLICHE PARTEI DEUTSCHER BÜRGER wird, auch wenn es noch ein paar Tage dauert, bald in aller Munde sein und ihr seid ein Teil davon."

Dann verabschiedete Rommel seine Besucher. Er schaute ihnen noch hinterher, bis sie den Raum verlassen und die Tür hinter sich geschlossen hatten.

Der Kameradschaftsführer lächelte.

Wie einfach es doch ist, diese Bande von Blödmännern um den Finger zu wickeln. Man muss ihnen eigentlich nur das erzählen, was sie hören wollen und schon hat man sie dort, wo man sie haben will. Freiheitliche Partei Deutscher Bürger, dachte er verächtlich. *Wenn die wüssten, dass es eine solche Partei niemals geben wird.*

Er dachte daran, wie einfach es doch war, dumme und naive Menschen an der Nase herum zu führen.

Aber es macht mir irgendwie richtig viel Spaß.

Rommel hatte einen teuflischen Plan ausgeheckt, um sich an die drei Männer zu rächen, die sein Leben zerstört hatten. Dass bei dieser Rache an die 100 Unschuldige sterben werden, interessierte ihn nicht. Er hatte verlernt, anderen gegenüber Gefühle zu entwickeln, geschweige denn so etwas, wie Mitgefühl. Zu sehr hatte man ihm mitgespielt; zu sehr war sein Hass auf diese Bevölkerungsgruppe gewachsen. Dieser unglaubliche Hass resultierte aus Rommels psychischem Zustand. Er war krank und wurde von einem Wahn getrieben, der durch tragische Lebensereignisse ausgelöst worden war.

Alles war bisher genau nach Plan verlaufen. Niemand kannte seine Identität, und selbst diesen großen Kellerraum, den er unter dem Vorwand angemietet hatte, ein Zwischenlager für Warenimporte zu brauchen, hatte er unter dem Namen Peter Müller angemietet. Gegenüber dem Vermieter war er so überzeugend aufgetreten, dass dieser nicht einmal einen Ausweis von ihm verlangt hatte.

Als er an die drei Männer, an die er sich rächen wollte, dachte, verfinsterte sich seine Miene. Die drei hatten ihm seinen Lebensinhalt genommen, seine Frau und seine beiden vier und sechs Jahre alten Töchter. Der Gedanke daran, dass diese Männer frei herumlaufen und sich jetzt vielleicht irgendwo amüsieren, machte ihn wütend.

Ich hab´ ihre Zusagen. Sie werden bald nach Deutschland kommen, aber nie wieder zurück in ihre Heimat kehren.

Rommels Wut war sogar verständlich, denn das, was diese Männer ihm und seiner Familie angetan hatten, war unverzeihlich.

Es war jetzt drei Jahre her, als ihn sein alter Freund Peter Bila besucht hatte. Bila war in Rumänien zuhause. Die beiden hatten sich vor vielen Jahren bei einem Arbeitsaufenthalt von Bila in Deutschland kennen gelernt. Sie hatten sich von Anfang an gemocht und sehr schnell war eine innige Freundschaft entstanden.

Peter Bila war vor vielen Jahren der Liebe wegen nach Rumänien gezogen. Seine Frau war Rumänin und die beiden hatten sich in ihrer Heimatstadt Arad ein schönes Heim geschaffen. Peter war von ihrer Verwandtschaft und ihrem Freundeskreis herzlich aufgenommen worden und hatte sich dort so richtig wohl gefühlt. Leider war das Glück von ihm nur von kurzer Dauer. Die Ärzte hatten bei seiner Frau einen aggressiven Krebs diagnostiziert und zwei Monate später war sie tot. Peter Bila war aber trotzdem bei seiner neuen Familie und seinen neuen Freunden in Rumänien geblieben.

Als Bila vor drei Jahren bei seinen Freund Rommel in Deutschland zu Besuch war, hatte er erzählt, dass ganz in der Nähe von Bilas Heimatstadt Arad ein riesiges Weingut zum Verkauf stand. Das komplette Anwesen, nebst insgesamt 50 Hektar Anbaufläche wurde für 120.000 Euro angeboten. Da Rommel, begleitet von seiner Familie, seinen Freund Peter schon einmal in Rumänien besucht hatte, kannte er diese Gegend. Landschaftlich hatte es ihm dort sofort gefallen. Als Rommels Frau Nina von dem Weingut hörte, schlug sie ihrem Mann vor, es zu kaufen. Es war schon immer ihr Traum gewesen, in einer Gegend, in der man Leuten echtes Urlaubsfeeling bieten konnte, ein großes Haus zu kaufen, ein zweiter Wohnsitz, in dem man leben und gleichzeitig auch noch Ferienwohnungen vermieten kann. Da ihr Mann ebenfalls hinter dieser Idee stand, hatten sie schon oft gemeinsam das Internet durchstöbert, um etwas Passendes zu finden. Allerdings hatten sie immer nur in Deutschland danach gesucht, und dort waren alle passenden Immobilien für sie leider unerschwinglich. Ein Weingut für nur 120.000 Euro war ein echter Schnapper und ohne weiteres finanzierbar.

Als Peter Bila nach seinem Deutschlandbesuch wieder zurück nach Rumänien gefahren war, hatte Rommel ihn, gemeinsam mit seiner Frau und den beiden Töchtern begleitet. Sie wollten sich dieses Weingut unbedingt ansehen.

Sehr schnell stand für sie fest, dass sie sich genau hier, ein zweites Domizil aufbauen wollten.

Nach der gemeinsamen Besichtigung des Anwesens, welches aus einem riesigen Haupthaus und mehreren Nebengebäuden bestand, hatte Peter Bila seinem Freund den Vorschlag unterbreitet, sich beim Kauf des Weinguts mit 25.000 Euro zu beteiligen. Er würde dann eines der Nebengebäude als festen Wohnsitz nehmen. Peter Bila hatte sich auch angeboten, sich um die Feriengäste, die nach der Fertigstellung irgendwann einmal hier übernachten sollten, zu kümmern. Damit waren alle einverstanden.

Nur eine Woche später hatten sie das Büro eines Notars in der Stadt Arad mit dem unterschriebenen Kaufvertrag verlassen. Das Weingut war nun ihr Eigentum.

Ihr Plan war es, noch zwei Wochen in Rumänien zu bleiben. Dann wollten sie wieder nach Deutschland fahren.

Bis es soweit war, hatten sie die sonnigen Tage in Rumänien ausgenutzt. Lange Wanderungen durch die dicht bewaldeten Hügel, die direkt an ihr riesiges Grundstück angrenzten, hatten die Vorfreude darauf, bald für immer hier zu leben, noch verstärkt. Auch die beiden Kinder waren begeistert, denn sie konnten sich auf dem Gelände rund ums Haus ungestört austoben.

Die Rommels hatten beschlossen, später einen Teil der Weinfelder zu verpachten und den Rest der jetzigen Anbauflächen einfach der Natur zu überlassen.

Zu dieser Zeit lebten in einem der Anbauten noch einige Saisonarbeiter. Es waren drei junge Rumänen. Sie hatten schon vorher gewusst, dass das Anwesen verkauft wird und sie wohl oder übel bald ausziehen mussten. Rommels Frau Nina hatte den Männern aber angeboten, dass sie so lange, bis der Anbau von der Familie gebraucht wurde, noch darin wohnen konnten. Die Namen der Männer waren Hobica, Stojka und Raducanu.

Mit diesen Männern hatte es nach etwas mehr als einer Woche etwas Ärger gegeben. Hobica, Stojka und Raducanu hatten Besuch von anderen Rumänen bekommen. Die Männer hatten bis mitten in der Nacht zusammen gesessen und ein Saufgelage veranstaltet. Ihr Lärm hatte dafür gesorgt, dass Rommels Kinder nicht schlafen konnten und weinten. Daraufhin war Rommel zu den Männern gegangen und hatte sie um Ruhe gebeten. Tatsächlich war es danach still geworden. Am anderen Tag hatten sich die drei Bewohner des Anbaus bei der Familie entschuldigt. Sie hatten versprochen, dass so etwas nie mehr vorkommt.

Ein paar Tage später wollte Rommel, zusammen mit seiner Familie, eine ausgiebige Wanderung durch das bewaldete Hügelgebiet unternehmen. Das Wetter war wunderschön und alle freuten sich auf diese Tour. Kurz bevor sie aufbrechen wollten, hatte Peter Bila angerufen und seinem Freund mitgeteilt, dass für heute kurzfristig ein wichtiger Termin in Arad festgelegt worden war. Bei diesem Termin im Rathaus war es um die Genehmigung von Umbauarbeiten auf dem Anwesen gegangen. Rommels Anwesenheit war Pflicht.

Nina und die Kinder waren traurig, denn sie hatten sich so auf diese Tour gefreut.

Da Rommel wusste, dass solche Amtstermine sehr lange dauern konnten, hatte er Nina vorgeschlagen, die Tour auf den nächsten Tag zu verschieben. Seine Frau hatte daraufhin gemeint, dass sie zusammen mit den Mädchen dann wenigstens eine kleine Runde durch den Wald drehen wollte. Seine Töchter hatten sich schließlich schon so darauf gefreut, weil sie doch für ihr Leben gerne die süßen Walderdbeeren gegessen hatten, die dort überall am Wegesrand zu finden waren.

Der Gedanke daran, dass Nina und die beiden Mädchen ohne seine Begleitung in den Wald wollten, hatte ihn beunruhigt. Deshalb hatte er versucht, es seiner Frau auszureden. Doch es waren seine Töchter, deren „Bitte,

bitte, Papa, wir haben uns so auf die leckeren Erdbeeren gefreut", ihn schließlich einlenken ließen.

Da das Grundstück ihres Anwesens direkt am Wald grenzte, hatte er zu Nina gesagt: „Bleibe aber bitte in der Nähe. Ich habe Angst, dass du dich verläufst, wenn du allein mit den Kleinen durch den Wald gehst. Wenn man den richtigen Weg verliert und deshalb längere Zeit in die falsche Richtung läuft, findet man nicht mehr zurück."

„Mache dir keine Sorgen", hatte Nina geantwortet. „Du weißt, wie oft wir schon zusammen in diesem Wald waren. Da kenne ich mich mittlerweile schon gut aus."

Auch wenn er kein gutes Gefühl dabei hatte, so hatte er Nina und den Kindern noch viel Spaß gewünscht und sich ins Auto gesetzt, um nach Arad zu fahren. Peter Bila hatte dort schon auf ihn gewartet.

Rommel hatte seinen Freund eine ganze Woche nicht gesehen, weil dieser aus beruflichen Gründen in einer anderen Stadt war. Deshalb hatten sich die zwei auch viel zu erzählen. Rommel berichtete seinem Freund auch von dem Saufgelage der rumänischen Männer, die bei ihm im Anbau wohnten und davon, dass sie sich mit dem Versprechen entschuldigt hatten, dass so etwas nie mehr vorkommen würde.

„Über die drei wollte ich auch mit dir reden", hatte Bila gesagt. „Wir sollten ihnen sagen, dass sie nicht mehr bei uns wohnen dürfen, denn ich habe da ein ungutes Gefühl. Im Ort hat man mir erzählt, dass sie schon oft mit der Polizei zu tun hatten, weil sie betrunken durch die Stadt gezogen waren und dabei randaliert hatten. Die Leute im Ort sagen auch, dass die drei den Vorbesitzer des Weinguts mit Gewaltandrohung dazu gezwungen hatten, umsonst im Anbau wohnen zu dürfen. Als die drei erfahren hatten, dass das Weingut neue Besitzer bekommt, sollen sie sehr wütend reagiert haben. Und nicht nur das. Einer von ihnen, dieser Stojka, soll zusammen mit vier anderen Männern eine Frau vergewaltigt haben. Kurz nachdem die Frau einer Freundin davon erzählt hatte, dass sie zur Polizei gehen will, um diese Massenvergewaltigung anzuzeigen, war sie zunächst spurlos verschwunden. Einen Monat später hatte man ihre Leiche in einem See entdeckt. Sie war ganz offensichtlich ertrunken. Ihre Freundin hatte daraufhin erzählt, dass sich das Vergewaltigungsopfer aus Scham das Leben genommen hatte."

Diese Worte hatten Rommel verunsichert.

„Nina ist mit den beiden Mädchen in den Wäldern unterwegs", hatte er gesagt. „Ich werde sie anrufen und ihr sagen, dass sie sofort nachhause gehen soll. Ich habe kein gutes Gefühl, wenn ich weiß, dass solche Kerle dort herumlaufen."

Der Versuch, Nina auf dem Handy zu erreichen war gescheitert. Er hatte es aber schon geahnt, denn in diesem hügeligen Gebiet gab es keinen Empfang.

„Der Termin im Rathaus muss warten", hatte er Bila gesagt. „Ich habe keine Ruhe und fahre sofort zurück."

Zusammen mit seinem Freund war er bis zum Waldrand gefahren. In der Hoffnung, dass seine Familie nicht allzu tief in den Wald gegangen war, machten die beiden sich auf den Weg. Immer wieder hallten ihre lauten Rufe durch den Wald. „Nina!", klang es weit hörbar durch die dicht bewaldete Landschaft. Doch es kam keine Antwort.

Bis zum späten Nachmittag waren Bila und Rommel suchend durch die Wälder gelaufen, doch von Nina und den Kindern hatte es keine Spur gegeben. Dabei hatten die beiden sich einmal fast selbst verlaufen und nur mit Glück wieder den richtigen Weg gefunden.

Nie zuvor war Güter Rommel so verzweifelt gewesen.

„Ich habe Nina extra gesagt, sie soll nicht zu tief in den Wald gehen", hatte Rommel seinem Freund erklärt. „Wenn man den richtigen Weg verliert und deshalb längere Zeit in die falsche Richtung läuft, findet man nicht mehr zurück."

Sein Freund Peter hatte schließlich gemeint, dass es sinnlos war, dieses riesige Waldgebiet alleine abzu-suchen. So hatten sie sich in der Hoffnung, dass Nina und die Mädchen vielleicht schon wieder zuhause waren, auf den Rückweg gemacht.

Günter Rommel hatte noch nicht ahnen können, dass an diesem Tag für ihn ein Gang durch die Hölle begann.

Zuhause angekommen hatte er feststellen müssen, dass niemand da war. Seine Verzweiflung war ins Uner-messliche gewachsen. Niemals würde er vergessen, wie er da vor dem Haus gestanden hatte. Dabei war sein Blick auf die mit Wäldern überzogene, lang gestreckte Hügelkette gerichtet, die in einiger Entfernung den Horizont bildete.

Es war so spät geworden, dass es bereits angefangen hatte, zu dämmern.

Dann hatten sie Stimmen wahrgenommen, die sich dem Haus näherten. Die Stimmen waren aus der Richtung gekommen in der die Weinberge lagen. Es waren Stojka, Hobica und Raducanu, die da sturzbetrunken auf ihre Unterkunft zu gingen.

Bila und Rommel waren sofort zu ihnen geeilt und hatten sie nach seiner Familie gefragt. Die Antwort war lallendes Gelächter. Raducanu, der als einziger ein paar Brocken Deutsch sprechen konnte, hatte ihm erklärt, dass er sie nicht gesehen hat. Rommels Bitte an die drei, ihm beim Suchen nach seiner Familie zu helfen, wurde ebenfalls mit Gelächter quittiert. Und nicht nur das, Raducanu hatte gemeint, dass er auf seine verpisste Familie doch alleine aufpassen soll. Daraufhin waren die drei in ihrer Unterkunft verschwunden.

Es wurde immer dunkler, doch von Rommels Familie war immer noch nichts zu sehen.

Er konnte sich noch genau an den verzweifelten Anruf bei der Polizei erinnern, als sein Freund Peter dem Polizist am Telefon erklärt hatte, dass sich die Familie wohl in den Wäldern verlaufen hat. „Rufen Sie morgen noch mal an", hatte der Polizist gesagt. „In der Dunkelheit ist eine Suche zwecklos."

Er hatte die ganze Nacht zusammen mit seinem Freund Peter im Haus gesessen und gewartet. Es war eine Nacht, wie sie schlimmer nicht hätte sein können. Ein Gewitter, welches nicht mehr enden wollte, war aufgezogen. Die Blitze, die schnell hintereinander am Himmel zuckten, hatten die Nacht zum Tag gemacht und das bedrohlich laute Donnergrollen wollte in dieser Nacht kein Ende nehmen. Die ganze Nacht lang hatte es ohne Unterlass geregnet. Die Vorstellung, dass seine Frau und die Kinder irgendwo da draußen hilflos durch die Gegend irrten, hatte ihn verzweifeln lassen.

Doch es war noch schlimmer geworden. Am nächsten Tag hatte sein Freund Peter Bila die Polizei dazu überreden können, einen Suchtrupp zusammen zu stellen. Es hatte eine ganze Zeit gedauert, bis man genug Freiwillige dafür gefunden hatte.

Am ersten Tag der Suche waren es zwanzig Männer gewesen, die das dichte Waldgebiet ohne Erfolg durchkämmt hatten. Am zweiten Tag waren es schon dreißig. Vier Tage lang hatte man die Wälder abgesucht, doch weder von Rommels Frau noch von seinen Kindern eine Spur gefunden. Am fünften Tag war man fündig geworden; nicht im Wald, sondern am Rand der Weinberge. Auf einem kleinen Plateau, welches einst angelegt worden war, um die geernteten Trauben auf Wagen zu laden, hatten sie gelegen, tot, Opfer eines grausamen Verbrechens. Die beiden Mädchen hatte man direkt hinter einem alten Traktor gefunden, brutal getötet, die Schädel mit schweren Steinen eingeschlagen. Rommels tote Frau lag etwas abseits. Man hatte sie offensichtlich vergewaltigt. Sie war nackt; lag breitbeinig auf dem Boden, ebenfalls mit eingeschlagenem Schädel. Den Schlauch eines Wasseranschlusses, der ursprünglich den Erntehelfern dazu gedient hatte, nach getaner Arbeit den Dreck von ihren Stiefeln zu waschen, hatten die Täter in ihren Unterleib geschoben, offensichtlich um all ihre Spuren einfach heraus zu spülen. Und tatsächlich hatten der Schlauch und der nächtliche Gewitterregen alle Spuren beseitigt, denn bei der späteren kriminaltechnischen Untersuchung hatte man nicht die geringsten Spuren gefunden.

Eigentlich hatte Rommel nur noch Bruchteile dieser schrecklichen Tage im Kopf, denn diese Zeit hatte er wie im Tran erlebt.

Erst ein Tag nach der Entdeckung seiner ermordeten Familie, war ihm bewusst geworden, dass Raducanu zusammen mit den beiden anderen Rumänen nachts betrunken von den Weinbergen gekommen waren.

Sie waren es. Sie haben sie umgebracht.

Sofort hatte er seinem Freund Peter, der ihm in dieser schlimmen Situation nicht von der Seite gewichen war, davon erzählt.

Er hatte sich von Peter Bila nicht davon abhalten lassen, sich eine Axt zu schnappen und damit zur Unterkunft der Rumänen zu gehen, um sie zur Rede zu stellen.

Doch die Unterkunft der Saisonarbeiter war leer. Die drei waren nicht zuhause.

Bila hatte sofort die Polizei verständig und die Namen der Verdächtigen genannt. Die Polizei hatte sofort Beamten losgeschickt, damit diese vor Ort waren, wenn die drei Tatverdächtigen wieder nach Hause kommen würden. Außerdem wurden Hobica, Stojka und Raducanu offiziell zur Fahndung ausgeschrieben.

Günter Rommel war froh, dass Peter ihn bei allem unterstützte, denn er hätte alleine nicht gewusst, wie er es hätte der Polizei erklären können, weil er der rumänischen Sprache nicht mächtig war.

Bereits kurze Zeit später waren Stimmen auf dem Gelände zu hören. Als Rommel erkannte, wer dort redete, hatte er sofort rot gesehen. Stojka, Raducanu und Hobica, begleitet von zwei weiteren jungen Männern waren auf dem Weg zu ihrer Unterkunft.

Rommel hatte nach der Axt gegriffen und war mit dieser in der Hand auf die Gruppe zu gestürmt. Bila war sofort hinter ihm her gerannt, um das Schlimmste zu verhindern.

„Ihr Schweine!" Rommels Stimme hatte heiser, aber durchdringend geklungen. „Ich bring´ euch alle um!"

Er war blind vor Wut und hatte einen alten Balken, der quer über dem Weg lag, übersehen. Sein Stolpern und der darauf folgende Sturz waren vorprogrammiert. Er war unsanft auf dem Boden gelandet, hatte sich aber schnell wieder auf die Beine gestellt, nach der herabgefallenen Axt gegriffen und war wieder auf die fünf Männer zu gerannt. Durch den Sturz hatte ihn sein Freund Peter aber eingeholt. Bila hatte versucht, ihn festzuhalten und so war es zu einem Gerangel zwischen den beiden gekommen.

Dass im gleichen Moment zwei Polizeiautos auf dem Anwesen vorgefahren, und vier Polizisten ausgestiegen waren, hatten sie nicht bemerkt.

Rommel war es gelungen, sich von der Umklammerung Bilas zu lösen.

„Mit den wütenden Worten „Ich bring´ euch um!", war er erneut auf die Männer zu gestürmt.

Schnell hatten sich die Polizisten ihm in den Weg gestellt. Mit wenigen Handgriffen hatten sie ihm die Axt aus den Händen genommen. Bei dem Versuch der Beamten, ihn festzuhalten, hatte er sich heftig gewehrt.

„Lasst mich in Ruhe! Ich bring´ sie um!"

Die Polizisten hatten kurzen Prozess mit ihm gemacht. Die Hände waren ihm auf den Rücken gedreht worden und dann hatten die Handschellen geklickt.

Rommel war wie von Sinnen. Sein Verstand hatte ausgesetzt und die Versuche, sich dem Griff der Polizisten zu entziehen, waren immer heftiger geworden.

Zwei Beamte hatten ihn schließlich gepackt und in eines der Polizeifahrzeuge gesperrt. Seine Schreie „Ich bringe sie um!" waren ohne Unterlass aus dem geöffneten Autofenster zu hören.

Unterdessen hatte Peter Bila den Polizisten die Lage geschildert.

Die drei Rumänen waren von der Polizei befragt worden und hatten angegeben, dass sie unschuldig waren. Die beiden anderen jungen Männer, die mit Hobica, Raducanu und Stojka zusammen waren, hatten das sogar bezeugt. Angeblich hatten alle fünf am Tag des Verbrechens von morgens bis in die späte Nacht in ihrer Unterkunft gesessen und Karten gespielt.

Natürlich hatten die Polizisten sofort gemerkt, dass die Männer vor ihnen betrunken waren. Dennoch hatten sie auf Grund ihrer Aussagen nichts gegen sie in der Hand.

Raducanu hatte einem der Polizisten gesagt, dass Rommel ihm sehr leid tut und dass er gerne zum Polizeiauto gehen würde, um dem armen Mann sein Mitleid auszusprechen.

Der Polizist hatte nichts dagegen und so war Raducanu an das offene Fenster des Autos herangetreten. Der im Wagen fixierte Rommel hatte ihn sofort beschimpft und ihn angespuckt. Raducanu hatte gewusst, dass die Polizisten, die in einiger Entfernung standen, die Worte, die er nun an Rommel richtete, nicht hören konnten.

Als er sich nach vorn gebeugt hatte, um zu sprechen, war Rommel die widerliche Schnapsfahne des Mannes nicht entgangen. Die Worte, die Rommel nun über sich ergehen lassen musste, hatten ihn wie ein Blitzschlag getroffen:

„Ja, wir haben gemacht Kinder kaputt. Ging schnell. Dann war Frau egal, dass wir gemacht haben fickificki. Dann auch Frau kaputt gemacht."

Raducanu hatte sich wieder abgewandt, um mit einer gespielten Trauermiene zu den anderen zu gehen.

Günter Rommel waren die Worte Raducanus immer wieder durch den Kopf gekreist, unbarmherzig und grausam. Aus seiner tiefen Trauer um seine Familie war abgrundtiefer Zorn geworden. Wut und unvorstellbarer Hass auf diese drei Rumänen hatten die Herrschaft über seine Gedanken gewonnen. Wäre er jetzt frei gewesen, dann hätten ihn auch keine Polizisten mehr davon abhalten können, diese Mörder zu töten.

So aber war der Tag für ihn anders verlaufen. Die Polizisten hatten ihn mitgenommen und er musste wegen Widerstand gegenüber den Vollzugsbeamten eine Nacht in Polizeigewahrsam verbringen.

In dieser Nacht hatte er versucht, seine Gedanken wieder einigermaßen zu sammeln. Niemals zuvor hatte Rommel sich so hilflos gefühlt. Er selbst hatte gesehen, wie die drei betrunken aus den Weinbergen gekommen waren. Und jetzt waren sie angeblich den ganzen Tag in ihrer Unterkunft. Diese angeblichen Zeugen, die ebenfalls dabei gewesen sein wollen, hatten ihn noch wütender gemacht. Nie gekannte Gefühle des Zorns hatten ihn übermannt, aber auch Gefühle der absoluten Machtlosigkeit.

Am anderen Morgen hatte ihn sein Freund Peter Bila wieder von der Wache abgeholt.

Von Bila hatte er auch erfahren, dass Raducanu und seine Konsorten ihre Sachen gepackt hatten und über Nacht ausgezogen waren.

Rommel hatte in seiner Wut mit dem Gedanken gespielt, die drei zu suchen, um sie zu töten, doch als er Peter Bila davon erzählt hatte, hatte dieser ihn davon überzeugt, es nicht zu überstürzen.

Eigentlich war Günter Rommel zu diesem Zeitpunkt nicht mehr in der Lage, überhaupt noch klare Gedanken zu haben. Er hatte das Gefühl, in einen tiefen Abgrund zu stürzen und dieser Sturz in die Tiefe wollte kein Ende nehmen.

Peter Bila hatte schließlich Medikamente besorgt, Medikamente, die helfen sollten, den seelischen Schmerz seines Freundes zu lindern. Ein Arzt, den Bila persönlich gut kannte, hatte ihm ein starkes Antidepressivum gegeben, damit Rommels Gedanken in ruhigere Bahnen gelenkt werden konnten.

Die Wirkung dieser Medikamente hatte sehr schnell eingesetzt. Günter Rommel hatte ein „Alles-scheiß-egal-Gefühl". Er hatte seine Umwelt wie durch eine diffuse Wolke wahrgenommen.

Bila war froh, dass sein Freund Günter offensichtlich sein schweres Schicksal nicht mehr zu spüren schien, doch hatte ihn der Zustand von Rommel auch Angst gemacht. Doch da hatten er und Günter jetzt durch gemusst.

Für Bila stand fest: Die drei Mörder mussten bestraft werde. Da Günter im Moment quasi außer Gefecht war, hatte er alleine das Heft in die Hand nehmen müssen. Er hatte einen Plan entworfen.

Dieser Plan sah vor, dass die drei sterben mussten. Diese Mörder sollten erschossen werden. Dazu brauchte man eine Waffe. Bila hatte auch sehr schnell eine Pistole besorgt. Nun brauchte er nur noch einen Ort, an dem die drei hingerichtet und für immer verscharrt werden sollten. Es musste ein Ort sein, an dem die Toten niemals gefunden werden konnten, denn sonst wäre Rommel der Hauptverdächtige. Um den richtigen Platz für die Exekution zu finden, war Bila in Begleitung von Rommel, der mit Medikamente zugedröhnt neben ihm her lief, durch das bewaldete Bergland gestreift. Fast undurchdringliche Wälder endeten teils an steilen Hängen, die in tiefe Täler hinunter reichten.

Als Bila an den Rand eines solchen Hanges herangetreten war, hatte sich unter seinen Füßen das Gestein gelöst. Dann war alles sehr schnell gegangen. Ohne etwas dagegen tun zu können war er unaufhaltsam in die Tiefe gerutscht. Da der Hang am unteren Ende langsam in eine sanfte Schräge überging, hatte die Talfahrt bald ein Ende für ihn gefunden. Mit einigen Schürfwunden an den Armen hatte er sich wieder aufgerafft. Die Stimme von Rommel, die verzweifelt nach ihm rief, hallte durch das Tal und Bela hatte seinem Freund durch zurufen zu verstehen gegeben, dass es ihm gut geht. Halb kriechend, halb rutschend war Rommel im schließlich nach unten gefolgt. Bila war sofort klar geworden, dass sie genau an dem Ort standen, an dem die drei Mörder hingerichtet werden sollten. Das enge Tal war offensichtlich in der Vergangenheit von einem Fluss geschaffen worden, denn der Boden bestand aus einer dicken Schicht Kies.

Ein Blick talaufwärts hatte Bila verraten, dass dieses Geröllfeld unter seinen Füßen noch nicht alt war. Etwa 200 Meter von ihnen entfernt war ein kompletter Hang in die Tiefe gerutscht. Dieser Hangrutsch war wohl durch den starken Gewitterregen, der über die Region gefegt war, ausgelöst worden.

Es war ein idealer Ort, um die Leichen der drei anschließend zu verscharren und so für immer verschwinden zu lassen.

„Wir müssen nachsehen", hatte Bila gesagt, „wie tief diese Kiesschicht ist."

Als Rommel diese Worte vernommen hatte, war er wie im Tran in die Knie gegangen, um ein paar Kieselsteine beiseite zu schieben. Auch wenn er, bedingt durch die starken Medikamente, geistig nicht ganz bei der Sache war, wollte er testen, wie dick die Kiesschicht ist. Eines hatte er genau mitbekommen, nämlich dass geprüft werden muss, ob man den Untergrund für die Gräber der Mörder tief genug ausgraben konnte. Plötzlich hatte er einen weißen Kiesel in der Hand, an dem goldenes Gestein anheftete.

„Guck mal, was ich gefunden habe", hatte er mit leicht lallender Stimme zu Peter gesagt. „Ein Stück Quarz mit einem wunderschönen Pyrit. Verdammt schwer das Teil."

„Mit Pyrit?", hatte Bila gefragt. „Was ist denn Pyrit?"

„Hast du noch nie etwas von Katzengold gehört?"

Für einen Augenblick schienen seine Sinne wieder schärfer zu sein.

„Katzengold? Zeig mal her."

Nachdem Rommel seinem Freund den Stein übergeben hatte, war Bila schlagartig blass geworden."

„Das ist kein Katzengold", war es leise über Bilas Lippen gekommen. „Das ist echtes Gold, ein fettes Nugget."

Rommel hatte gelacht. Die Antidepressiva zeigten immer noch ihre Wirkung. „Seit wann kann man denn in Rumänien Gold finden?", lallte er.

„Seit langem. Die alten Römer hatten hier schon Gold abgebaut. Hast du noch nie etwas von Rosia Montana gehört? Das heißt auf Deutsch Goldbach und liegt nur etwa 150 Kilometer von hier entfernt. Dort wird auch heute noch im großen Stil Gold abgebaut. Da Rosia Montana ein Naturschutzgebiet ist, gehen die Leute wegen dem Goldabbau, der dieses Land zerstört, auf die Barrikaden. Es gibt einen großen Streit um den Abbau denn die Betreiber der Goldmine wollen nicht aufgeben. Ich hatte noch letzte Woche in der Zeitung gelesen, dass es ein amtliches Gutachten gibt. Demnach beherbergt Rosa Montana ein geschätztes Goldvorkommen im Wert von 5,6 Milliarden Euro."

„5,6 Milliarden Euro?", hatte Rommel langsam wiederholt, wobei die Betonung auf das Wort Milliarden gelegen hatte.

Mit Blick auf den Brocken in seiner Hand hatte Peter Bila das Goldstück prüfend gewogen.

„Das sind mindestens vier Unzen. Ich habe ähnliche Stücke bei einem Freund, der in der Nähe von Rosia Montana lebt, gesehen."

Günter Rommel hörte zwar die Stimme seines Freundes, doch eigentlich war ihm ganz egal, was er gesagt hatte. Obwohl es ihn in seiner Situation überhaupt nicht interessierte, stellte er Bila die Frage: „Und was ist so eine Unze wert, Peter?"

„Im Moment liegt der Goldpreis sehr hoch. Ich glaube die Unze liegt bei 1500 Euro. Das Teil hier ist 6000 Euro wert."

Peter Bila hatte seinem Freund Günter das Goldstück in die Hand gedrückt und war auf die Knie gegangen, um nun selbst den kiesigen Untergrund mit den Händen umzugraben.

Nachdem Rommel das gefundene Gold geistesabwesend in seiner Hosentasche verstaut hatte, war er dem Beispiel seines Freundes gefolgt und hatte mit bloßen Händen gegraben.

Nach etwa einer Stunde hatten die beiden insgesamt 15 weitere Nuggets ausgegraben. Neun dieser Nuggets waren nur einen halben Zentimeter groß, doch die anderen sechs waren fast so groß wie das erste, welches Rommel durch Zufall gefunden hatte.

Trotz der Aussicht auf ein scheinbar unermessliches Goldvorkommen, hatte Bila die weitere Suche nach dem Edelmetall abgebrochen. Ihre Hände waren zerschunden. Sie hatten geblutet und geschmerzt.

Rommel war alles egal. Das Gold, die blutenden Hände, das hatte ihn alles nicht interessiert. Er hatte einfach alles mitgemacht, was sein Freund ihm aufgetragen hatte.

Bila war zu dem Schluss gekommen, die Suche abzubrechen, um später noch einmal mit einer passenden Ausrüstung zurück zu kehren.

Wie durch eine Wolke hatte Rommel mitbekommen, wie Peter gesagt hatte, dass dieser Goldfund ihr Geheimnis bleiben musste und dass die Goldsuche ohne Lizenz verboten ist.

Auf der Suche nach einem Rückweg waren sie dem engen Tal gefolgt. Es war eine Kletterpartie, die bergab über schwer überwindbare Geröllhalden und durch dicht gewachsenes Gestrüpp geführt hatte.

Der Plan, die Mörder zu töten, hatte für Bila immer noch größere Priorität, als die Goldsuche.

Jetzt hatte Bila seinen Plan auch präzisiert. Er, den die drei Mörder nur flüchtig kannten, würde sie zufällig ansprechen, ihnen drei kleine Goldnuggets zeigen und erklären, dass er eine unermessliche Goldader entdeckt hatte. Dafür brauchte er Männer, denen er vertrauen kann und die ihm beim Abbau des Goldes helfen. Sie würden bestimmt anbeißen. Dann brauchte er sie nur noch zur ausgewählten Stelle führen. Dort würde Rommel, der dann wieder bei klaren Gedanken sein sollte, mit der Pistole auf sie warten.

Doch es war nicht so gelaufen, wie es laufen sollte, denn weder Raducanu, noch Stojka und Hobica waren irgendwo auffindbar. Von einem befreundeten Weinbauer hatte Bila schließlich erfahren, dass die drei mit einer Gruppe Romas irgendwo durch das Land zogen, um sich mit Gelegenheitsarbeiten durchzuschlagen.

Damit war der Racheplan erst einmal vom Tisch.

Bila hatte sich nun auch um wichtigere Dinge kümmern müssen. Günters Familie musste nach Deutschland überführt werden und auch um die Beerdigung musste er sich kümmern. Er wollte seinem Freund in Deutschland beiseite stehen, bis diese schwere Zeit vorbei war.

Erst nach einem halben Jahr waren die beiden wieder gemeinsam nach Rumänien gefahren. Auch wenn Rommel zunächst nicht mitkommen wollte, weil ihm alles egal war, hatte Bila ihn dazu überreden können, ihn zu begleiten. Bila hatte gemeint, dass es sehr wichtig für ihn sei, um sich von seinem Kummer abzulenken.

Peter Bila hatte sich dazu entschlossen, einen Teil des gefundenen Goldes erst einmal in Bargeld umzutauschen. Dazu waren sie extra in eine andere Stadt gefahren, um nicht erkannt zu werden.

Günter Rommel, der zuhause oft in depressive Phasen gefallen war, hatte sehr schnell bemerkt, dass es ihm sichtlich gut tat, etwas Gemeinsames mit seinem Freund zu unternehmen.

Der Juwelier, dem sie die neun kleineren Nuggets zum Kauf angeboten hatten, hatte große Augen gemacht, die Goldstücke betrachtet und plötzlich auf seine Uhr geschaut.

„Oh man", hatte er gesagt. „Entschuldigen Sie mich bitte einen Moment. Ich habe ganz vergessen, dass ich noch einen dringenden Anruf tätigen muss."

Dann war der Juwelier in einem anderen Raum verschwunden. Als er wieder zurück gekommen war, hatte er sich noch einmal entschuldigt.

Dann hatte er seine Aufmerksamkeit den kleinen Nuggets gewidmet.

„Woher haben Sie diese schönen Stücke."

„Von einem Freund."

„Und wie ist ihr Freund daran gekommen? Ist er vielleicht auf eine Ader gestoßen?"

Bei dieser Frage hatte der Juwelier laut gelacht, so, als hätte er einen Scherz gemacht.

„Keine Ahnung", hatte Bila geantwortet.

„Ähnliche Stücke", hatte der Juwelier gesagt, „hat man öfters in Rosia Montana gefunden."

„Unser Freund wohnt in der Nähe von Rosia Montana."

Nachdem der Juwelier die Nuggets auf eine Wage gelegt hatte, erklärte er den beiden Goldverkäufern, dass es fast 60 Gramm sind, also fast zwei Unzen.

Etwas später hatten Günter Rommel und Peter Bila mit gut gefüllten Geldbörsen im Auto gesessen. Während der Rückfahrt nach Arad hatte Bila darüber geredet, wie reich sie bald sein werden. Doch Rommel hatte nur entgegnet, dass ihm das ganze Gold scheißegal war.

Ein plötzlicher Wadenkrampf bei Bila, der das Auto steuerte, hatte dafür gesorgt, dass sie rechts ranfahren mussten. Bila war ausgestiegen, ein paar Mal hin und her gelaufen und dann konnte die Fahrt weitergehen.

Als sie an einem roten VW-Golf, der am Straßenrand stand, vorbeigefahren waren, hatte Bila gesagt:

„Das ist aber komisch. Der Wagen war schon die ganze Zeit hinter uns. Ich dachte schon, dass er uns verfolgt, weil er nach jeder Abfahrt immer noch hinter uns war. Jetzt parkt er hier. Da habe ich mich wohl getäuscht."

„Warum sollte uns auch jemand verfolgen?", war Rommels Kommentar.

Ein Blick in den Rückspiegel hatte den beiden aber die Gewissheit gebracht, dass der Golf bald schon wieder hinter ihnen war und als Bila sicherheitshalber einige Mal abgebogen und fast einmal im Kreis gefahren war, hatte festgestanden, dass sie tatsächlich verfolgt wurden.

Als sie schließlich wieder die Stadt Arad erreicht hatten, war es Bila gelungen, dank seiner hervorragenden Ortskenntniss und einigen Abkürzungen über Hinterhöfe, den Verfolger abzuhängen.

Sehr schnell war ihnen klar geworden, dass sie wegen des Goldes verfolgt worden waren und sie hatten gewusst, warum der Juwelier so plötzlich noch telefonieren musste.

Da wollte jemand wissen, wo sie wohnten und vor allen, wo sie sich hinbegeben, wenn sie auf Goldsuche gehen.

Fest stand, dass sie das Gold woanders zu Bargeld machen mussten. Auch hier war sehr schnell eine Lösung gefunden. Da Rommel ja einen Wohnsitz in Deutschland hatte und ein Weingut in Rumänien besaß, war es ganz normal und vor allem unauffällig, wenn er oft zwischen diesen beiden Ländern hin und her reiste. In Deutschland hatte er Käufer für die Nuggets gefunden. Für die besonders großen Nuggets zahlten sie sogar oft mehr als den Goldpreis, denn es gab reiche Sammler, die sich solche Stücke gerne in ihre Glasvitrinen stellten und es fragte niemand danach, woher diese Stücke kamen.

Bila und Rommel waren regelmäßig über geheime Pfade in ihr „Goldtal", wie sie es nannten hinauf gestiegen. Mit vor Ort in einem guten Versteck deponierten Schaufeln und Spitzhacken hatten sie sich dann an die Arbeit gemacht. Die Kiesschicht im Tal war unterschiedlich dick. An manchen Stellen stießen sie schon nach einem halben Meter auf Felsgestein. Die meisten und größten

Goldfunde hatten die beiden aber dort gemacht, wo der felsige Untergrund tiefere Mulden bildete. Manche dieser Mulden waren so ergiebig, dass sie bereits nach einer Stunde die Taschen so voller Gold hatten, dass sie die Arbeit einstellen mussten. Als sie die Goldsuche schließlich mit einem Metalldetektor fortgesetzt hatten, war es noch schneller gegangen. Sie hatten von Anfang an festgelegt, nur so viel mitzunehmen, wie sie unauffällig in den Jacken und Hosentaschen nach Hause tragen konnten. Hätte jemand gesehen, wie sie mit Säcke oder Tragetaschen aus den Wäldern gekommen wären, wäre das zu auffällig gewesen.

Die beiden waren sehr schnell zu wohlhabenden Männern geworden. Die endlos erscheinende Goldader hatte sie reich gemacht, steinreich. Doch sie stellten ihren Reichtum aber nicht zur Schau. Andere durften davon nichts erfahren. Bila meinte, dass er irgendwann einmal, wenn ihr Goldtal erschöpft war, sein Leben ändern wollte. Dann würde der Zeitpunkt kommen, sich eine Luxusvilla, eine teure Yacht und kostspielige Weltreisen zu gönnen. Günter Rommel hingegen war das alles völlig egal. Kein Gold der Welt konnte ihm seine Familie zurück bringen.

Das einzige, was die beiden sich durch ihren Reichtum jetzt schon gegönnt hatten, war eine verschwiegene Detektei, die beauftragt wurde, die Mörder Raducanu, Hobica und Stojka zu suchen und deren Aufenthaltsort auszumachen. Die Leute der Detektei waren sehr schnell fündig geworden und konnten Rommel und Bila den Aufenthaltsort der drei nennen. Die beiden hatten die Detektei beauftragt, die drei nicht aus den Augen zu verlieren.

Für Bila und Rommel war klar: Die drei werden sterben.

Die zwei Freunde waren durch ihre nicht endende Goldader an ein immenses Reichtum gelangt. Deshalb hatten sie zunächst daran gedacht, die drei Mörder nach Deutschland zu locken, um sie hier von anheuerten Killern töten zu lassen. So würde niemand in Rumänien Verdacht schöpfen. Dann bekam Rommel aber Spaß an der Idee, den Tod der drei Mörder anderen in die Schuhe zu schieben. So hatte er dank seiner finanziellen Möglichkeiten, schnell ein paar Leute zusammen, die sich in der vom ihm erfundenen Gruppe KDH zusammen taten. Dann sollte es wie ein rechtsradikaler Anschlag aussehen. Auf den plötzlichen Mitgliederzulauf der KDH war er nicht gefasst gewesen. Macht über so viele Leute zu haben, hatte ihm ein gutes Gefühl gegeben, ein Gefühl, welches er, wenn auch nur für kurze Zeit, ausleben wollte. Deshalb sollte auch seine Rache in einem größeren Rahmen ablaufen. Diese Rache sollte auch im Nachhinein noch in aller Munde bleiben.

Der grausame Mord an Rommels Familie hatte seine Psyche in irre Bahnen gelenkt. Aus dem Hass gegen die drei Mörder war Hass gegen alle Rumänen geworden. Auch sein Freund Peter Bila wusste davon. Immer wieder hatte Peter versucht, ihm diesen Hass gegen eine ganze Bevölkerungsgruppe auszureden. Bila hatte gesagt, dass er viele rumänische Freunde hatte und dass sie alle immer für ihn da wären, wenn es darauf ankäme. Peter hatte versucht, seinem Freund klar zu machen, dass man wegen drei Mördern nicht gleich ihr ganzes Volk zu Mördern machen durfte, doch leider waren seine Worte nicht zu seinem Freund vorgedrungen. In Rommels Psyche hatte es klick gemacht und der Hass gegen Rumänen wurde immer größer.

Bila hatte gewusst, dass sich sein Freund in psychiatrischer Behandlung befand, weil er mit dem Tod seiner Familie nicht klar kam, aber von Rommels regelmäßigen Wahnvorstellungen, die immer auftraten, wenn er an Rumänen dachte, wusste niemand, auch nicht sein Psychiater.

Hätte Peter Bila von Rommels irrsinnigen Plan gewusst, nicht nur die drei Mörder, sondern auch viele unschuldige Rumänen zu töten, hätte er es verhindert. So gab es aber niemanden, der den vom Wahn getriebenen Rommel ausbremsen konnte.

*   *   *

Muisfeld und Söhlbach saßen in ihrem Büro.

Eigentlich wollten sie noch liegengebliebene Berichte bearbeiten, doch danach stand ihnen im Moment nicht der Sinn.

„Wir kommen nicht einen Schritt weiter", sagte Söhlbach. „Vielleicht sollten wir uns doch noch mal diesen Giesen vornehmen. Schließlich ist er der einzige, der ein Motiv hätte."

„Das nennst du ein Motiv? Wenn dir ein Besoffener eine solche Drohung an den Kopf wirft, würdest du ihn deshalb umbringen? Glaub mir, Sven, Giesen hat nichts mit diesem Mord zu tun."

Söhlbachs Blick schien für einen Moment ins Leere zu gehen.

„Silvia", sagte er. „Wir haben bei Giesens Befragung etwas vergessen."

„Und was?"

„Wir haben ihn nicht nach der KDH gefragt. Vielleicht weiß er ja etwas darüber."

„Du hast Recht, Sven."

Die Kommissarin zog Giesens Visitenkarte aus der Tasche und griff zum Telefonhörer.

„Das werde ich sofort erledigen", erklärte sie und tippte mit schnellen Fingern die Telefonnummer ein.

Giesen ging sofort an den Apparat.

„Ja? Giesen."

„Hallo Herr Giesen. Muisfeld von der Kripo noch mal."

„Haben Sie noch etwas vergessen?"

„Nein, aber Sie haben noch etwas vergessen."

„Was denn?"

„Sie haben uns gar nichts von der KDH erzählt."

„Von was?"

117

„Sie wissen schon, wovon ich rede. K wie Kaufmann, D wie Dora, H wie Heinrich, KDH."

„Ähh", kam es stutzig aus dem Telefon. „Können Sie mir das mal näher erklären?"

„Herr Giesen, lassen Sie das Spielchen. Sie können uns nicht vormachen, dass Sie die KDH nicht kennen."

„Und was bitte soll die KDH sein?"

„Sie kennen die KDH also nicht?"

„Nein. Verdammt noch mal, was soll das denn sein?"

„Dann vergessen Sie´s."

„Ihr seid aber komische Typen bei der Kripo", sagte Giesen. „Ich hoffe, Sie halten sich an Ihr Versprechen, meiner Frau nichts zu erzählen."

„Lieber Herr Giesen, wenn Sie mal ganz genau nachdenken, dann werden Sie darauf kommen, dass wir Ihnen nichts versprochen haben. Doch keine Bange, solange sich der Verdacht Ihnen gegenüber nicht erhärtet, ist Ihre Frau erst einmal außen vor."

Damit war das Telefonat beendet.

Silvia lehnte sich resigniert zurück.

„Wenn wir nur wüssten, was sich hinter dieser mysteriösen KDH verbirgt", murmelte sie. „Unsere letzte Hoffnung ist, dass Weidekamps Eltern doch noch einen Hinweis in ihrem Haus entdecken."

Sie schaute auf die Uhr.

Dann sah sie ihren Kollegen an und meinte:

„Sven, hast du nicht etwas vergessen? Es ist vier Uhr durch."

„Ach du Scheiße. Mama."

Söhlbach erhob sich. Bereits heute Morgen hatte er schon angekündigt, dass er um vier Uhr seine alleinstehende Mutter abholen muss, um mit ihr einkaufen zu gehen. Da

118

seine Mutter nicht mobil war, musste ihr Sohn sie fahren, wenn es um ihren monatlichen Großeinkauf ging.

„Was bist du nur für ein Sohn", spottete Silvia lächelnd. „Du vergisst einfach deine arme, alte Mutter."

„Gut, dass du wenigstens dran gedacht hast. Wenn ich dich nicht hätte."

„Tja, wenn du mich nicht hättest."

Mit den Worten: „Ich bin dann mal weg. Bis morgen", verließ Söhlbach das Büro.

Silvia Muisfeld saß an ihrem Schreibtisch und schaute auf einen Papierstapel. Es waren die angefangenen Berichte, die noch zu Ende geschrieben werden mussten. So sehr die Kommissarin ihren Beruf liebte, so sehr hasste sie diesen Schreibkram.

Sie streckte sich nach hinten und legte beide Hände hinter den Kopf. Vor ihrem geistigen Auge erschien das Mordopfer Johannes Weidekamp, so, wie sie ihn im Mattlerbusch vorgefunden hatten. Der Anblick des Mordopfers war widerlich, wie er da blutüberströmt an diesem rostigen Gestell hing, mit aufgeschnittener Kehle. In ihren Gedanken sah sie die große Wunde, die an Weidekamps Hals klaffte.

Es war eine Hinrichtung, dachte sie. *Aber warum wurde er getötet? Was wusste er? Weshalb musste er sterben?*

Als sich die Bürotür öffnete, wurde sie aus ihren Überlegungen gerissen.

Ihr Kollege Stephan Kowalewski trat ein.

„Und?", fragte er. „Gibt´s im Fall Weidekamp etwas Neues? Seid ihr mit den Ermittlungen vorangekommen?"

Muisfeld zuckte mit den Schultern.

„Wir hatten einen Tatverdächtigen, aber das hat sich zerschlagen."

„Wen hattet ihr denn verdächtigt?"

„Einen ehemaligen Kollegen, mit dem Weidekamp in einer Zeitungsredaktion zusammengearbeitet hatte. Die zwei hatten sich gestritten, aber so ein kleiner Streit ist noch lange kein Mordmotiv. Außerdem hat der Mann ein Alibi für den Zeitraum des Mordes."

Kowalewski deutete auf Söhlbachs leeren Schreibtischstuhl.

„Wo ist denn dein Kollege?", wollte er wissen.

„Sven hat schon Feierabend gemacht. Er musste noch etwas erledigen."

„Dann sind wir zwei ja endlich mal ganz ungestört", sagte Kowalewski und setzte sich ihr gegenüber auf den leeren Stuhl. Er lächelte seine Kollegin an. „Liebe Silvia, was hältst du davon, wenn wir jetzt auch Feierabend machen und gemeinsam Essen gehen? Ich kenne da ein ganz gemütliches Restaurant."

Er beugte sich nach vorne und schaute der jungen Kommissarin tief in die Augen.

„Ach Steff, du kannst es einfach nicht lassen."

„Nein, das kann ich nicht. Du hast es mir eben angetan. Warum sollte ich es dann lassen? Also, was ist jetzt? Meine Einladung steht."

„Ich weiß nicht", sagte die Kommissarin unschlüssig.

„Liebe Silvia, kann es sein, dass du doch etwas mit Sven hast und ihn nicht betrügen möchtest? Dann könnte ich dein Zögern verstehen."

Muisfeld winkte ab.

„Quatsch. Ich hab´ nichts mit Sven. Wir sind gute Freunde, mehr nicht."

„Er wirkt aber oft eifersüchtig, wenn ich dir mal ein Kompliment mache."

„Sven ist eher wie ein großer Bruder, der das Gefühl hat, auf seine kleine Schwester aufpassen zu müssen. Das ist alles."

„Dann steht unserem gemeinsamen Essen ja nichts mehr im Weg, oder?"

Er sah sie mit einem alles dahin schmelzenden Dackelblick an.

Silvia atmete tief durch.

„Ach Steff", sagte sie und wirkte immer noch unschlüssig.

Sie war sich der Sache sicher, dass sie gemeinsam mit Steff einen schöner Nachmittag und vielleicht sogar auch ein schöner Abend erleben könnte. Doch es war eigentlich nicht ihre Art, den Bitten eines solchen Charmeurs nachzugeben. Sie dachte daran, dass es vielleicht falscher Stolz war, der ihr einen abwechslungsreichen Nachmittag verderben könnte. Was sollte schon passieren, wenn sie mit Steff Essen geht? Egal, wie weit Steff gehen würde, letztendlich war es ihre Entscheidung, worauf sie sich einlässt und worauf nicht.

„Na gut", meinte sie schließlich. „Aber mache dir keine falschen Hoffnungen."

„Indem du mit mir essen gehst, sind bereits all meine Hoffnungen erfüllt."

Kowalewski grinste wie ein Honigkuchenpferd. Dann tippte er sich mit dem Zeigefinger auf die Nase.

„Hmm", sagte er. „Mir kommt da eine Idee. Zunächst aber möchte ich von dir wissen, worauf du jetzt Appetit hast."

„Worauf ich Appetit habe? Wenn ich ehrlich bin, dann könnte ich jetzt zum Griechen gehen; Zaziki, griechischer Salat, ein paar Souvlakispießchen, darauf hätte ich jetzt Appetit."

„Das hört sich gut an. Genau darauf hätte ich jetzt auch Hunger. Und was würdest du gerne dazu trinken?"

„Einen guten Rotwein."

„Liebe Silvia, ich muss feststellen, dass wir zwei nicht nur den gleichen Beruf haben, wir haben, was das Essen angeht, auch den gleichen Geschmack. Wer weiß, wie viel Gemeinsamkeiten sich noch zwischen uns beide auftun?"

„Hast du ein bestimmtes Lokal ins Auge gefasst?", fragte Silvia, ohne auf Kowalewskis Bemerkung einzugehen.

„Ja", antwortete er. „Bei diesem schönen Wetter muss man das Essen unter freiem Himmel genießen, oder siehst du das anders?"

Die Angesprochene lächelt. „Das ist eine gute Idee. Wohin fahren wir?"

„Lass dich überraschen. Ich muss allerdings vorher noch kurz bei mir zuhause vorbeifahren."

„Wenn du dein Portmonee nicht dabei hast, dann kann ich dir Geld leihen, Steff."

Kowalewski schüttelte den Kopf.

„Ich habe genug Geld in der Tasche und sollte es nicht reichen, dann ist da auch noch die Bankkarte."

„Willst du dich etwa noch umziehen? Das brauchst du nicht."

„Ich muss vor unserem Essen noch etwas Wichtiges erledigen. Ich werde bei mir zuhause noch etwas abholen und in mein Auto laden."

„Und was?"

„Sei nicht so neugierig, Silvia. Das wirst noch früh genug erfahren."

„Hat es etwas mit dem Essen zu tun?"

Kowalewski zog seine Schultern hoch und grinste dabei.

„Vielleicht", sagte er. „Lass dich einfach überraschen."

Silvia wusste, dass ihr Kollege im Stadtteil Ruhrort wohnte.

„Dann fahren wir jetzt also erst einmal nach Ruhrort", stellte sie fest.

„Ja." Stephan Kowalewski wirkte für einen Moment nachdenklich. „Ich muss mich korrigieren. Wir fahren doch nicht zu mir. Wozu hat man denn liebe Nachbarn, bei denen man noch etwas gut hat. Ich muss kurz in mein Büro; ein paar wichtige Telefonate führen. Bin gleich wieder da."

Muisfeld blickte kopfschüttelnd zu ihrem Kollegen.

Der weiß auch nicht genau, was er will, ging es ihr durch den Kopf, während Kowalewski den Raum verließ. *Bin gespannt, wohin er mich ausführt.*

Es dauerte nicht lange, bis sich Silvias Bürotür öffnete und Kowalewski erschien.

„Wir können, Silvia."

Wenig später saßen die zwei im Auto. Kowalewski steuerte das Fahrzeug, einem nicht mehr ganz neuen 3er BMW, Richtung Ruhrort.

„Sagst du mir jetzt, wohin wir fahren?", fragte Silvia und schaute ihren Kollegen fragend an.

Die Antwort war ein Kopfschütteln.

„Steff, jetzt sag es schon. Spann mich nicht so auf die Folter."

„Ich sagte doch schon, dass du dich überraschen lassen sollst."

Die Kommissarin atmete tief durch. Sie platzte vor Neugier und ertappte sich dabei, dass sie unruhig auf dem Beifahrersitz hin und her rutschte.

Während sie in ihren Gedanken alle Möglichkeiten durch ging wo man in Ruhrort griechisch essen konnte, war ihr

Blick auf den Begleiter gerichtet, der wortlos hinter dem Lenkrad saß.

Stephan Kowalewski grinste.

„Meinst du, ich merke nicht, dass du mich anstarrst?", stellte er fest.

„Ich starre nicht, ich gucke nur zufällig in deine Richtung. Warum sollte ich dich anstarren?"

„Weil ich dir vielleicht doch gefalle?"

„Bilde dir bloß nichts ein. Wenn ich nichts Besseres vorgehabt hätte, wäre ich überhaupt nicht mitgekommen." Kowalewskis Grinsen wurde breiter.

„Du bist aber mitgekommen und ich garantiere dir, dass du es nicht bereuen wirst."

Silvia, die es jetzt vorzog, zu schweigen, schaute nun aus dem Fenster.

„Übrigens", sagte Steff. „Habe ich dir schon gesagt, dass ich mittlerweile fast alles über Ruhrort weiß, obwohl ich erst vor einem halben Jahr in dieses Stadtteil gezogen bin?"

„Was gibt es denn da groß zu wissen?", gab Muisfeld neppisch zurück.

„Ruhrort hat eine aufregende Geschichte. Was früher für die Seeschiffer St.Pauli in Hamburg war, das war für die Binnenschiffer die Ruhrorter Innenstadt. Hier gab es alles, worauf die Schiffer standen; viele Bars, Kneipen und leichte Mädchen."

„Wer hat dir das denn erzählt?"

„In meiner unmittelbaren Nachbarschaft wohnen alteingesessene Ruhrorter, darunter einige ehemalige Schiffer. Ein Kapitän im Ruhestand ist auch dabei. Wenn man sich mit ihnen unterhält, erfährt man so etwas."

„Soso", war das einzige, was Silvia dazu sagte.

Gerade hatten sie den Verteilerkreis Kaßlerfeld passiert. Sie fuhren nun über die Ruhr und den Hafenbrücken.

Die Fahrt durch Ruhrort endete schließlich auf der Mühlenweide, einem mit Rasen bewachsenen Areal, auf dem regelmäßig Veranstaltungen stattfanden. Das Highlight aller Events war jedes Jahr das berühmte Ruhrorter Hafenfest.

Die Mühlenweide glich einer Halbinsel, umgeben vom Finckekanal, dem Rhein und dem Eisenbahrbassin.

Kowalewski parkte seinen BMW unmittelbar unter der Brücke, über die man den Rhein von Ruhrort nach Homberg überqueren konnte.

„So", sagte er und legte ein Schild sichtbar hinter die Windschutzscheibe. „Polizei im Einsatz, damit es kein Knöllchen gibt."

„Warum parkst du denn hier?", wollte Silvia wissen. „Jetzt müssen wir noch ein ganzes End zurück laufen. Die Restaurants sind da hinten."

Sie deutete in die Richtung des Finckekanals, denn dort lagen einige Gaststätten, in denen man sehr gut essen konnte.

Kowalewski zeigte wieder sein hintergründiges Grinsen.

„Liebe Kollegin", sagte er. „Bitte folge mir."

Er schritt über die ausgedehnte Rasenfläche in Richtung Rhein.

„Hier gibt es doch nur einen Biergarten", meinte Silvia und zeigte zur Mitte der Mühlenweide.

Dort stand ein riesiger Fahnenmast, an dessen Fuß ein Biergarten lag.

„Habe ich dir nicht gesagt, dass du dich überraschen lassen sollst?"

Die Kommissarin ging neben ihm her und konnte es kaum erwarten, endlich seine Überraschung zu sehen.

Stephan Kowalewski blieb stehen und schaute zum großen Fahnenmast, an dem viele bunte Fähnchen im Wind umherflatterten. Der tiefblaue Himmel im Hintergrund betonte das Farbenmeer der Flaggen, die im Sonnenlicht zu leuchten schienen.

„Weißt du eigentlich", fragte er Silvia, „welche Bedeutung dieser Mast hat?"

Die Angesprochen zuckt mit den Schultern. „Vielleicht soll er ein Segel symbolisieren", sagte sie schließlich, angesichts der vielen Leinen, die auf dem Mast gespannt waren.

„Donnerwetter. Du liegst mit deiner Vermutung richtig. Das ist die originalgetreue Nachbildung eines Mastes, wie ihn alte Segelschiffe hatten. Er ist übrigens achtunddreißig Meter hoch."

„Haben dir das auch deine Ruhrorter Nachbarn erzählt?"

„Ja. Und nicht nur das. An diesem Mast flattern fast einhundert Fähnchen. Ganz genau gesagt sind es sechsundneunzig. Nach altem Ritual werden sie in jedem Frühjahr gehisst. Die meisten Fahnen stammen von Duisburger Unternehmen. Beim Hissen der kleinen Flaggen wird eine ganz bestimmte Reihenfolge eingehalten. Ganz nach oben kommt die schwarz-rot-goldene Deutschlandfahne oder die Landesflagge von NRW. Besonders wichtig ist auch die Fahne mit dem alten Schiffergruß *Im Namen Gottes.* Nach der Bestückung des Mastes begutachten einige alteingesessene Ruhrorter die Beflaggung und prüfen, ob alles richtig gemacht wurde."

Silvia hatte bei der Erklärung ihres Kollegen staunend den Mast betrachtet.

„Respekt Steff", sagte sie. „Dafür, dass du nicht aus Duisburg kommst, weißt du sehr viel."

„Wenn man solch redselige Nachbarn wie ich hat, weiß man innerhalb von kurzer Zeit alles über Ruhrort."

Er ging weiter.

Nach einigen Schritten erkannte Silvia einen Mann in einem grauen Jogginganzug, der nur wenige Meter vom Rheinufer entfernt stand und telefonierte. Genau auf diesen Mann hielt Kowalewski zu.

Neben dem Mann stand ein kleiner Koffer. Daneben lagen Gegenstände auf der Wiese, die Silvia aus dieser Entfernung nicht genau erkennen konnte.

Als die beiden den Mann erreichten, hatte er gerade sein Telefonat beendet und steckte sein Handy weg.

Er machte einen Schritt auf die Ankömmlinge zu und streckte Silvia mit einem freundlichen Lächeln die Hand entgegen.

„Hallo", sagte er. „Ich bin Peter."

Silvia reichte ihm verdutzt die Hand und grüßte unsicher zurück.

„Alles auftragsgemäß erledigt", sagte der Mann im Jogginganzug, während er Kowalewski auch die Hand schüttelte. „Zehn Minuten", fügte er leise hinzu.

„Ich danke dir Peter", erwiderte Kowalewski. „Gut, dass ich so tolle Nachbarn habe. Ich werd´s wieder gut machen."

„War doch selbstverständlich, Steff." Mit den Worten: „Dann wünsche ich euch noch viel Spaß", verabschiedete Peter sich und entfernte sich mit zügigen Schritten.

Die Gegenstände, die neben dem kleinen Koffer auf der Wiese lagen, entpuppten sich als zusammenklappbare Gartenmöbel; ein Tisch und zwei Stühle, die Kowalewski mit wenigen geübten Handgriffen aufbaute.

„Bitte liebe Kollegin, nimm Platz", sagte er und wies auf einen der Stühle.

Während Silvia der Anweisung folgte, dämmerte ihr langsam, was Steff vorhatte. Das Essen sollte hier auf der Mühlenweide stattfinden.

Kowalewski öffnete nun den Koffer. Der Deckel war seiner weiblichen Begleitung zugewandt und so konnte sie den Inhalt des Koffers nicht erkennen.

Zunächst nahm er eine weiße Tischdecke heraus, die er mit einer ausladenden Geste auf dem Tisch ausbreitete. Es folgten Teller, Besteck und Servietten. Nachdem der Tisch soweit eingedeckt war, zauberte er einen dreiflammigen Kerzenständer hervor, den er auf die Mitte des Tisches stellte.

Mit großen Augen beobachtete Silvia, wie ihr Kollege die Kerzen entzündete. Die Überraschung war ihm sichtlich gelungen.

„Na?", fragte er. „Gefällt es dir?"

Sie lächelte. „Ja. Ich kann´s gar nicht glauben, dass ich auf der Mühlenweide vor einen gedeckten Tisch sitze."

Kowalewski schaute in den Koffer.

„Ich sehe gerade, dass noch etwas Wichtiges fehlt."

Er nahm zwei Weingläser heraus und stellte sie ebenfalls auf den Tisch.

Als nächstes zog er eine Flasche Rotwein nebst Korkenzieher aus dem Koffer.

„Du bist verrückt, Steff", kam es aus Silvias Mund, während er die Flasche öffnete.

Nachdem sich der Korken mit einen leisen „Plopp" aus der Flasche gelöst hatte, nahm auch Kowalewski Platz.

Er füllte die Gläser und reichte eines seiner Kollegin.

„Zum Wohl Silvia", sagte er und blickte ihr dabei tief in die Augen. „Auf einen wunderschönen Nachmittag."

„Auf einen wunderschönen Nachmittag", wiederholte sie und die beiden stießen miteinander an.

„Der Wein ist richtig gut", sagte Silvia, nachdem sie den ersten Schluck genossen hatte. „Du hast Geschmack."

„Freut mich, dass er dir schmeckt." Er deutet auf den Koffer. „Falls die Flasche nicht ausreicht, da ist noch so eine drin, und sollte es heute etwas später werden, sind auch noch Ersatzkerzen da."

„Steff, du bist unglaublich."

„Ich möchte nur, dass du dich mal so richtig ausspannen und die Arbeit im Präsidium für eine Zeit vergessen kannst."

Während Silvia noch einen Schluck Wein zu sich nahm, erklärte Kowalewski: „Das Essen kommt übrigens in zehn Minuten. Es wird von meinem Lieblingsgriechen geliefert."

Silvia sah sich um.

„Ich war ja schon oft hier, aber aus dieser Perspektive habe ich die Mühlenweide noch nie gesehen. Einfach hier sitzen und den vorbeifahrenden Schiffen zu zuschauen. Es gefällt mir."

Dabei deutet sie auf den Rhein. Dort herrschte reger Schiffsverkehr.

„Ja", meinte Kowalewski. „Mir gefällt es hier auch."

Er schaute seine Kollegin an.

„Ich muss soeben feststellen", redete er weiter, „dass ich dich noch nie so entspannt gesehen habe, wie jetzt."

„Wie meinst du das?"

„So wie ich es sage. Immer wenn du im Dienst bist, dann zeigt dein Gesicht Züge von Anspannung. Jetzt wirkt es total entspannt."

129

„So ein Quatsch. Mein Gesichtsausdruck ist wie immer. Und angespannt bin ich nur ganz selten."

Stephan Kowalewski runzelte die Stirn. „Als du gerade den Schiffen nachgeschaut hast, wirktest du irgendwie gelöst, so, als ob du für einen Moment vom Ernst des Lebens losgelassen hast. Für einen Augenblick glaubte ich, Entzücken in deinen Augen und ein zufriedenes Lächeln auf deinen Lippen zu erkennen. Weißt du eigentlich, dass du wunderhübsch bist?"

Da diese Worte in einem besonders sonoren Ton über seine Lippen gekommen waren, hatte Silvia ihm aufmerksam zugehört. Sie musste sich eingestehen, dass sie schon lange nicht mehr so nette Worte gehört hatte.

„Jetzt hör´ aber auf zu schleimen", sagte sie, obwohl sie diese Schmeichelei gerne in sich aufgenommen hatte. „So etwas zieht bei mir nicht."

„Ich schleime nicht. Ich sage nur ganz aufrichtig was ich fühle und denke."

Er nahm sein Glas zur Hand und prostete ihr zu. „Liebe Silvia, auf einen netten Nachmittag."

„Ganz ehrlich, Steff", sagte Silvia und griff ebenfalls zu ihrem Weinglas. „Mir gefällt der Nachmittag jetzt schon. Deine Idee, hier am Rhein zu sitzen, ist einfach großartig."

„Ja, mir gefällt es auch, aber ohne deine Gegenwart wär´ es nicht mal halb so schön."

„Du schleimst schon wieder. Wer weiß, mit wie viel Frauen du schon hier gesessen hast? So etwas kommt in der weiblichen Welt schließlich immer gut an."

„Jetzt tust du mir Unrecht. Ich schwöre dir, dass es das erste Mal ist. Als ich letzte Woche hier war, da saß genau hier ein junges Pärchen und picknickte auf einer Decke. Das wirkte sehr romantisch. Als ich dich vorhin zum Essen eingeladen habe, musste ich für einen Moment an dieses Picknick denken. In diesem Augenblick kam mir die Idee, das Essen direkt an den Rhein zu verlegen."

Er beugte sich nach vorn und ergriff ihre Hand.

„Mir gefällt es genauso gut wie dir, Silvia. Wenn der Nachmittag weiterhin so schön bleibt, und davon gehe ich aus, dann würde ich ihn gerne noch einmal mit dir wiederholen."

Die Angesprochene lachte. „Erst mal sehen, wie das Essen schmeckt. Dann reden wir weiter."

Kowalewski erhob sich.

„Unser Essen kommt schon", sagte er und deutete auf einen Mann, der mit einer Kiste in den Händen auf die beiden zuhielt.

Der Mann, dessen streng nach hinten gekämmtes, schwarzes Haar mit Gel durchzogen war, lachte schon von weitem. Breite, graue Koteletten zierten sein Gesicht.

„Hallo zusammen", grüßte er überschwänglich und stellte die Kiste auf dem Boden ab.

„Grüß dich, Sokrates", sagte Kowalewski. „Sind deine Leute alle im Urlaub, dass der Chef persönlich kommt?"

„Nein. Ich wollte mir selbst ein Bild davon machen, was du hier tust. Eine gute Idee von dir."

Der Grieche blickte Silvia an und machte große Augen.

„Bei so einer hübschen Begleiterin", fuhr er fort, „muss man sich auch etwas Besonderes einfallen lassen."

Er trat an sie heran und reichte ihr die Hand.

„Guten Tag, schöne Frau", sagte er. „Ich hoffe, Ihnen wird mein Essen schmecken."

Dann öffnete er die Kiste und stellte den Inhalt auf den Tisch.

„Soll ich alles auspacken und auf die Teller legen?", fragte er.

„Nein danke, Sokrates", antwortete Kowalewski. „Das machen wir selbst. „Vielen Dank für die Lieferung. Das mit der Rechnung erledigen wir später."

Mit den Worten: „Na dann, guten Appetit und einen schönen Tag noch", verabschiedete sich der Grieche.

Als Kowalewski Anstalten machte, seiner Kollegin das Essen auf den Teller zu legen, hielt diese ihn zurück.

„Lass mal Steff. Das ist wirklich sehr nett von dir, aber ich möchte mir das Essen selbst nehmen."

„Okay. Ich hab´s nur gut gemeint. Schließlich sollst du dich hinterher nicht darüber beklagen, dass ich unhöflich war."

„Keine Angst, ich weiß deine Höflichkeit zu schätzen."

Nachdem beide ihre Teller gefüllt hatten, griff Kowalewski zu seinem Glas und prostete Silvia zu. „Na dann, guten Appetit."

Sie stießen noch einmal mit ihren Weingläsern an.

„Danke gleichfalls", entgegnete Silvia. „Das wünsche ich dir auch."

„Und? Schmeckt´s?", wollte Kowalewski wissen, nachdem sie die ersten Bissen gekostet hatten.

„Köstlich. Du hast mir nicht zu viel versprochen." Die Kommissarin blickte sich um. „Ich kann es immer noch nicht fassen, dass ich mit dir auf der Mühlenweide sitze und gemeinsam mit dir esse. Nicht nur, dass dir die Überraschung gelungen ist, es ist einfach wunderschön hier."

„Mir gefällt es auch. Aber ohne dich wäre es nur halb so schön."

Silvia lächelte. „Du kannst die Schmeicheleien einfach nicht lassen."

„Ich sagte doch schon, dass ich immer nur das sage, was ich denke. Wenn du dich geschmeichelt fühlst, umso besser."

Die Situation war entspannt und Silvia wollte die Gunst der Stunde nutzen, um ihr Gegenüber über sein Vorleben auszuhorchen.

„Sag mal Steff, ich möchte ja nicht neugierig sein, aber unter den Kollegen erzählt man sich, dass du der Liebe wegen von München nach Essen gezogen bist. Man redet auch davon, dass mit dieser Liebe etwas schiefgelaufen ist. Stimmt das?"

„Du bist ja überhaupt nicht neugierig."

„Wenn du es nicht willst, dann musst du es mir nicht erzählen Steff."

Kowalewski atmete tief durch.

„Weißt du was, Silvia? Ich möchte es dir sogar erzählen. Tut mir vielleicht auch gut, mal darüber zu reden. Es begann damit, dass ich an einem freien Wochenende wie so oft, in die Berge gefahren bin, um eine Klettertour zu unternehmen. Von München aus ist es ja nur ein Katzensprung zu den Bergen. Ich hatte oft gemeinsam mit Kollegen Bergtouren unternommen. Manchmal waren wir drei Tage in den Bergen unterwegs und sind von Hütte zu Hütte gezogen. An diesem besagten Wochenende war ich allerdings allein auf Tour. Von Ramsau in Berchtesgaden bin ich hinauf zur Blaueishütte gestiegen und von dort aus zum Blaueisgletscher. Später, ich war bereits auf dem Rückweg und hatte die Blaueishütte schon weit hinter mir gelassen, sah ich vor mir eine Frau auf einer Geröllhalde sitzen. Als ich sie erreicht hatte, sprach sie mich an und bat mich um Hilfe. Sie war auf dem Geröll ausgerutscht und mit dem Fuß umgeknickt. Ich hatte mir ihren Fuß

133

angeschaut und konnte nichts Besonderes erkennen. Deshalb sagte ich ihr, dass es wahrscheinlich eine Verstauchung ist. Wir machten uns schließlich gemeinsam an den Abstieg und ich stützte die Verletzte dabei. Alleine hätte ich den Rest des Weges in einer Stunde bewältigt. Zusammen mit ihr ging es so langsam voran, dass wir erst nach ungefähr drei Stunden den Parkplatz in Ramsau erreicht hatten. Auf den letzten Metern hatte es mit dem Laufen der Frau schon wesentlich besser geklappt. Es war wohl doch nicht so schlimm, wie zunächst angenommen. Sabine, so hieß die Verletzte, lud mich aus Dank zum Essen ein. Sie war sehr nett und deshalb sagte ich zu. Als wir schließlich im Restaurant saßen, erfuhr ich von Sabine, dass sie in Berchtesgaden ihren Urlaub verbringt. Sie kam aus dem Ruhrgebiet und wohnte in Essen. Noch am gleichen Abend waren wir uns sehr nah gekommen und ratz fatz hatte ich mich Hals über Kopf in sie verliebt. Zwischen Sabine und mir entstand eine Fern-beziehung und wir besuchten uns regelmäßig. Mir waren diese Besuche aber zu wenig. Ich wollte bei Sabine sein. Eigentlich war es eher ein Zufall, dass ich von einem Essener Polizeikollegen erfuhr, der unbedingt in München arbeiten wollte. Der Dienststellentausch wurde genehmigt und so zog ich nach Essen. Endlich konnte ich mit meiner Sabine zusammenleben. Sabine und ich, wir waren so richtig glücklich miteinander. Das dachte ich wenigstens. Ich konnte nicht ahnen, dass sie auch eine andere Seite hatte. Es traf mich wie eine Gewehrkugel, als ich sie mit einem anderen Mann im Bett erwischte. Bevor ich überhaupt etwas sagen konnte, gab sie mir zu verstehen, dass ich jetzt bloß keinen Aufstand machen soll. Schließlich könne sie machen, was sie will. Auch mal mit anderen

Männern zu schlafen, gehöre zu den Freiheiten, die ihr als emanzipierte Frau zustehen."

Silvia schüttelte den Kopf.

„Unglaublich", sagte sie.

„Was soll's. Ich bin drüber weg. Lass uns jetzt über etwas anderes reden. Oder besser gesagt, lass uns das Essen genießen."

„Warum bist du denn nicht wieder zurück nach München gegangen? Du hättest doch bestimmt wieder einen Job dort bekommen."

Er lacht kurz auf.

„Ja, das hätte ich, doch erstens wäre das Geläster der Kollegen groß gewesen und zweitens hätte ich wieder bei meinen Eltern einziehen müssen."

„Du wohntest noch bei deinen Eltern?"

„Nicht direkt. Ich hatte eine eigene Wohnung, doch das Haus, in dem diese Wohnung lag, gehörte meinen Eltern. Sie besitzen in München einige Mehrfamilienhäuser und selbst wenn meine alte Wohnung bereits neu vermietet ist, so hätten sie mich schnell wieder in eine ihrer anderen Wohnungen untergebracht. Ich liebe meine Eltern, aber ich habe keinen Bock mehr darauf, mir vorschreiben zu lassen, wie und wo ich wohne. Gleichzeitig war ich als Sohn der Hauseigentümer auch immer der Ansprechpartner für die anderen Mieter. Wenn irgendetwas nicht in Ordnung war, dann beschwerten sie sich alle immer bei mir."

„Und wenn du in eine Wohnung ziehst, die nicht deinen Eltern gehört?"

„Dann wären sie für immer und ewig beleidigt. Ich bin schließlich ihr einziger Sohn. Du glaubst ja gar nicht, wie oft sie mir gesagt haben, dass ich ja alles einmal erben

135

werde und dass sie alles, was sie aufgebaut hatten, nur mir mich gemacht haben."

„Wie viel Häuser besitzen deine Eltern denn?"

„Neben dem Anwesen, in dem sie selbst wohnen, sind es noch fünf Häuser mit insgesamt 36 vermieteten Wohneinheiten. Und jetzt lass uns bitte über etwas anderes reden."

Während Silvia gerade dabei war, ein Stück Fleisch von ihrem Spieß auf den Teller zu schieben, dachte sie darüber nach, wie ehrlich und aufrichtig er zu ihr war. Sie dachte aber auch daran, was für eine gute Partie er ist. Dass er ihr so offen erzählte, wie er von seiner ehemaligen Freundin betrogen wurde, zeigte ihr das Vertrauen, welches er ihr entgegen brachte.

Sie schaute auf den Rhein hinaus. Dort fuhr ein großes, schneeweißes Passagierschiff stromaufwärts. Das war ihre Gelegenheit, das Thema zu wechseln.

„Schau mal", sagte sie und deutete auf das Schiff. „Die machen eine Flusskreuzfahrt. Mich würde interessieren, wohin die wohl fahren."

„Es gibt unzählige Möglichkeiten, was das Ziel einer Kreuzfahrt sein kann", meinte ihr Gegenüber. „Diese großen Schiffe machen auch hier in Ruhrort fest. Dann erkundigen die Passagiere Duisburg. Die Flusskreuzfahrten werden immer beliebter. Mittlerweile sind es richtige Luxusschiffe, die über den Rhein fahren. Wenn man bedenkt, wie viele Sehenswürdigkeiten links und rechts des Stroms liegen, dann ist so eine Fahrt, besonders für Leute die den Rhein nicht kennen, ein echtes Erlebnis. Ich war vor ein paar Wochen bei einem Bekannten zu Besuch. Er wohnt in Koblenz, direkt am Deutschen Eck. Da lagen am Rhein- und am Moselufer bestimmt zehn dieser Kreuzfahrtschiffe gleichzeitig. Die Passagiere dieser Schiffe kommen von überall her; aus Japan, USA, Kanada und was weiß ich nicht. Sie alle bestaunen good old Germany."

Muisfeld schmunzelte.

„Und woher weißt du, aus welchen Länder sie kommen? Ich meine, es steht ihnen doch nicht auf der Stirn geschrieben, dass sie zum Beispiel aus Kanada kommen."

„Es gibt nichts einfacheres, als Touristen ihren Länder zu zuordnen. Japaner erkennt man an den Schlitzaugen und den tausend Kameras, die sie mit sich führen. Nord-amerikaner verraten sich durch ihren unverkennbaren Dialekt und ihre Kleidung. Sie sind immer in Gruppen unterwegs und garantiert sind Leute in diesen Gruppen, die ihre Herkunft auf der Kleidung tragen. T-Shirts mit einem großen, roten Ahornblatt und der Aufschrift SWEET HOME CANADA verraten alles. Bei dem Amis ist das noch ausgeprägter."

Silvia lachte. „Du bist ja ein echter Menschenkenner."

Stephan Kowalewski ging auf diese Äußerung nicht ein. Stattdessen erzählte er seiner Kollegin, dass er vor ei-nigen Jahren mal eine Donaukreuzfahrt gemacht hatte und erklärte, wie luxuriös diese großen Flusskreuz-fahrtschiffe sind. Er kam dabei richtig ins Schwärmen.

Während er von seiner Kreuzfahrt berichtete, genoss Silvia das Essen.

Sie musste sich eingestehen, dass ihr Gegenüber ihr im-mer sympathischer wurde.

Ein echt toller Typ, ging es ihr durch den Kopf. *Er sieht gut aus, ist zuvorkommend und kann plaudern, ohne aufdring-lich zu sein. Er ist nett, sehr nett.*

Sie dachte daran, dass sie ihn anfänglich falsch eingeschätzt hatte. Seine Schmeicheleien hatte sie zunächst nicht gemocht, doch nun war es irgendwie anders. Das was er sagte, klang so ehrlich.

Als Steff mit seinen Ausführungen fertig war, fasste er Silvias linke Hand.

„Und? Schmeckt´s dir noch?"

„Ja, es ist köstlich."

„Lass uns noch einmal anstoßen, Silvia."

Sie ergriffen ihre Gläser. Es klang wie ein helles Glöckchen, als die Gläser sich beim Anstoßen berührten.

Kowalewski hatte ihre Hand noch nicht los gelassen. Er sah ihr tief in die Augen und sie erwiderte den innigen Blick.

„Silvia", kam es fast flüsternd über seine Lippen, „du siehst aus, wie ein Engel."

Sie atmete tief durch. „Ach Steff."

Silvia musste sich eigestehen, dass sie seit langer Zeit nicht mehr so verwirrt war. Der Mann, der ihr gegenüber saß, hatte es ihr angetan. Sie fühlte sich auf magische Weise zu ihm hingezogen.

Während sie ihr Glas an den Mund führte, schloss sie die Augen und als sie das Gefäß wieder auf den Tisch stellte, wandte sie sich ab und schaute auf den Rhein hinaus. Dass das große Kreuzfahrtschiff aus ihrem Blickwinkel verschwunden war, interessierte sie nicht. Ihre Gedanken gingen in ganz andere Bahnen.

Er hat es geschafft. Ich weiß ganz genau, wie der Abend enden wird. Ich werde in seinem Bett landen. Sie schloss erneut für einen Moment die Augen. *Und ich freu´ mich darauf.*

„Woran denkst du?", wurde sie aus den Gedanken gerissen.

„Ich denke daran, wie schön es hier ist."

Weder Kowalewski noch Muisfeld hatte auf ihre Uhren geschaut, so sehr waren sie in ihrer Plauderei vertieft.

Erst als es langsam zu dämmern begann, wurde ihnen bewusst, dass es schon spät geworden war.

„Bei so einem lauen Sommerabend merkt man nicht einmal, wie die Zeit vergeht", meinte Silvia.

„Bei mir ist es nicht der Sommerabend, sondern deine Anwesenheit, die mich die Zeit vergessen lässt", sagte Kowalewski.

Silvia grinste nur. Sie ging auf seine Schmeichelei nicht ein.

Stattdessen deutete sie auf die beiden leeren Weinflaschen, die vor ihr auf dem Tisch standen.

„Da haben wir doch tatsächlich zwei Flaschen Wein getrunken", stellte sie fest.

„Er war ja auch richtig gut, oder?"

„Sehr gut", bestätigte sie und musste sich eingestehen, dass der Wein bei ihr gefruchtet hatte. Sie war zwar nicht beschwipst, aber merkte deutlich die leichte Wirkung, die der Rebsaft bei ihr hinterlassen hatte.

„Wohnst du eigentlich weit weg von hier?", wollte Silvia wissen.

Er schüttelte den Kopf.

„Nein. Zu Fuß sind es vielleicht fünfzehn Minuten. Ich wohne quasi im Herzen Ruhrorts, in einem Altbau. Die Wohnung zeigt noch viel Flair der Vergangenheit. Du solltest mal die Türen sehen. Sie sind breit und aus dunklem Holz. Die Deckenhöhe in den Räumen beträgt mehr als drei Meter. Alle Decken sind mit Ornamenten aus

Stuck versehen. Es sieht noch genauso aus, wie vor hundert Jahren."

„Das stelle ich mir sehr romantisch vor", sagte Silvia.

„Um ganz ehrlich zu sein, ich finde es nicht romantisch. Weißt du, wie viel Rollen Tapeten ich wegen diesen hohen Decken beim Einzug kaufen musste? Es mag sich zwar im Moment gut anhören, aber mitten in Ruhrort zu wohnen, macht oft Stress. Die Häuser in der Innenstadt stehen dichtgedrängt zusammen. Deshalb gibt es so gut wie keine Garagen. Die wenigen Parkplätze sind fast immer besetzt. Wenn ich von der Arbeit nach Hause komme, kurve ich manchmal bei der Parkplatzsuche durch die halbe Ruhrorter Innenstadt. Habe ich endlich einen Platz für mein Auto gefunden, muss ich oft noch zehn Minuten laufen, um zu meiner Wohnung zu kommen."

„Das hört sich ja wirklich stressig an", kommentierte Silvia seine Aussage.

„Ich habe es eben nicht so gut wie du. Eine Garage direkt am Haus hätt´ ich auch gerne."

Silvia machte große Augen.

„Woher weißt du, dass ich eine Garage am Haus habe? Ich hab noch nie mit dir darüber geredet."

Er lächelte.

„Sei mir bitte nicht böse, aber ich wollte einfach wissen, wo ein so netter Mensch wie du wohnt. Da habe ich einfach mal nachgeschaut. Deshalb weiß ich, dass du in einer gepflegten Einfamilienhaussiedlung im Stadtteil Neumühl wohnst. Ich hab´s mir bei Google Streetview angeschaut."

„Du hast mich ausspioniert?"

„Natürlich nicht. Du weißt ganz genau, dass ich dich immer schon toll fand. Leider sind meine Flirtversuche

immer gescheitert. Du hast mich jedes Mal abblitzen lassen. Dass ich heute mit dir hier zusammen sein kann,
macht mich glücklich. Ich habe dir nicht nachspioniert,
sondern wollte einfach nur wissen, wo die netteste
Kollegin, die ich kenne, wohnt."
Muisfeld grinste.
„In meinen Augen bist du ein kleiner Spion, Steff. Aber ich
bin dir nicht böse."
„Da bin ich aber froh."
Kowalewski schaute sich um.
„Es wird bald dunkel sein", stellte er fest. „So schön es
hier auch ist, wir müssen langsam aufbrechen." Er deutete
auf die leeren Kunststoffbehälter, in denen das Essen
geliefert worden war. „Diesen Abfall müssen wir auch
noch entsorgen. Das mache ich am besten sofort."
Er stand auf und stellte die Behälter ineinander. Dann
deutete er auf einen Abfallkorb, der nur etwa zwanzig
Meter von ihnen entfernt stand.
Mit den Worten: „Ich bringe das Zeug eben weg. Bin
gleich wieder da", verließ er den Tisch.
Als er zurück kam, setzte er sich wieder auf seinen Platz.
Er beugte sich über den Tisch und ergriff Silvias Hände.
„Und?", fragte er. „Wie soll der Abend weitergehen?"
„Ich weiß nicht", antwortete Silvia, obwohl sie bereits
wusste, wie es weitergehen würde.
Stephan Kowalewski atmete tief durch.
„Als erstes werde ich mal alles einpacken", erklärte er. „Ich
werde mit meinem Wagen vorfahren und alles in den
Kofferraum packen. Dann stelle ich das Auto wieder
genau dort ab, wo es jetzt steht. Es ist ja von hier aus
nicht mehr weit zu mir nach Hause."
Er erhob sich.

„Tust du mir einen kleinen Gefallen, Silvia", fragte er.

„Und welchen?"

„In der Zeit, in der ich jetzt mein Auto hole, könntest du schon den Tisch abräumen und alles in den Koffer packen."

Die Angesprochene nickte.

„Okay. Mach ich."

Etwas später kam Kowalewski mit seinem BMW vorgefahren. Dass er dabei einfach über die Wiese fuhr, schien ihn nicht zu stören. Auch die verwerflichen Blicke, die ihm von einigen Passanten, die noch mit ihren Hunden unterwegs waren, zugeworfen wurden, interessierten ihn nicht. Er stoppte das Auto direkt neben der Sitzgruppe.

Mit wenigen Handgriffen waren die Gartenmöbel zusammen geklappt und nebst Koffer im Wagen verstaut.

Als Kowalewski sich wieder hinter das Lenkrad setzte, nahm Silvia neben ihm auf dem Beifahrersitz Platz.

Nach einer kurzen, holprigen Fahrt parkte der BMW wieder unter der Brücke.

Kowalewski schaltete den Motor aus.

„Und was machen wir jetzt?", fragte er seine Begleiterin und beugte sich zu ihr hinüber.

„Ich weiß nicht", kam es leise über Silvias Lippen.

Als Steff sich noch weiter zu ihr herüber beugte, kam sie ihm entgegen. Der nun folgende, intensive Kuss war bereits vorprogrammiert.

Als sich ihre Lippen wieder voneinander lösten, atmete Silvia tief durch.

„Ach Steff, ich hatte schon lange nicht mehr einen so schönen Abend."

„Du hattest? Ist der schöne Abend etwa schon vorbei?"

Sie lächelte.

„Wie lange sagtest du, läuft man von hier aus zu deiner Wohnung, Steff?"

„Etwa eine viertel Stunde."

„Möchtest du mir mal deine Stuckdecken zeigen?"

„Ja, gerne."

„Und wann?"

„Jetzt?"

Er beugte sich wieder zu ihr hinüber und ihre Lippen trafen sich erneut zu einem innigen Kuss.

Wenig später verließen sie das Auto und schlenderten Arm in Arm in Richtung der Ruhrorter Innenstadt.

Ihr Ziel, Kowalewskis Wohnung, erreichten die beiden erst nach einer halben Stunde. Zu oft waren sie stehen geblieben, um sich in die Arme zu nehme und zu küssen.

*   *   *

Eigentlich hätte die Veranstaltung schon vor einer Stunde beginnen sollen, doch es hatte auf den Autobahnen, bedingt durch gleich drei schwere Unfälle mit LKWs zu langen Staus geführt. Dadurch hatte sich die Ankunft von einigen wichtigen Personen verzögert. Nun aber waren auch die letzten eingetroffen.

An einem breiten Tisch, der vor Kopf stand, saßen fünf Männer. Einer von ihnen war Günter Rommel. Er blickte auf die Leute, die im saalartigen Kellerraum vor ihm Platz genommen hatten.

Rommel lächelte.

Was für armselige Gestalten, dachte er. *Die glauben doch tatsächlich, etwas bewegen zu können, glauben, dass sie bald gut bezahlte Posten in einer neuen Partei bekommen. Bald wird dieses fanatische Gesindel wieder auf den Boden der Tatsachen landen, denn bald werde ich, ihr großer Führer und vor allem mein Geld, mit dem ich das alles in Bewegung gesetzt habe, nicht mehr da sein.*

Gleich werde ich ihnen genau das erzählen, was sie hören wollen und sie werden wie immer begeistert sein, zumal das, was ich erzählen werde, der Wahrheit entspricht, denn ich werde nichts anderes tun, als etwas aus der Zeitung vor zu lesen.

Der große, hell erleuchtete Kellerraum hatte sich gefüllt. Etwa fünfzig Personen, in der Mehrzahl Männer, hatten Platz genommen und schauten erwartungsvoll zum breiten Tisch vor der großen rotweißen Fahne, in deren Mitte ein Symbol prangte. Als einer der Männer, die an diesem Tisch saßen, sich erhob, verstummte das leise Gemurmel, welches den Raum erfüllt hatte.

144

Der etwa vierzigjährige Mann trug einen dunklen, dezent wirkenden Anzug. Heute Morgen hatte Günter Rommel schon einmal hier gesessen, allerdings mit einem weißen Pulli eher leger gekleidet. Die rotweiße Krawatte wollte irgendwie nicht so recht zu dem eigentlich nobel wirkenden Outfit passen.

Der Mann ließ seinen Blick über die Anwesenden in dem saalartigen Gefilde gleiten. Alle Männer, die dort saßen, trugen ebenfalls dunkle Anzüge; die Frauen elegante Kostüme in den gleichen Farbtönen. Und alle, die sich hier versammelt hatten, zeigten eine weitere Gemeinsamkeit. Sie trugen die gleichen rotweißen Krawatten, wie der Hauptkameradschaftsführer, der sich vor ihnen erhoben hatte und gerade dabei war, das Mikrofon vor sich auszurichten.

„Liebe Kameradinnen, liebe Kameraden", begann Rommel mit seiner Rede. „Ich freue mich, dass so viele von euch dem Aufruf zu unserem Treffen gefolgt sind, obwohl es zu so später Stunde stattfindet. All diejenigen, die jetzt nicht in unserer Mitte sind, hatten triftige Gründe, die ihr Erscheinen verhinderten. Es ist mir eine Ehre mit euch nicht nur die Kameradschaftsführer aus Deutschland, sondern auch fünf Mitstreiter aus Österreich und der Schweiz begrüßen zu dürfen. Zunächst möchte ich mit einem negativen Vorfall beginnen." Ein leises Raunen ging durch den Saal. „Es gab den Versuch", fuhr der Mann hinter dem Mikrofon fort, „die Kameradschaft auffliegen zu lassen. Dank unserer gut organisierten Überwachung wurde dieser böswillige Anschlag auf die KDH unterbunden und der Intrigant entsprechend bestraft." Der Mann nahm nun wieder hinter dem breiten Tisch Platz. Er verstellte das Mikrofon in die Höhe seines Mundes und

145

redete weiter. „So ist es bequemer" sagte er. „Zur Tagesordnung. Zunächst werde ich den Entwurf der Änderung in unserem Manifest vorlesen, damit wir darüber abstimmen können. Die Änderung in unserer Grundsatzerklärung lautet wie folgt: Die Existenz der KDH bleibt auch geheim, wenn wir offiziell als öffentliche Partei auftreten. Dank der bereits jetzt schon großen Mitgliederzahl ist uns ein entsprechendes Wählerpotential sicher. Wenn es soweit ist, hoffe ich, dass wir bei einer Wahl mit einem Schlag mindestens zehn Prozent der Stimmen erwirken können."

Ein Schmunzeln huschte über seinem Gesicht.

„Ich weiß, dass es ein hochgestecktes Ziel ist, aber unsere Partei ist sehr volksnah und deshalb haben wir gute Chancen, dieses Ziel annähernd zu erreichen. Der vorgeschlagene Parteiname wurde von euch mit deutlicher Mehrheit gewählt. Offiziell werden wir die Freiheitliche Partei Deutscher Bürger und werden mit dem Kürzel FPDB antreten.

Damit unsere Kameradschaft nicht schon vorher von der Gesellschaft zerschlagen wird, bleibt die KDH, wie bereits erwähnt, weiterhin geheim. Der KDH ist es schon seit vielen Jahrzehnen gelungen, unbemerkt im Hintergrund zu wirken und so soll es auch bleiben. Die Mitgliedschaft in der Kameradschaft Deutscher Heimatfreunde ist und bleib weiterhin ein Privileg. Auch dürfen unsere vielen Kameradschaftsverbände weder erfahren, wie groß die Zahl der Gesamtmitglieder ist, noch dass wir beabsichtigen, eine politische Partei zu gründen. Wenn wir schließlich zur Wahl antreten, soll das Wahlergebnis wie eine Bombe einschlagen. Der Zulauf in unserem Bündnis wird immer größer. Das beherbergt auch die Gefahr von Maulwürfen, die nichts anderes wollen, als die KDH zu unterwandern und unsere Existenz an die Öffentlichkeit zu bringen. Wir müssen bezüglich neuer Mitglieder noch vorsichtiger und wachsamer werden.

Dank der missratenen Politik unserer Regierung, die Menschen aus aller Welt die Türen zu unserem geliebten Vaterland öffnet, um unsere Sozialkassen zu leeren, werden uns die Mitglieder für unsere neue Partei nur so zufliegen. Trotzdem darf unsere neue Partei nicht mit rechten Parolen auftreten. Im Gegenteil, wir werden gegen alles, was von rechts und links kommt, unsere Stimmen erheben. Ein Konzept, wie wir trotzdem Bürgernähe ausstrahlen, liegt bereits vor, denn Bürgernähe ist das A und O, gewählt zu werden. Dieses geniale Konzept bleibt aber unter Verschluss, bis die Parteigründung offiziell ist. Unser wahres Gesicht werden wir erst zeigen, wenn wir genug Macht haben, und die werden wir bekommen.

Blicken wir doch einmal auf das, was die Bürger bewegt, auf das, worüber sich die Bürger mit gutem Grund aufregen. Besonders in den Ballungsgebieten, aber auch in sehr vielen anderen Städten haben die Bürger die Nase gestrichen voll. In vielen Bezirken wagen sich die Menschen zu bestimmten Zeiten nicht mehr allein auf die Straße, weil sie einfach Angst haben, an gewisse Subjekte zu geraten, Subjekte, die überwiegend aus Ausländern und Mitbürgern mit Migrationshintergrund bestehen.

Ich weiß, dass, was ich jetzt gesagt habe, klang sehr rechtsradikal, aber ich denke, es ist nicht verboten, die Wahrheit auszusprechen. Es ist traurig, dass man über andere ethnische Gruppen nicht die Wahrheit sagen kann, ohne gleich als Nazi beschimpft zu werden."

147

Rommel deutete auf einen Stapel aus Tageszeitungen, der vor ihm auf dem Tisch lag.

„Das hier sind alles unabhängige und überparteiliche Zeitungen. Diese Zeitung zählen nicht zu den Revolverblättern, die alles immer überspitzt darstellen.

Genau aus diesen Zeitungen möchte ich euch jetzt etwas vorlesen. Viele dieser Berichte werdet ihr ja schon kennen, doch ich möchte diese Vorfälle noch einmal in eure Erinnerung rufen."

Dann nahm Rommel eine Zeitung nach der anderen zur Hand und las die Berichte daraus vor.

Es ging dabei um Flüchtlinge, die sich daneben benommen hatten, Flüchtlinge, die sich in Deutschland gegenseitig abgestochen hatten. Er las Auszüge eines Polizeiberichts über eine Flüchtlingsunterkunft, in der es unter Flüchtlingen um Alkohol, Diebstahl, Beleidigungen, Drogen und Massenschlägereien ging.

Rommel zitierte Berichte über Clan-Kriminalität, über die Androhung der Clans an die Polizei, dass sie sich aus ihren Bezirken fernhalten soll, weil sonst etwas passiert und dass es solche Drohungen auch an die Presse gegeben hatte.

Er berichtete über die Angriffe auf Polizeibeamte, die es immer häufiger gab und dass die Polizei bei manchen Einsätzen mit einem Großaufgebot vor Ort sein muss, weil wenige Polizisten keine Chance hätten, für Ordnung zu sorgen.

Als er eine kurze Lesepause machte hallte Applaus durch den Saal.

„Wir sind keine Nazis", redete er weiter. „Aber wir dürfen es uns nicht gefallen lassen, wenn irgendwelche Aggressoren unsere Ordnung missachten. Liebe

Kameraden, es steht außer Frage, dass es so etwas in Deutschland nicht geben darf, doch was machen unsere zuständigen Politiker? Sie ziehen aus Angst, eventuell als Nazi tituliert zu werden, die Schwänze ein. So kann es einfach nicht weitegehen."

Der Kameradschaftsführer griff zu einem Glas und trank einen Schluck Wasser. „Nun zum nächsten Thema", redete er weiter, „dem Europawahnsinn. Auch wenn wir uns in erster Linie für unser Deutsches Vaterland einsetzen, so waren wir bisher immer der Meinung, dass ein funktionierendes Europa durchaus etwas Positives hat und das ein vereintes Europa ein erstrebenswertes Ziel ist." Er schwieg für einen Moment und sein Blick ging nachdenklich in die Ferne. „Und nicht nur Europa", sagte er leise. „Wenn ich an meine Jugend zurück denke, was hatte ich da für Träume? Wir wollten die Welt verändern. Damals waren wir regelmäßig in Holland zum Zelten am Meer. Dort trafen wir andere Jugendliche, Engländer, Franzosen, Dänen, Belgier und Holländer. Da waren alle Hautfarben vertreten. Wir alle verstanden uns super und wir alle hatten etwas gemeinsam, wir träumten vom Weltfrieden. Unser Traum war eine Welt ganz ohne Grenzen, eine Welt, die nicht aus Russen, Amerikanern, Deutschen oder Holländern bestand, sondern eine Welt, bewohnt von einer vereinten Weltbevölkerung. Wir stellten uns die Erde aus dem Weltraum gesehen vor und sahen vor uns einen wunderschönen, blauen Planeten, dessen Bewohner sich eine friedliche und lebenswerte Welt geschaffen hatten. Auch wenn ich diesen Traum noch heute träume, so weiß ich doch, dass die Menschheit dafür noch lange, lange nicht reif ist. Ich bin sogar davon überzeugt, dass das Machtstreben einzelner einer solchen

Entwicklung für immer im Weg stehen wird. Doch nun zurück zum Thema. Der irrsinnige Beschluss der Europaregierung, die Grenzen zu Rumänien und Bulgarien zu öffnen und so diesen Leuten freien Zugang in unsere Sozialsysteme zu gewähren, ist für uns ein Schlag ins Gesicht. Das deutsche Volk, das heißt, die Nach-kriegsgeneration und auch alle, die wir hier sitzen, haben Deutschland mit eigener Hände Arbeit aufgebaut, haben es zu dem gemacht, was es heute ist. Damit der Staat so gut funktioniert, gehen wir arbeiten und zahlen Steuern. Und jetzt strömen die Südosteuropäer in Massen in unser Land, um das großartige Sozialsystem, was wir mühselig aufgebaut haben, auszusaugen."

Er nahm die nächste Zeitung in die Hand um etwas über die Südosteuropäer in Duisburg vorzulesen. Es machte ihm besondere Freude, den Anwesenden etwas Negatives über die von ihm gehassten Rumänen zu erzählen. Rommel berichtete, dass die Zahl dieser „Sozial-schmarotzer", wie er sie abfällig bezeichnete, allein in Duisburg sich schon im fünfstelligen Bereich bewegte. Er erzählte, dass die sowieso hoch verschuldete Stadt für die Sozialausgaben an diese Leute zig Millionen Euro aufbringen muss und aus der Stadtkasse alleine für das Kindergeld dieser Leute jährlich ein zweistelliger Millionenbetrag fließt.

Wenn es um die von Rommel gehassten Rumänen ging, konnte es seiner Meinung nicht genug Negatives über diese Bevölkerungsgruppe geben, was er hier loswerden wollte, obwohl es in dem Zeitungsberichten auch um Leute aus anderer südosteuropäischen Ländern ging.

„Die Südosteuropäer bringen aber auch noch ein ganz anderes Problem in unser Land. Sie sind weder krankenversichert, noch geimpft. Krankheiten, wie Masern, Röteln oder Mumps, die wir in Deutschland im Griff haben, werden von ihnen hier eingeschleppt und finden Zugriff auf unseren Bürger. Bei uns sorgt der Staat für ein ausgeklügeltes Gesundheitssystem, doch Länder wie Rumänien und Bulgarien scheren sich einen Dreck um die Gesundheit ihrer Landsleute. Da fragt man sich allen Ernstes, wie die Europäische Union solche Staaten als vollwertige Mitglieder der EU aufnehmen kann?

Wir sind alle für Europa, aber so nicht!"

Die Anwesenden erhoben sich klatschend von ihren Plätzen. Ausrufe der Begeisterung waren zu hören.

Der Kameradschaftsführer hob beschwichtigend die Hände.

„Liebe Freunde, ich möchte noch einmal auf das Thema Flüchtlinge zurück kommen. Wir hier im Saal sind uns alle einig, dass man Menschen, die in Not sind, helfen muss. Es ist unsere Pflicht, Menschen, die vor Kriegen und Verfolgung in ihrem eigenen Land fliehen, zu unterstützen. Unsere Politiker zerbrechen sich den Kopf darüber, wie sie den wachsenden Flüchtlingsstrom in den Griff bekommen. Tatsache ist, der Flüchtlingsstrom nimmt kein Ende und wenn es so weiter geht, dann wird in einigen Jahren fast die komplette afrikanische Bevölkerung in Europa leben, allen voran in Deutschland. Die Politiker versuchen, Konzepte auszuarbeiten, wie man diesen Neuankömmlingen in unserem Lande Herr wird, wie man sie versorgt und unterbringt und woher man das Geld dafür nehmen soll. All diese Politiker denken in die falsche Richtung. Die Frage, wie man die geflüchteten Menschen, die in unser Land kommen, bei uns aufnehmen kann, ist falsch. Die richtige Frage wäre: Wie kann man diesen bedauernswerten Menschen in ihrem eigenen Land helfen, damit sie erst gar nicht erst ihre Heimat verlassen müssen? Die reiche EU überweist hunderte Milliarden Euro an die Banken, um zum Beispiel die dortigen Staatsschulden von Griechenland zu bezahlen. Auch für die Unterbringung und Verpflegung der Kriegsflüchtlinge werden Milliarden aufgebracht. Eigentlich ist es für die mächtige und reiche EU kein Problem, gemeinsam mit den Nato-Bündnispartnern in den entsprechenden Ländern mit militärischen Mitteln für Ordnung zu sorgen, damit diese menschenverachtenden Kriege dort ein Ende finden. Jetzt könnte man sagen, dass Krieg keine Lösung ist, doch wenn wir weiterhin tatenlos zusehen, was in den Herkunftsländern der Flüchtlinge passiert, ist das erst recht keine Lösung."

Er griff nach einem Glas Wasser, welches vor ihm auf dem Tisch stand und trank einen Schluck.

„Übrigens, alles, was ich euch gerade erzählt habe, war keine vom Populismus geprägte Rede, sondern es war eine Zusammenstellung von Presseberichten aus einer neutralen und überparteilichen, großen Tageszeitung. Um bei dem Wort Populismus zu bleiben, wenn man die Politiker reden hört, dann scheint Populismus ja etwas ganz Minderwertiges zu sein. Die Herren Politiker sollten sich mal besser informieren, denn Populismus ist aus dem lateinischen Wort populus abgeleitet, was übersetzt `Volk´ bedeutet. Populismus ist also nichts anderes, als die Meinung des Volkes. Und im Grundgesetz, Artikel 20, heißt es: Alle Staatsgewalt geht vom Volke aus.

Unsere Politiker werden vom Volk gewählt, aber wenn genau diesen Politikern bewusst wird, dass sie genauso schnell vom Volk wieder abgewählt werden können, haben sie Angst um ihre Posten und dann ist Populismus für sie etwas ganz Böses.

So weit, so gut, liebe Kameraden. Als nächstes werden wir über die Änderung in der Grundsatzerklärung abstimmen. Danach kommen die Kameradschaftsführer zu Wort, die Eingaben angemeldet haben. Da auch eine offene Diskussion über Fragen aller Art vorgesehen ist, kann es ein langer Abend werden. In etwa einer Stunde gibt es die erste Unterbrechung. Dann seid ihr alle herzlich zu dem reichhaltigen Buffet eingeladen, welches im Nebenraum auf euch wartet." Er erhob sich. „Ich bedanke mich erst einmal für euer Ohr. Weiter mit der Tagesordnung."

Der Redner empfing einen schallenden Applaus seiner offensichtlich begeisterten Zuhörer.

*   *   *

Silvia Muisfeld saß allein in ihrem Büro.

Der Platz ihr gegenüber war leer, da ihr Mitstreiter Sven Söhlbach zu einem Einsatz ins Stadtteil Rheinhausen beordert worden war.

Zwei Kripokollegen waren wegen Krankheit ausgefallen und deshalb musste Sven einspringen.

Die Kommissarin starrte in ihren Gedanken versunken auf den Schreibtisch. Der gestrige Abend geisterte durch ihren Kopf.

Sie dachte an Stephan Kowalewski. Die Gedanken an ihn zauberten ein Lächeln auf ihre Lippen.

Ich glaube, dachte sie, *ich hab´ mich verliebt.*

Noch einmal zog der gestrige Abend an ihr vorbei; der Abend und die Nacht.

Silvia sah noch einmal, wie Steff sie im Bett mit Zärtlichkeiten überschüttete; wie er sie liebevoll küsste. Sie sah, wie ihr Liebesspiel in hemmungslosem Sex verfiel. Bei diesen Gedanken überfiel sie ein merkwürdiges Kribbeln im Körper und sie war sich sicher, wäre Steff jetzt hier, dann würde sie sich ihm sofort wieder hingeben.

Steff hatte ihr gestern seine Liebe gestanden. Er hatte gesagt, dass er sich schon vor einiger Zeit in sie verliebt hatte; hatte gesagt, dass sie ihn zum glücklichsten Mensch der Welt gemacht hat.

Eigentlich war sie ihm gegenüber immer skeptisch gewesen und hatte seine oft plumpen Annäherungsversuche in den Wind geschlagen. Sie hatte immer gedacht, er sei einer dieser Typen, die hinter jeder Frau her waren. Sie hatte ihn für einen Charmeur gehalten, der nach neuen Abenteuern sucht.

Doch der gestrige Abend hatte ihr gezeigt, dass all seine Ovationen ihr gegenüber ehrlich gemeint waren.

Steff war ein toller Mann. Wer kommt schon auf die Idee zu einem so romantischen Dinner am Rheinufer?

Mit Steff konnte sie über Gott und die Welt reden und sie hatte das Gefühl, als wisse er auf jede Frage eine Antwort. Er war zärtlich und liebevoll. Und er war ein großartiger Liebhaber, der ihr beim Sex gleich mehrmals wunderschöne Höhepunkte beschert hatte.

Sie war sich sicher, dass er genau der Mann war, den sie immer schon gewollt hatte.

Ich bin verliebt.

Sie dachte an den heutigen Morgen.

Als der Weckruf ihres Handys erklang, war das Bett neben ihr leer gewesen. Das erste, was sie wahrgenommen hatte, war der Kaffeeduft, der aus der Küche zu ihr ins Schlafzimmer vorgedrungen war.

Dann hatte Steff in der Tür gestanden.

„Aufstehen", hatte er leise gesagt. „Das Frühstück ist fertig." Er war zu ihr gekommen, hatte sie in den Arm genommen und liebevoll geküsst.

Die Worte: „Ich liebe dich, Silvia", waren mit einem ehrlichen Lächeln über seine Lippen gekommen.

Als sie etwas später am Frühstücktisch Platz genommen hatte, hatte sie ihren Augen nicht getraut. Der Tisch glich einem Frühstücksbuffet, welches reichhaltiger war, als in so manchem Hotel. Selbst frische Brötchen waren vorhanden.

Auf die Frage, ob er schon so früh beim Bäcker gewesen sei, hatte er erklärt, dass er die Brötchen im Backofen aufgebacken hatte.

„Wenn du sonst noch einen Wunsch hast", hatte er gesagt, „dann lass es mich wissen. Egal was du noch möchtest, ich werde es dir besorgen."

Steff war höflich und zuvorkommend. Immer wieder hatte er gesagt, dass er jetzt der glücklichste Mensch der Welt sei.

Nach dem Frühstück hatte er sie nach Hause gefahren, damit sie sich frischmachen und umziehen konnte.

Steff hatte draußen vor dem Haus im Auto auf sie gewartet.

Da sie das Haus zusammen mit ihrer Mutter bewohnte, hatte sie ihn nicht mit hinein genommen. Mama hätte garaniert wieder viel zu viele Fragen gestellt.

Schließlich war er mit ihr zum Präsidium gefahren.

Dort angekommen war den beiden keine Zeit geblieben, noch ein paar Worte zu wechseln, denn noch im Eingangsbereich des Präsidiums kamen ihnen ein paar Kollegen entgegen, die Steff aufforderten, sie zu einem Einsatz zu begleiten.

Nun saß die junge Kommissarin allein vor ihrem Schreibtisch und musste sich eingestehen, dass sie momentan Schwierigkeiten hatte, sich zu konzentrieren.

Ich liebe Steff, ging es ihr durch den Kopf. *Hätte nicht gedacht, dass man sich so schnell verlieben kann.* Ihr Blick ging auf den leeren Schreibtischstuhl ihres Kollegen. *Wie sage ich es Sven? Er kann Steff nicht leiden. Ich muss ihm erklären, dass Steff nicht so ist, wie er denkt.* Sie atmete tief durch. *Sven ist mein allerbester Freund. Diese Freundschafft darf niemals kaputt gehen. Ich muss es ihm schonend beibringen.*

Plötzlich ging die Bürotür auf und der Mann, an den sie gerade gedacht hatte, trat ein.

156

„Einsatz beendet", sagte Söhlbach, ging zu seinem Schreibtisch und ließ sich auf den Stuhl fallen.

„War Fehlalarm. Eine Frau hatte ihren Nachbarn auf dem Boden liegend entdeckt und sofort einen Mord gemeldet. Sie hatte gesagt, der Tote habe eine Wunde am Kopf. Als wir vor Ort waren, sah es im ersten Moment tatsächlich nach einem Mordopfer aus. Der Mann lag da und starrte mit halb geöffneten Augen zur Decke. Beim genaueren Hinsehen erkannte man aber, dass er noch atmete. Im Nachhinein stellte sich heraus, dass er sturzbetrunken war. Er war in seinem Suff irgendwie gestürzt und hatte sich beim Sturz am Kopf verletzt."

Während Sven berichtete, schaute er seine Kollegin an. Er bemerkte sehr schnell, dass sie nicht ganz bei der Sache war.

„Silvia?", unterbrach er seine Erzählung. „Ist alles in Ordnung mit dir?"

„Ja", antwortete sie. „Es ist alles in Ordnung."

Söhlbach kannte seine Kollegin zu lange und zu gut, um zu wissen, dass etwas mit ihr nicht stimmte.

„Na los", sagte er. „Raus mit der Sprache. Was bedrückt dich?"

Sie blickte ihn an.

„Ich weiß nicht, wie ich es dir sagen soll, Sven, aber es ist nun mal passiert."

„Was?"

„Ich bin mit Steff zusammen."

„Was?"

„Ich hab mich in ihn verliebt. Er ist nicht so, wie du denkst, Sven. Steff ist..."

„Halt, halt, halt", unterbrach Söhlbach sie. „Du brauchst dich mir gegenüber nicht rechtfertigen. Ich habe schon die

ganze Zeit über gemerkt, dass er dir gefällt. Irgendwie wusste ich, dass es früher oder später passiert. Wenn du glücklich mit ihm bist, dann freue ich mich für dich."
Sie wirkte überrascht.
„Ich hab´ echt gedacht", sagte sie, „dass du sauer auf mich bist."
„Warum sollte ich sauer sein. Wenn meine beste Freundin glücklich ist, dann werde ich mich hüten, dem Glück im Wege zu stehen. Nur eines musst du wissen. Sollte er dir irgendwann einmal wehtun, dann wird er mich richtig kennen lernen; dann wird er sich Wünschen, mich niemals kennen gelernt zu haben."
Mit einen breiten Grinsen im Gesicht stand Silvia auf, begab sich zu ihren Kollegen und drückte ihm einen Kuss auf die Wange.
„Du bist süß, Sven."
„Was? Süß?"
Er machte große Augen.
„Einen besseren Kumpel als dich kann man nicht haben", sagte Silvia und setzte sich wieder an ihren Schreibtisch.
Söhlbach schaute sie auffordernd an.
„Erzählst du mir, wie er dich rumgekriegt hat?"
„Geht dich das etwas an?"
Sven lehnte sich zurück und verschränkte die Arme vor der Brust.
„Du hast gerade noch gesagt, dass ich dein bester Kumpel bin und als bester Kumpel muss ich schließlich über alles informiert sein."
„Du bist verdammt neugierig:"
„Ja. Das gebe ich zu." Er kratzte sich nachdenklich am Kopf. "Sieh es doch einmal so, Silvia. Du hast gestern etwas Großartiges erlebt, etwas, was dich sehr be-

schäftigt. Du hast so einen aufregenden Abend gehabt, dass du garantiert in einer Tour nur daran denkst. Und wenn du ganz ehrlich bist, dann möchtest du dieses Erlebte am liebsten mit jemandem teilen. Und genau da kommt dein bester Kumpel ins Spiel. Bei wem, wen nicht bei mir, kannst du sonst dein Herz ausschütten?"

„Ist ja schon gut, Sven. Du sollst es wissen. Steff hat mich gestern zum Essen eingeladen. So ein tolles Essen hab ich noch niemals vorher erlebt."

„Hat er dich etwa in ein Nobelrestaurant ausgeführt, so mit Kaviar und Champagner?"

Silvia lachte.

„Nein. Es war viel einfacher und dennoch viel schöner. Steff hat mit mir auf der Mühlenweide gegessen. Wir haben direkt am Rheinufer gesessen. Ein kleiner, gedeckter Tisch und zwei einfache Klappstühle. So sah Steffs Restaurant aus. Er hat alles selbst aufgebaut. Dort saßen wir bei Kerzenschein und einer Flasche Rotwein, ein echt guter Tropfen. Dann erschien dort der Lieferservice von Steffs griechischem Lieblingsrestaurant. Das Essen war eine Wucht. Wir haben dort bis abends gesessen und uns richtig gut unterhalten. So etwas Schönes habe ich schon lange nicht mehr erlebt."

Söhlbach blickte sie nachdenklich an.

„Woran denkst du, Sven?"

„Ich denke daran, dass ich genau das Gleiche machen werde, wenn ich mal auf ein Mädchen treffe, das mir gefällt. Die Idee ist genial."

Bevor die zwei weiterreden konnten, öffnete sich die Bürotür und Stephan Kowalewski betrat den Raum.

„Oh", kam es überrascht aus seinem Mund. „Ich dachte, du bist in Rheinhausen, Sven."

159

„Das war ich auch. Aber jetzt bin ich wieder hier."
Kowalewski wirkte für einen Moment unsicher.
Söhlbach sah ihn an und wies mit der Hand auf seine Kollegin.
„Geh schon zu ihr und gib ihr einen Kuss, Steff. Ich weiß über euch Bescheid. Silvia hat mir alles erzählt."
Der Angesprochene atmete tief durch und wirkte sichtlich erleichtert.
Dann sagte er:
„Danke für das Angebot, Sven. Aber küssen im Dienst ist verboten."
Er trat neben Silvia und legte ihr die Hand auf die Schulter.
„Ich bin wegen zwei Sachen hier", erklärte er. „Erstens wollte ich wissen, ob es im Mordfall Weidekamp etwas Neues gibt und zweitens wollte ich dich fragen, Silvia, ob du heute nach Feierabend schon etwas vor hast."
„Die Fragen kann ich dir beantworten", sagte Söhlbach. „Zur ersten Frage: Im Fall Weidekamp gibt es noch keine neue Spur. Wir tappen immer noch absolut im Dunklen. Zu deiner zweiten Frage: Ja, Silvia hat nach Feierabend schon etwas vor."
„Oh", stutzte Kowalewski.
„Ich kenne Silvia sehr genau", fuhr Sven fort. „Deshalb weiß ich ganz genau, was sie heute nach Feierabend machen wird. Sie wird sich mit einem Kripobeamten namens Kowalewski treffen. Natürlich nur, wenn nichts dazwischen kommt."
Silvia lachte kurz auf. Dann wandte sie sich Kowalewski zu.
„Dann brauche ich dir diese Frage ja nicht mehr be-antworten, Steff." Sie griff nach seiner Hand, die immer-

noch auf ihre Schulter lag. „Holst du mich nach Feierabend ab?"

„Ja. Wartest du hier im Büro auf mich?"

„Ich werde warten."

„Ich freu mich schon auf dich."

Mit einem Blick zu Sven wechselte Kowalewski das Thema.

„Auch wenn ihr für die Ermittlungen im Mordfall Weidekamp zuständig seid, diese grausame Tat geht mir einfach nicht aus dem Kopf. Ich sehe den schrecklich zugerichteten Toten immer wieder vor mir. Glaubt mir, mir sind schon einige Mordopfer unter die Augen gekommen, aber der Anblick des toten Weidekamp war das Übelste, was mir bisher untergekommen ist. Wisst ihr mittlerweile wenigstens, was sich hinter dieser ominösen KDH verbirgt?"

Söhlbach schüttelte den Kopf.

„Nein Steff. Wir haben keinen blassen Schimmer. Wenn wir wüssten, was sich hinter der KDH verbirgt, wären wir mit unseren Ermittlungen bestimmt schon ein paar Schritte weiter."

„Dann werde ich euch mal wieder verlassen", sagte Kowalewski. Auf meinem Schreibtisch liegt noch ´ne Menge Arbeit."

Als er das Büro verlassen wollte, sprach Sven ihn noch einmal an.

„Ich hätte da eine Bitte an dich, Steff."

„Und die wäre?"

„Sollte ich mal ein nettes Mädel kennenlernen, könntest du mir dann deinen Tisch und die Klappstühle leihen? Und die Telefonnummer des griechischen Restaurants, welches auch die Mühlenweide beliefert, bräuchte ich dann auch."

„Selbstverständlich", antwortete Steff augenzwinkernd und verließ den Raum.

*   *   *

Silvia Muisfeld und Sven Söhlbach hatten gerade ihr Büro im Polizeipräsidium betreten.

Die zwei wollten sich über die restlichen Berichte hermachen, die noch zu schreiben waren. Da es gestern im Mordfall Weidekamp nichts Neues gegeben hatte, hatten sie die liegengebliebenen Akten bearbeitet. Heute waren sie extra früh an ihren Arbeitsplätzen erschienen, um den Rest auch noch zu erledigen. Schließlich war Freitag und sie wollten beide zeitig ins Wochenende gehen.

„Und?", fragte Sven seine Kollegin, die gerade konzentriert auf ihren Monitor blickte. „Wie war dein gestriger Abend mit Steff?"

Sie schaute ihn an und wirkte dabei für einen Moment ungehalten.

„Muss ich dir jetzt alles über mein Privatleben berichten? Es gibt Dinge, die auch meinem besten Freund nichts angehen."

Söhlbach runzelte die Stirn.

„Hallo?", sagte er. „Ich wollte eigentlich nur wissen, ob du gestern einen schönen Tag hattest."

„Ja, hatte ich."

Ihre Antwort war kurz und knapp.

Sven kannte sie lange genug, um zu wissen, dass ihr irgendeine Laus über die Leber gelaufen war.

„Was ist los mit dir?", wollte er wissen. „Hast du deine Tage?"

Oft genug hatte er schon erlebt, dass sie an bestimmten Tagen nicht ganz so gut drauf war.

„Nein", murmelte sie.

„Hattest du Ärger mit Steff?"

„Nein."

„Wirklich nicht?"

„Nein. Wir haben gestern einen wunderschönen Abend verbracht."

Söhlbach lehnte sich zurück und sah sie an. Sein Blick wirkte durchdringend.

„Jetzt sag schon, Silvia. Was ist los?"

„Eigentlich nichts. Ich hatte gestern Krach mit Mama."

„Was?", kam es lang gezogen aus Svens Mund. „Solange wir uns kennen, hattest du noch nie Krach mit deiner Mama."

„Mama war gestern sehr komisch zu mir. So habe ich sie noch nie erlebt."

„Was hat sie denn gemacht?"

„Ich habe Steff gestern mit nach Hause genommen und ihn Mama vorgestellt. Zunächst verhielt sie sich ganz normal. Ich war mit Steff nach oben in meinen Wohnbereich gegangen. Wir hatten wirklich ein paar schöne. gemeinsame Stunden. Und nicht das, was du jetzt denkst. Wir haben einfach nur gequatscht. Als er schließlich ging, verabschiedete er sich noch bei Mama. Er war dabei höflich und zuvorkommend. Ich hatte ihn noch nach draußen begleitet. Als ich wieder ins Haus kam, stand Mama im Flur und sagte zu mir, dass ich die Finger von diesem Mann lassen soll. Er würde es nicht ehrlich mit mir meinen und nur meine Güte ausnutzen. Ich fragte sie, wie sie auf so etwas kommt und sie meinte daraufhin, dass seine Freundlichkeit nur aufgesetzt ist. Mama sagte, dass sie mit ihrer Lebenserfahrung sofort merkt, wenn es jemand ehrlich meint. Sie hatte sogar behauptet, dass er sich ein schleimt, weil ich eine gute Partie bin und mir schließlich mal das Haus gehört. Ich klärte Mama darüber auf, dass Steff so etwas nicht nötig hat, weil seine Eltern in München einige Mehrfamilienhäuser besitzen und er der Alleinerbe ist. Trotzdem blieb Mama dabei, dass sie ihr Gefühl noch nie getäuscht hat. Ich war echt wütend auf sie und bin, ohne noch ein Wort mit ihr zu reden, nach oben gegangen. Hab´ vor Wut sogar die Tür hinter mir laut zugeschlagen. Eigentlich wollte ich heute Morgen mit ihr noch einmal darüber reden, doch sie schlief noch und ich wollte sie nicht wachmachen. Diese Sache mit Mama liegt mir halt im Magen."

„Dann ruf sie doch an."

„Nein. Auf keinen Fall. So etwas kläre ich nicht am Telefon."

„Weißt du was, Silvia? Du fährst einfach zwischendurch nach Hause und redest mit ihr. Dann ist die Sache vom Tisch. Sollte in der Zeit, in der du weg bist, jemand nach dir fragen, dann werde ich mir schon eine Ausrede für deine Abwesenheit einfallen lassen."

Silvia verzog den Mund.

„Ich weiß nicht", murmelte sie.

In diesem Moment schrillte das Telefon auf Söhlbachs Schreibtisch.

Er nahm ab, meldete sich und nach wenigen Sekunden verfinsterte sich sein Blick.

„Scheiße", kam es leise über seine Lippen.

Als er schließlich das Gespräch beendet und den Hörer aufleget hatte, sah seine Kollegin ihn fragend an.

„Was ist los?", wollte sie wissen.

„Es ist schon wieder passiert. Ein Toter im Mattlerbusch. Ein Mord an der gleichen Stelle."

Silvia schaute ungläubig zu ihren Kollegen, der bereits aufgestanden war.

„Das gibt´s doch nicht."

„Scheinbar doch, Silvia."

Während der Autofahrt in den Duisburger Norden redeten die beiden kaum miteinander.

Auch als sie den Wald im Revierpark Mattlerbusch durchquerten, fiel kaum ein Wort.

Dann standen sie vor dem Mordopfer. Der schreckliche Anblick, der sich ihnen bot, glich fast genau dem, den sie bereits am Dienstag hier erleben mussten.

An demselben rostigen Gestell war ein junger Mann gebunden worden. Am Hals des offensichtlich noch jugendlichen Mordopfers klaffte eine waagerechte Wunde. Das weiße T-Shirt des Mordopfers war blutdurchtränkt. Letzte Nacht hatte es ein starkes Unwetter gegeben und der Regen hatte das meiste Blut, welches aus der klaffenden Wunde den Hals hinab gelaufen war, schon weggespült. Das Blut, welches der Regen übrig gelassen hatte, war schon deutlich eingetrocknet.

Das Gesicht des Toten spiegelte den Todeskampf wider. Der Kopf war mit einem Seil über die Stirn nach oben fixiert worden. Es sah aus, als starrten die offenen Augen des Toten hinauf in die Baumkronen. Beim Anblick des geöffneten Mundes glaubte man den letzten, verzweifelten Hilfeschrei, der gurgelnd aus seiner Kehle gekommen sein musste, immer noch zu hören.

Auch die Leute von der Spurensicherung waren bereits am Tatort.

Ralf Meier, der Leiter der Spurensicherung, trat an die zwei heran.

„Wenn das jetzt zur Regel wird", sagte er, „dann können wir unser Quartier gleich hier aufschlagen. Dieses Mal gin-

gen die Mörder noch grausamer vor. Am linken Oberarm haben wir unter dem Ärmel des T-Shirts noch eine weitere Wunde entdeckt. Man konnte es unter dem eingetrockneten Blut zunächst nicht richtig erkennen, aber ihm wurde dort großflächig ein Stück Fleisch herausgeschnitten. Ich denke, die Täter hatten ihm dabei den Mund zugehalten, damit seine lauten Schmerzensschreie nicht durch den Wald hallen konnten."

„Was?", kam es ungläubig aus Söhlbachs Mund.

„Ja. Wir haben das fehlende Gewebestück aus dem Oberarm aber bereits sichergestellt. Der Hund eines Spaziergängers hat es etwa dreißig Meter von hier ausgebuddelt."

„Jetzt versteh ich gar nichts mehr", sagte Sven. „Wieso war es denn eingegraben?"

Meier zuckte mit den Schultern.

„Keine Ahnung", entgegnete er. „Aber es ist doch naheliegend, dass es niemand finden sollte. Dieses Gewebestück des Toten ist mit Dreck und Blut verschmiert, aber man kann trotzdem ganz deutlich eine kleine Tätowierung auf der Haut erkennen. Was es genau ist, wird sich erst nach der Säuberung zeigen, aber wie ich es sehe, ist es ein chinesischer Buchstabe. Vielleich kann man das Mordopfer an Hand von diesem Tatoo identifizieren und der Täter hat deshalb dieses Gewebestück herausgeschnitten und vergraben. Der Tote selbst trägt dieses Mal nichts bei sich, was auf seine Identität hinweisen könnte."

„Er war noch sehr jung", stellte Silvia fest.

„Ja", bestätigte Meier. „Mit Sicherheit noch nicht einmal volljährig."

„Der zweite Mord innerhalb von vier Tagen", sagte Söhlbach, „und wie es aussieht, war es beides Mal der selbe
Täter. Das Schlimme ist, wir haben immer noch nicht die
geringste Spur. Wenn wir die Identität des Toten kennen
würden, dann könnte man bestimmt eine Verbindung zu
dem ersten Mordopfer herausbekommen."
„Und wenn es keine Verbindung gab?", mutmaßte Silvia,
die den schrecklich zugerichteten Toten betrachtete. „Der
Täter kann seine Opfer auch unabhängig voneinander
umbringen."
„Ich denke nicht", meinte Sven, „dass es sich um einen
Serienmörder handelt, der sich wahllos seine Opfer
aussucht. Dieses Ritual des Tötens deutet eindeutig auf
eine gezielte Hinrichtung hin."
„Wer hat den Toten eigentlich gefunden?", wollte Silvia
von Ralf Meier wissen.
„Wie immer, ein Hund."
„Der gleiche, wie beim ersten Mal?"
„Nein." Meier deutete auf eine Gruppe von uniformierten
Polizisten. „Die junge Frau mit dem Hund steht bei den
Kollegen."
„Dann werden wir sie mal befragen. Vielleicht hat sie ja in
Tatortnähe jemanden gesehen."
„Hoffentlich kann sie wieder reden", sagte Meier. „Die Frau
war vorhin so fertig, dass sie kein vernünftiges Wort
herausbekam."
Silvia Muisfeld atmete tief durch.
„Komm Sven, lass es uns wenigstens versuchen."
Die zwei begaben sich zu der Frau und stellten sich ihr
vor.

„Wenn Sie noch nicht in der Lage sind, darüber zu reden", erklärte Silvia ihr, „dann kommen wir später darauf zurück."

Sie schaute die junge Frau, die einen dunklen Jogginganzug trug, fragend an.

„Es geht schon wieder", antwortete diese und schob sich eine Strähne ihrer langen blonden Haare hinter die Ohren. Diese Strähne war wohl aus dem Pferdeschwanz, zu dem die Haare nach hinten gebunden waren, herausgerutscht.

„Wir haben gehört, dass ihr Hund den Toten entdeckt hat", meinte Silvia und sah sich um. „Ich sehe Ihren Hund nicht. Wo ist er denn?"

„Eine Freundin von mir hat Jacky mit nach Hause genommen."

„War Ihre Freundin auch anwesend, als der Tote entdeckt wurde?"

„Nein. Sie kam später eher zufällig vorbei. Jacky war sehr unruhig und ich hielt es für das Beste, wenn sie ihn mit nach Hause nimmt."

„Was für eine Rasse ist Jacky denn?"

„Ein Jack Russel Terrier."

„Haben Sie irgendjemanden gesehen, als der Tote von Ihnen entdeckt wurde?"

Die Frau schüttelte den Kopf.

„Ganz ehrlich, ich hab´ nicht darauf geachtet, ob da jemand war."

„Erzählen Sie uns doch bitte einmal ganz genau, wie Ihr Jacky den Toten entdeckt hat."

„Zunächst hat Jacky dieses ekelige Stück Fleisch ausgebuddelt. Ich dachte mir zunächst nichts dabei, denn er buddelt oft irgendetwas aus. Ich hab´s erst gesehen, als er es mir vor die Füße gelegt hatte. Noch während ich es

170

betrachtete, war Jacky zurück in die Büsche gerannt und fing plötzlich an, wie verrückt zu bellen. Weil ich wissen wollte, was er dort verbellte, bin ich hinter ihm her. Und dann sah ich auch schon den Toten. Ich…" Die Frau brachte den Satz nicht zu Ende. Ihr Gesicht war mit einem Schlag kreidebleich geworden. „Mein Gott. Mir wird schon wieder schlecht."

Sie wandte sich ab und übergab sich.

Sven Söhlbach sprach einen der anwesenden Polizisten an: „Ich denke, es ist besser, wenn sie den Tatort verlässt. Würden Sie die bitte die Personalien der bedauernswerten Frau aufnehmen und sie dann nach Hause begleiten?"

Der Angesprochene nickte. „Das wird das Beste sein. Wir kümmern uns um sie."

„Wir müssen irgendeinen Anhaltspunkt finden", sagte Söhlbach, während er sich zusammen mit seiner Kollegin wieder in die Richtung des Mordopfers bewegte. „Es muss einfach ein Zusammenhang zwischen den beiden Morden geben."

In diesem Moment hörten sie die Stimme von ihrem Kollegen Ralf Meier. „Was haben Sie hier zu suchen? Wie kommen Sie dazu, durch die polizeilichen Absperrbänder zu gehen? Das ist ein Tatort. Machen Sie sofort, dass Sie hier verschwinden."

Jetzt erkannten Muisfeld und Söhlbach, dass Meier einen älteren Mann vom Tatort jagte.

Der Mann kam den beiden entgegen.

„Man, man, man", schimpfte er, „Ich konnte doch nicht ahnen, dass sie schon wieder jemanden an der Thingstätte ermordet haben. Hab gedacht, die Absperrbänder sind schon für´s Wochenende, für den Wettlauf."

„Warten Sie mal", hielt Söhlbach den Mann zurück, als er an ihnen vorbeigehen wollte.

„Ich hab nix gemacht", sagte der Mann.

„Natürlich nicht", gab Sven ihm zu verstehen. „Was haben Sie da gerade von einer Thingstätte erzählt?"

Der Alte schaute ihn verwundert an.

„Ich sagte, dass schon wieder jemand auf der Thingstätte ermordet wurde. Hab´s gerade doch selbst gesehen. Der da an der alten Fahnenmasthalterung angebunden ist, lebt doch nicht mehr, oder? Es stand doch in der Zeitung, dass erst Dienstag jemand hier ermordet wurde."

„Fahnenmasthalterung?", fragte Söhlbach. „Können Sie mir erzählen, was es mit dieser Thingstätte auf sich hat, von der Sie da erzählen?"

„Sie sind wohl nicht von hier", entgegnete der Mann.

„Nicht direkt."

„Hab ich mir fast gedacht."

„Mein Name ist übrigens Sven Söhlbach. Ich bin von der Mordkommission. Darf ich fragen, wer Sie sind?"

„Weber, Erich Weber."

„Also Herr Weber, Sie scheinen sich hier ja bestens auszukennen. Erzählen Sie uns doch etwas über diese Fahnenmasthalterung und dieser Thingstätte."

Der Angesprochene strich sich mit der Hand über die wenigen Haare, die ihm seitlich am Kopf geblieben waren. Den Rest seines Hauptes zierte eine mit Sommersprossen überzogene Glatze.

„An den alten Halterungen, in denen früher mal Fahnenmasten gestanden haben, bin ich schon als Kind herumgeturnt. Damals standen sie allerdings noch direkt am Waldrand auf der großen Wiese. Mittlerweile hat sich der Wald das meiste von der Lichtung einverleibt. Wir haben als Kinder oft auf der Thingstätte gespielt. Hier konnten wir uns immer so richtig austoben."

„Wieso Thingstätte?", wollte Söhlbach wissen. „Wenn ich mich richtig an meinen Geschichtsunterricht in der Schule erinnere, dann waren Thingstätten eine Art Kultplätze der alten Germanen. Dort wurde Gericht gehalten und es wurden besondere Feste gefeiert."

„Da haben Sie aber gut in der Schule aufgepasst, junger Mann." Der Alte deutete in den Wald hinein. „Sehen Sie diese Lichtung dahinten, dort, wo die Sonne hindurchscheint?"

Sven nickte.

„Das ist der Rest der einst großen Thingstätte. Sie war früher mehr als doppelt so groß. Am besten, wir gehen mal zusammen dorthin. Dann kann ich es Ihnen genauer erklären."

„Dann gehen Sie mal vor", sagte Silvia. „Wir folgen Ihnen." Etwas später standen die drei auf einer fast runden Lichtung.

Silvia schaute sich um und sah vor sich eine saftig grüne Wiese, die von einem dichten Baumbestand umgeben war. Auf dem ersten Blick wirkte diese Lichtung, deren Durchmesser sie auch ungefähr vierzig Meter schätzte, wie ein romantischer und sehr idyllischer Ort.

„Das ist die Thingstätte" sagte Weber, „oder besser gesagt das, was von ihr übrig geblieben ist. Wie gesagt, früher war sie doppelt so groß." Er wies mit der Hand zum Waldrand. Genau dort erkannte man im Dickicht die in weißen Overalls gekleideten Mitarbeiter der Spurensicherung. „Früher reichte die große Wiese bis zu den Halterungen für die Fahnenmasten, die jetzt mitten im Wald stehen."

„Und wieso heißt dieser Ort Thingstätte?", wollte Silvia wissen.

„Weil es früher ein Versammlungsort unserer germanischen Vorfahren gewesen sein soll. Noch im Dritten Reich wurden hier wichtige Feierlichkeiten abgehalten. Es ist ein Ort, den alle Deutschen verehrt haben."

„Woher wissen Sie das so genau?", fragte Söhlbach den Alten.

„Von meinem Freund und Nachbarn Franz. Er war als Hitlerjunge noch selbst mit dabei, als sich alle hier getroffen haben. Franz sagt, dass an den großen Masten Hakenkreuzfahnen gehisst worden waren. Wissen Sie, ich bin jetzt 78 Jahre alt und war damals noch klein. Ich war viel zu jung, um mich noch an irgendetwas aus dieser Zeit erinnern zu können. Franz ist bereits fünfundneunzig. Er hat mir alles darüber berichtet. Auch Ihnen könnte er mehr davon erzählen."

„Das klingt sehr interessant", sagte Söhlbach. „Wir würden Ihren Freund bei Gelegenheit gerne mal fragen, wie es damals war. Können Sie uns seinen Namen und seine Anschrift nennen?"

„Natürlich kann ich das machen. Doch warum fragen Sie ihn nicht gleich jetzt? Franz müsste eigentlich wie immer beim großen Gradierwerk sitzen."

„Gradierwerk?", wunderte sich Silvia. „Ich wusste nicht, dass hier ein Werk in der Nähe ist."

Sven Söhlbach konnte trotz der ernsten Situation das Lachen kaum unterdrücken.

„Warum lachst du, Sven?"

„Weißt du nicht, was ein Gradierwerk ist?"

Sie sah ihn mit hochgezogenen Augenbrauen an.

„Nein. Müsste ich das wissen?"

„Na ja. Eigentlich weiß ich es auch erst, seitdem ich damals meine Mutter in ihrer Kur in Bad Kreuznach besucht hatte. Gradierwerk ist eine andere Bezeichnung für Saline."

„Jetzt bin ich schlauer." Sie wandte sich dem alten Mann zu. „Und Ihr Freund Franz sitzt jetzt vor der Saline?"

„Nicht direkt. Die Saline wird gerade erneuert und sie ist abgesperrt. Franz sitzt bei schönem Wetter jeden Morgen dort, auch wenn die Saline noch nicht wieder in Betrieb ist. Er wartet schon sehnsüchtig auf die Fertigstellung, denn er sagt, es gäbe für die Gesundheit nichts besseres, als die salzhaltige Luft. Und ich denke, er hat mit dieser Behauptung Recht, denn Franz ist für sein hohes Alter noch topfit."

„Dann seien Sie doch bitte so nett, Herr Weber, und begleiten uns dorthin. Wir würden uns freuen, wenn Sie uns Ihren Freund einmal vorstellen."

„Das mache ich doch gerne. Wissen Sie eigentlich schon, wer der Mörder ist?"

Muisfeld schüttelte den Kopf.

„Nein. Wir ermitteln noch."

Während der Mann namens Erich Weber voranschritt, folgten die beiden ihm durch das Waldgebiet.

„Wenn dem Mörder bekannt ist", mutmaßte Söhlbach, „dass es sich bei dem Ort, an dem er seine Opfer regelrecht hinrichtet, um eine alte Kultstätte handelt, dann könnte er diesen Ort absichtlich für seine Taten ausgesucht haben."

„Das wäre durchaus in Betracht zu ziehen", meinte seine Kollegin. „Du hast doch gesagt, dass die alten Germanen an den Thingstätten Gericht gehalten haben. Wurden die gefällten Urteile auch an diesen Orten vollstreckt?"

„Keine Ahnung. Soviel ist vom Geschichtsunterricht auch nicht bei mir hängen geblieben. Aber darüber sollten wir uns vielleicht mal schlau machen."

„Wenn an den Thingstätten die Verurteilten auch hingerichtet wurden, dann wären wir dem Hintergrund für die Auswahl des Tatortes bereits etwas näher gekommen."

„Und nicht nur das. Es liegt die Vermutung nahe, dass die beiden Getöteten für irgendetwas bestraft wurden. Sie wurden an einer alten Kultstätte hingerichtet."

„Aber weshalb wurden sie hingerichtet? Johannes Weidekamp gehörte weder einer Rockerbande, noch irgendeiner anderen Organisation an."

Söhlbach strich mit der Hand über seinen glatt rasierten Kopf und lief für einen Augenblick langsamer.

„Aber er hat etwas über eine Organisation heraus bekommen", sagte er. „Eine Organisation, die sich KDH nennt. Sein Wissen hat ihm ganz offensichtlich das Leben gekostet."

„Und du glaubst, das neue Mordopfer wurde ebenfalls von dieser ominösen KDH hingerichtet?"

„Ich vermute es."

Bald schon hatten sie den Waldbereich verlassen. Der Weg führte sie nun über eine wunderschön angelegte Grünanlage direkt auf die große Saline zu, an der momentan offensichtlich gearbeitet wurde.

„Finden Sie nicht auch", sagte Weber zu seinen Begleitern, „dass der Revierpark schöner ist, als die meisten Kurparks? Ich bin davon überzeugt, dass viele Kurorte uns um diese tolle Anlage beneiden."

„Dazu kann ich nichts sagen", meinte Muisfeld. „Ich kenne nicht viele Kurorte. Aber Sie haben Recht. Diese Parkanlage ist sehr schön gestaltet worden."

Als sie vor der hoch aufragenden Saline standen, deutete Weber nach links.

„Da, auf der Bank, das ist Franz."

Der Mann auf der Bank wirkte nicht wie ein fünfundneunzigjähriger Greis. Seine graue Haartracht war noch sehr voll und er zeigte selbst im Sitzen noch aufrechte Haltung.

„Wie heißt Ihr Freund Franz denn mit Nachnamen?", wollte Silvia wissen.

„Hermann, er heißt Franz Hermann. Eigentlich heißt er sogar Franz Wilhelm Hermann. Aber er wird immer nur Franz genannt."

Als die drei an Franz Hermann herantraten, wurde ihnen bewusst, was für einen schönen Platz er sich ausgesucht hatte. Nur wenige Meter links neben der riesigen Saline rauschte aus einer künstlich angelegten Felswand ein Wasserfall in die Tiefe. Noch etwas weiter links führten ein paar Stufen hinauf auf ein Plateau, auf dem ein runder Pavillon thronte, der in der Morgensonne schneeweiß zu leuchten schien.

„Hallo Franz", sprach Weber seinen Freund an, dessen Blick auf die Saline vor sich gerichtet war.

Der Angesprochen drehte sich um.

„Erich?", wunderte Hermann sich. „Was machst du denn hier?"

„Hast du noch nicht gehört, was passiert ist?"

„Nein. Was ist denn passiert?"

„An der Thingstätte wurde wieder jemand ermordet."

„Was? Schon wieder?"

„Ja."

Erich Weber wies auf seine Begleiter.

„Franz, die Dame und der Herr sind von der Kriminal-
polizei. Sie würden dir gerne ein paar Fragen stellen."

„Mir? Warum das denn? Ich hab von den Morden nix
mitgekriegt."

„Herr Hermann", ergriff Silvia nun das Wort. „Ihr Freund,
Herr Weber, hat uns erzählt, dass sie viel über die
Thingstätte wissen. Es wäre sehr lieb von Ihnen, wenn Sie
dieses Wissen mit uns teilen."

„Was wollen Sie denn wissen?"

Er erhob sich von der Bank. Vor Muisfeld und Söhlbach
stand ein schlanker, hochaufgewachsener Mann, dessen
gerade Körperhaltung großes Selbstbewusstsein aus-
strahlte.

Silvia lächelte. „Eigentlich alles, was Sie uns darüber
erzählen können. Ihr Freund sagte, dass es eine Kultstätte
war und dass im Dritten Reich dort Versammlungen
stattfanden. Es wäre wirklich sehr nett von Ihnen, wenn
Sie uns alles, was dort passiert ist oder passiert sein soll,
erzählen."

„Ja, die Thingstätte." Franz Hermann kratzte sich kurz am
Kopf. „Als ich noch ein Kind war, wurde mir erzählt, dass
es sich um einen Kultplatz unserer germanischen Urbe-
völkerung handelt. Ich kann mich sogar noch an den
Altarstein erinnern, der in meiner Kindheit auf dieser
Lichtung stand. Die Erwachsenen sagten sogar, dass man
selbst heute noch die magischen Kräfte spürt, die von
diesem Ort ausgehen. Ob Sie es glauben oder nicht, ich
habe diese magische Ausstrahlung des Ortes selbst erlebt."

Er schaute Söhlbach und Muisfeld abwechselnd an. Auch
wenn seine hellblauen Augen etwas glasig wirkten, sein
Blick war fest, fast stechend.

„Sie müssen wissen, früher war nicht alles schlecht unter Adolf Hitler. Ich gehörte damals zur Hitlerjugend und für uns Kinder wurde sehr viel getan. Sie glauben gar nicht, was es für ein erhabenes Gefühl war, als wir in der HJ-Uniform zur Thingstätte marschiert sind. Es war zur Sonnenwendfeier und anderen großen Veranstaltungen. Zunächst haben sich alle auf den Marktplätzen des Stadtteils Hamborn versammelt. Natürlich trugen fast alle Uniformen. Es waren die Leute von der SS und der SA. Wir Kinder von der HJ und vom BDM marschierten ebenfalls uniformiert mit. Erwachsene, die keine Uniform hatten, trugen Armbinden mit einem Hakenkreuz drauf. Dann sind sie alle losmarschiert, in Richtung Mattlerbusch. Auf der Thingstätte haben sich dann alle versammelt. Da wurden feierlich die Fahnen gehisst. Dabei standen wir mit dem Hitlergruß stramm. Es wurden Reden gehalten und Lieder gesungen. Sie glauben nicht, was das für er-greifende Momente waren."

Während er erzählte, lächelte er. Er konnte die Ver-zückung, die in seinem Gesicht stand, nicht verbergen. Mit einem Schlag wurde sein Gesichtsausdruck aber wieder ernst.

„Glauben Sie jetzt nicht", fuhr er fort, „dass ich das mit dem Krieg und das mit den Juden gut fand. Das war schlecht, sehr schlecht und auch ich habe im Krieg gelitten. Doch wie ich Ihnen bereits erzählte, es war nicht alles schlecht, wenigstens nicht das, was ich als Hitler-junge erlebt habe."

Söhlbach atmete tief durch.

„Ihre Geschichte über die Thingstätte war sehr interes-sant", sagte er. „Und nach dem Krieg geriet die Thingstätte in Vergessenheit und wurde nach und nach vom Wald zugewuchert."

„Nein", entgegnete Hermann. „Nach dem Krieg trafen sich dort oft Gesangsvereine, um ihre Lieder zum Besten zu geben. Ab und zu fanden auch Gottesdienste dort statt. Dazu wurde auch noch der alte Altarstein genutzt. Mit den Jahren ist der Kult um die Thingstätte dann irgendwann eingeschlafen und in Vergessenheit geraten."

„Und was ist mit diesem Altarstein? Hat man sie von der Lichtung entfernt?"

Der alte Mann zuckte mit den Schultern.

„Keine Ahnung. Das kann ich Ihnen nicht sagen. Vielleicht liegt der Stein ja noch da und wurde genau wie die Halterungen der Fahnenmasten, ebenfalls zugewuchert. Wenn Sie genaueres über die Thingstätte wissen wollen, dann sollten Sie mal im Heimatverein Hamborn nachfragen. Ein Mitglied des Vereins hat sogar eine Doku darüber gedreht. Ich war selbst dabei, als dieser Film im Rahmen einer Veranstaltung gezeigt wurde. Das war übrigens gleich hier im Brauhaus Mattlerhof. Dieser Film ist auch im Internet bei Youtube oder wie das heißt zu sehen. Ich hätte ihn mir gerne noch mal angeschaut, aber im Alter hat man ja keine Ahnung von diesem Internetgedöns."

„Danke für die Auskunft, meine Herren", sagte Silvia Muisfeld und wandte sich an ihren Kollegen. „Wir sollten zurück zum Tatort gehen, Sven. Vielleicht hat die Spusi ja mittlerweile doch noch einen Hinweis entdeckt."

Als die zwei schließlich wieder vor dem jugendlichen Mordopfer standen, blickten sie erneut auf das entstellte Gesicht, welchen den Schmerz widerspiegelte, den das Opfer durchlebt haben musste. In diesem Moment sorgte eine etwas stärkere Windböe, die oben durch die Baumkronen wehte, dafür, dass ein heller Lichtstrahl, der durch das Blätterdach nach unten glitt, genau auf den Toten fiel. Der blonde Haarschopf des Jugendlichen schien in diesem Moment hell zu leuchten.

„Die Täter sind mit äußerster Brutalität vorgegangen", sagte Ralf Meier, der an die beiden Kommissare herangetreten war.

„Ja", stimmte Söhlbach zu. „Es sieht nach einer Hinrichtung aus. So, als ob er für irgendein Vergehen bestraft wurde."

„Wie im tiefsten Mittelalter", kommentierte Muisfeld die Szene. „Hingerichtet und öffentlich zur Schau gestellt." Sie wandte sich an Meier: „Habt ihr noch etwas gefunden?"

Der Angesprochene schüttelte den Kopf.

„Nein, Silvia. Ich denke, wir können die Sichtung des Tatorts beenden. Mit etwas Glück bringt uns das Gewebestück Hinweise auf das Opfer. Ich werde euch alle Infos schnell zukommen lassen."

„Und als erstes sieh´ zu, dass wir ein Foto des Toten bekommen, damit wir Vermisstenmeldungen abgleichen können."

Mit einem letzten Blick auf das Mordopfer verließen Sven Söhlbach und Silvia Muisfeld den Tatort.

*   *   *

181

„Hoffentlich ist unser Täter kein Psychopath, der Menschen zu Tode quält, um sich damit zu befriedigen", sagte Silvia, als sie später zusammen mit ihrem Kollegen wieder im Präsidium saß.

„Das glaube ich nicht. Ich vermute, es ist kein Einzeltäter, sondern eine Gruppe. Es sieht alles nach einer Hinrichtung aus."

„Fragt sich nur, warum die Männer hingerichtet wurden? Was haben sie getan, dass man sie deshalb tötet?"

„Wenn wir das wüssten, dann würden wir auch die Täter kennen", meinte Söhlbach.

„Es muss auch einen Grund dafür geben, dass man sie genau an diesem Ort getötet hat. Diese Waldlichtung war im Dritten Reich eine Thingstätte, ein Kultplatz der Nazis. Vielleicht sind die Täter der rechten Szene zu zuordnen."

Silvia Muisfeld blickte auf ihren Monitor. „Das ging aber schnell", sagte sie. „Meier hat uns schon ein Foto zugeschickt, damit wir uns auf die Suche nach der Identität des Toten machen können."

Das Foto zeigte das Mordopfer. Man hatte das entstellte Gesicht des jungen Mannes wieder etwas gerichtet.

„Jetzt sieht er noch jünger aus, als ich zunächst dachte", kommentierte Söhlbach das Bild.

„Ein hübscher, blonder Jüngling", sagte Silvia. „Dann lass´ uns mal die Vermisstenmeldungen durchgehen. Wir suchen nach einem Mann, höchstes 20 Jahre alt und blond."

„Ich denke", meinte Sven, „er war nicht mal volljährig."

Schließlich saßen die zwei schweigend vor ihren Monitoren und begutachteten die Fotos von vermissten Personen.

Nach ungefähr einer Stunde sagte die junge Kommissarin: „In NRW wird unser Toter nicht vermisst. Da haben wir jetzt alle Gesuchten durch."

Sven Söhlbach verzog das Gesicht.

„Das bedeutet, die Suche geht bundesweit weiter. Dann werden wir noch Tage lag am Rechner hängen, so lange, bis der Kopf qualmt."

„Wenn das Mordopfer aus dem benachbarten Ausland kommt, hilft uns das auch nicht weiter. Wer sagt denn, dass der Tote kein Holländer ist?"

„Oder ein Däne, Schwede, Österreicher oder sonstiger Landsmann", warf Söhlbach ein.

„Es gibt aber noch eine dritte Möglichkeit, Sven. Was ist, wenn der Tote noch gar nicht vermisst wird?"

In dem Moment öffnete sich die Bürotür und ein Mann trat ein. Es war der Kommissariatsleiter Metzger-Ibbenburg.

„Man, man man", sagte er. „Wie soll ich das alles der Presse erklären?"

Er hielt eine Mappe in der Hand und legte diese auf den Schreibtisch vor den beiden Ermittlern.

„Die ersten Ergebnisse der Spusi", erklärte er und tippte auf die Mappe. „Ich hoffe, es bringt euch weiter."

Sven und Silvia schauten sich kurz an. Bevor sie etwas sagen konnten, verließ Metzger-Ibbenburg wieder das Büro.

„Man, man, man", wiederholte er beim Hinausgehen. „Wie soll ich das der Presse erklären."

Söhlbach klappte die Mappe auf. Als erstes fiel ihm ein Foto auf, welches das kleine Tatoo auf der Haut des Toten zeigte.

Während Sven das Foto betrachtete, klingelte das Telefon. Ralf Meier rief an.

„Hat euer Chef euch schon die Unterlagen gebracht", wollte Meier wissen.

„Ja", bestätigte Söhlbach und stellte das Telefon laut.

Nun konnte auch Silvia das Gespräch mithören.

„Zunächst möchte ich euch mitteilen", sagte Meier, „dass der Tote offensichtlich gefoltert wurde, bevor man ihm die Kehle durchgeschnitten hat. Man hatte ihm das Gewebestück mit dem kleinen Tatoo einige Minuten vor dem Mord aus dem Arm geschnitten. Das konnten wir feststellen, weil diese Wunde eine noch sehr starke Blutung aufwies. Man wollte ihm absichtlich Schmerzen zufügen. Den Todeszeitpunk können wir auf ein Uhr nachts, plus minus einer halben Stunde festlegen. Dieses Tatoo ist aber kein, wie ich es erst vermutet hatte, chinesisches Schriftzeichen. Was dieses Gebilde darstellt, kann ich euch nicht sagen. Es ist aber sehr primitiv. Und jetzt kommt´s, das Tatoo ist nicht echt. Es wurde mit einem wasserfesten Filzschreiber auf die Haut gemalt. Das ganze sieht eher so aus, als hätte sich das Mordopfer selbst dieses Tatoo verpasst, denn diese sehr primitive Malerei wurden schräg von rechts nach links gesetzt. Hätte ein Dritter das Tatoo gemalt, hätte es anders ausgesehen. So aber deutet alles darauf hin, dass er es sich mit der rechten Hand selbst gemalt hat. Naja, ist ja auch kein Meisterstück geworden. Alle weiteren Infos findet ihr in der Mappe."

Nachdem Söhlbach sich bei seinem Kollegen von der Spurensicherung für die schnelle Arbeit bedankt hatte, nahm er das Foto mit dem Tatoo in die Hand.

„Was das wohl sein könnte", murmelte er.

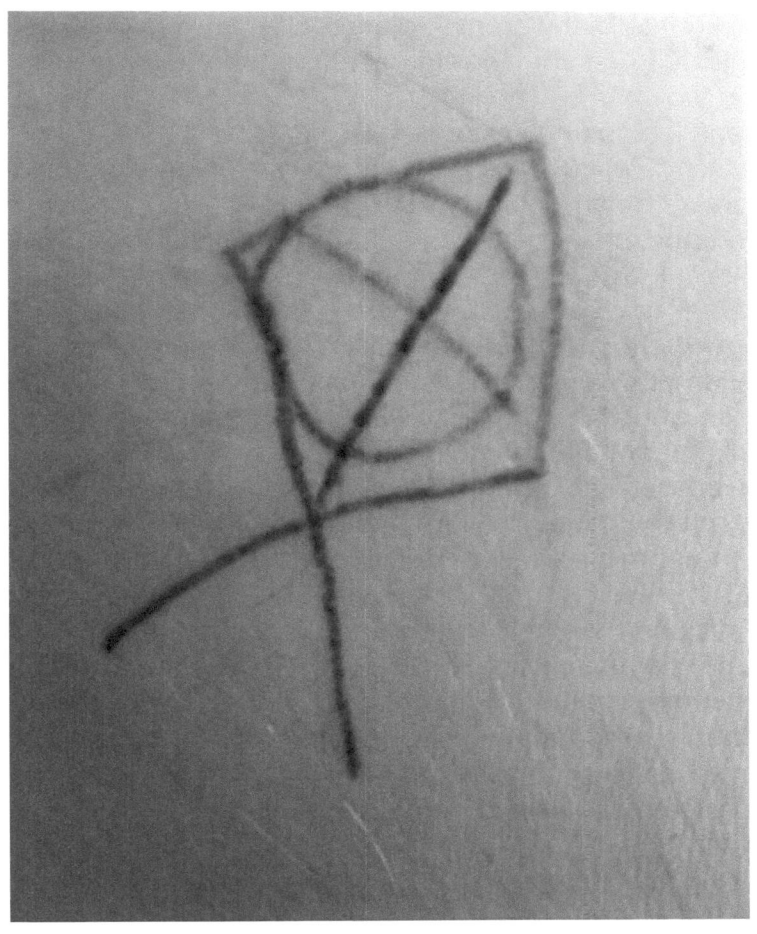

Er reichte das Bild an seine Kollegin weiter.

„Hmmm", meinte Silvia. „Das könnte ein Fadenkreuz darstellen."

„Ja", sagte Sven. „Oder eine Zielscheibe auf einem Stän-
der."

Ich könnte schwören", meinte Silvia, „dass ich etwas Ähnliches erst vor kurzem gesehen habe."

„Und wo?"

„Wenn ich das mal wüsste."

Sie schaute zum Fenster. Ihr Blick schien irgendwo ins Leere zu gehen.

„Wo habe ich es gesehen?", fragte sie sich leise selbst.

Vielleicht hilft es dir", sagte Sven, „wenn du versuchst, dich daran zu erinnern, wann du es gesehen hast."

„Das Buch!" Silvia wirkte plötzlich hellwach. „Das Buch", wiederholte sie. „In dem Buch vom ersten Mordopfer waren ähnliche Motive zu sehen. Ich meine Weidekamps Buch mit den Nazi-Symbolen."

Sie erhob sich und nahm das Buch, welches sie zum Überprüfen mitgenommen hatten, aus einem Regal.

Dann nahm sie wieder Platz und blätterte das Buch durch.

„Da ist es", sie deutete auf die Seite, auf der die schriftlichen Anmerkungen im Buch hinzugefügt worden waren. „Wusst´ ich´s doch. Das Tatoo besteht aus zwei zusammen gefügten Nazi-Symbolen. Es sind genau die Symbole, zu denen Weidekampf diese unleserlichen Anmerkungen gemacht hatte."

Sie reichte das Buch ihrem Kollegen.

Odal-Rune Im Dritten Reicxh war diese Rune das Symbol der Hitlerjugend. Auch in der Nachkriegszeit wurde das Symbol noch in der "Wiking-Jugend" und dem Bund Nationaler Studenten verwendet. Es ist mittlerweile verboten.

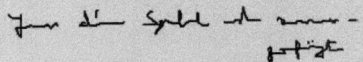

Keltenkreuz Es symbolisiert die Vormachtstellung der weißen Rasse. Dieses Symbol haben sich viele Neonazis zu eigen gemacht.

Sven verglich die Zeichen mit dem Tatoo.

„Tatsächlich", stellte er fest. „Das eine Zeichen ist eine sogenannte Odal-Rund und in dieses Zeichen hat man ein Keltenkreuz eingefügt. Was aber hat diese Zusammenfügung zu bedeuten?"

„Aus dem Buch geht hervor", sagte Silvia, „dass die Odal-Rune mittlerweile verboten ist. Vielleicht hat man das Keltenkreuz eingefügt, um eine neues, noch nicht verbotenes Nazisymbol zu schaffen."

Söhlbach kratze sich nachdenklich am Kopf.

Schließlich sagte er: „Hier steht, dass diese verbotene Rune im Dritten Reich ein Symbol der Hitlerjugend und nach dem Krieg ein Zeichen der Wiking-Jugend war. Das würde zu unserem zweiten Toten passen, denn er war jugendlich. Das Keltenkreuz symbolisiert die Vormachtstellung der weißen Rasse und ist ein Nazisymbol. Mit anderen Worten können wir davon ausgehen, dass unser Mordopfer ein junger Neonazi war."

Seine Kollegin nickte.

„Das wäre möglich, Sven. Dann könnten die Täter aus der linken Szene stammen."

„Ja, oder aus einer anderen Organisation, die die Nazis hasst."

„Und was ist, wenn er von Leuten aus den eigenen Reihen getötet wurde? Es wäre möglich, dass er innerhalb der Gruppe einen Verrat begannen hat. Vielleicht hat man ihm das Tatoo herausgeschnitten, um ihn damit symbolisch aus der Gruppe zu entfernen. Das würde auch die Auswahl des Tatorts erklären. Eine Thingstätte, eine ehemalige Kultstätte der Nazis ist doch der perfekte Ort für so ein Verbrechen."

Söhlbach sah seine Kollegin an und nickte.

„Wenn du mit deiner Vermutung richtig liegst, dann wurde auch Johannes Weidekamp für ein Vergehen gegen die Nazis hingerichtet."

Er stand auf, ging zum Fenster und blickte hinaus.

„Wenn das stimmt", sagte er, „dann sind wir auf eine Nazigruppierung gestoßen, die es so noch nicht gegeben hat. Solche Hinrichtungen gibt es bei der Mafia oder im Rockermilieu, aber in der rechten Szene wäre das eine ganz neue Hausnummer."

In diesem Moment betrat der Kommissariatsleiter Metzger-Ibbenburg das Büro.

„Und?", fragte er. „Habt ihr schon eine Spur?"

„Nein", antwortete Söhlbach. „Wir haben noch keine Spur."

„Nein", sagte nun auch Muisfeld. „Wir haben keine Spur, aber wir haben eine Vermutung."

Der Chef sah sie mit großen Augen an. „Dann lassen Sie mal hören."

Sven Söhlbach und Silvia Muisfeld erklärten dem Leiter des Kommissariats, was sie entdeckt hatten und was sie vermuteten.

„Oh Gott", kam es aus Metzger-Ibbenburgs Mund, als die zwei mit ihren Ausführungen fertig waren. „Wenn Sie Recht haben, dann bedeutet das Mord und Totschlag. Waren die schrecklichen Mafiamorde und die Toten aus dem Rockerkrieg, die wir in Duisburg hatten, nicht genug?"

Er schaute die beiden Ermittler nachdenklich an.

„Frau Muisfeld, Herr Söhlbach, Sie wissen, ich weiß Ihren Arbeitseifer, Ihre Scharfsinnigkeit und Ihre Ermittlungsmethoden zu schätzen. Und ich weiß auch, dass Sie oft richtig liegen, aber dieses Mal hoffe ich von ganzem Herzen, dass Sie sich irren."

Er wandte sich um und verließ mit den Worten „Man, man man" den Raum.

Silvia atmete tief durch und schaute ihren Kollegen an.

„Und was machen wir jetzt?"

„Also was mich angeht", antwortete Sven. „Ich habe Hunger und deshalb schlage ich vor, dass wir jetzt erst einmal essen gehen. Nach dem Essen können wir dann wieder gestärkt ans Werk gehen."

189

„Ans Werk gehen", wiederholte Silvia seine letzten Worte. „An was für ein Werk gehen wir denn dann?"

„Ist doch ganz einfach. Wir werden uns wieder den Vermisstenmeldungen widmen. Vielleicht wird der Tote ja doch irgendwo vermisst. Ohne die Identität des zweiten Mordopfers zu kennen, kommen wir nicht weiter. Oder hast du einen besseren Vorschlag?"

Seine Kollegin schüttelte leicht den Kopf. „Nee, aber sollten wir wirklich noch auf die passende Vermissten-meldung stoßen, wäre unser wohl verdientes Wochen-ende, wie so oft, versaut." Sie verzog das Gesicht. „Dann lass uns mal essen gehen."

*   *   *

Muisfeld und Söhlbach waren bei ihrer Personensuche am Freitag nicht fündig geworden und beide hatten auf ihre ganz persönliche Art das Wochenende genossen.

Sie waren heute Morgen gleichzeitig zum Dienst erschienen. Die beiden hatten sich schon im Flur des Kommissariats getroffen und als sie gemeinsam ihr Büro betraten, klingelte bereits das Telefon auf Silvias Schreibtisch.

„Der Morgen fängt ja stressig an", murmelte sie und nahm das Gespräch entgegen.

Während sie dem Anrufer zuhörte, wurden ihre Gesichtszüge ernst.

Ihr Kollege sah ihr sofort an, dass sie keine gute Mitteilung bekam. Sie nahm einen Stift zur Hand und machte sich Notizen.

„Sind die Eltern schon informiert?", hörte Sven sie sagen.

„Alles klar. Wir kümmern und drum."

Dann legte sie auf und ließ sich wie ein nasser Sack auf ihren Stuhl fallen. Dabei blies sie laut die Luft aus ihren Backen.

Söhlbach schaute sie fragend an.

„Der Tote wurde identifiziert", sagte sie. „Sein Name ist Fabian Neumann, ein siebzehnjähriger Schüler."

„Scheiße", rutschte es Söhlbach heraus. „Und jetzt müssen wir zwei es den Eltern beibringen?"

„Nein, Sven. Das bleibt uns zum Glück erspart. Das haben gestern schon unsere Kollegen übernommen."

„Wenigstens etwas Positives", meinte Sven.

Für Polizisten gab es kaum etwas Schlimmeres, als Leuten die Nachricht vom Tod eines engen Angehörigen zu überbringen, besonders, wenn man den Eltern berichten muss, dass der Sohn ermordet wurde.

Man merkte Söhlbach die Erleichterung an.

191

„Fabian Neumann wurde gestern als vermisst gemeldet",
erklärte Silvia. „Als der Anruf über den Notruf einging,
hatte unser Kollege am Telefon gleich ein komisches
Gefühl. Normalerweise hätte er den Eltern erklärt, dass sie
Montag, wenn die Wache wieder voll besetzt ist, noch
einmal anrufen sollen, doch der Mord im Mattlerbusch war
ihm nicht entgangen und auch nicht, dass das Mordopfer
noch nicht identifiziert war. Mehr oder weniger durch Zufall
hatte er bereits am Samstag das Foto des Toten gesehen
und als er sich von der Mutter am Telefon eine Personenbeschreibung ihres Sohnes hat durchgeben lassen,
hatte er bereits geahnt, dass der Gesuchte nicht mehr
lebte. Unser Kollege hatte die Frau am Telefon gebeten,
ihm per Handy ein Bild ihres Sohnes zu schicken und
bingo." Silvia blickte auf die Uhr. „Eigentlich müssten die
Eltern genau jetzt in der Gerichtsmedizin sein, um den
Toten zu identifizieren."
„Scheiße", wiederholte Söhlbach sich.
Seine Kollegin erhob sich.
„Die Kollegen werden die Eltern des Toten bitten, auf uns
zu warten, damit wir mit ihnen reden können. Lass uns
gehen. Bringen wir es hinter uns."

Etwas später saßen die beiden den Eltern des Mordopfers
gegenüber.
„Wenn Sie noch nicht reden können", erklärte Silvia
Muisfeld ihnen, dann können wir Ihnen auch später noch
Fragen stellen."
„Was möchten Sie wissen", kam es monoton aus dem
Mund des etwa 40jährigen Vaters des Toten. Dabei starrte
er teilnahmslos ins Leere. Der Blick seiner Frau war auf

den Boden gerichtet. Ihre Lippen schienen unaufhörlich zu beben.

„Seit wann haben Sie Ihren Sohn vermisst?", fragte die Kommissarin.

„Er ist Donnerstagabend nicht nachhause gekommen. Wir dachten, dass er vielleicht bei einem befreundeten Klassenkameraden übernachtet und haben uns nichts dabei gedacht. Das hatte er oft gemacht und manchmal hat er dann auch vergessen, uns Bescheid zu geben. Normalerweise geht er dann gemeinsam mit seinem Schulfreund am nächsten Tag pünktlich zum Unterricht. Als er Freitagmittag nicht von der Schule nachhause gekommen war, machte meine Frau sich Sorgen und rief seinen Freund an. Er erklärte ihr, dass Fabi am Freitag nicht in der Schule war und sagte auch, dass er auch am Donnerstag nach der Schule nicht mit unserem Sohn zusammen war. Er meinte wohl, dass Fabi sich wieder mit diesen komischen Typen herumtreibt."

Nun schlug der Mann seine Hände vors Gesicht.

„Ich glaub' das einfach nicht", hörte man ich schluchzen.

Die Mutter des Toten saß immer noch mit zitternden Lippen da und starrte teilnahmslos auf den Boden.

„Möchten Sie nachhause gehen?", fragte Muisfeld. „Wir können später noch einmal darüber reden."

„Es geht schon wieder", sagte der Mann.

„Was für komische Typen meinte der Schulfreund Ihres Sohnes denn?"

Die Antwort war ein Schulterzucken.

„Keine Ahnung, von welchen Typen Micha gesprochen hat."

„Mit welchen Bekannten war Ihr Sohn denn in letzter Zeit unterwegs?"

Wieder nur ein Schulterzucken.

„Dann werden wir mal diesen Micha fragen. Wie heißt er denn mit vollen Namen?"

„Gerke, Micha Gerke."

„Und welche Schule besuchte Ihr Sohn?"

„Landfermann."

Plötzlich wandte sich die Mutter des Toten ihrem Mann zu und klammerte sich weinend an ihn fest. Sie bekam einen Weinkrampf, der nicht mehr enden wollte.

„Ich denke, es ist das beste, wenn Sie Ihre Frau jetzt nachhause bringen", schlug Silvia dem Mann vor.

Ohne noch ein einzige Wort zu sagen, half er seiner Frau hoch, schlang seinen Arm um ihre Hüfte und führte sie aus dem Raum.

Zurück blieben zwei Schweigende, sichtlich getroffen von dem, was sie gerade erleben mussten.

Es dauerte eine Weile, bis Silvia das Schweigen brach.

„Und?", kam es leise aus ihrem Mund. „Was machen wir jetzt?"

„Wir fahren zur Schule und befragen diesen Micha Gerke."

*   *   *

Das Landfermann-Gymnasium lag an der Mainstraße und die beiden hatten es schnell erreicht.

Nun saßen sie im Büro des Schulleiters, der nach der Nachricht vom Mord an einem seiner Schüler aus der Oberstufe tief getroffen war.

„Fabi war ein guter Schüler", erklärte er. „Ich verstehe das nicht. Wer macht so etwas? Ausgerechnet Fabi."

„Wir würden uns gerne mit einem Mitschüler von Fabian unterhalten", sagte Söhlbach, „mit Micha Gerke. Ist das möglich?"

Der Schulleiter nickte und verließ den Raum. Als er nach kurzer Zeit zurück kam, meinte er: „Micha ist unterwegs."

„Können Sie mir nähere Umstände zu Fabis Tod nennen?", fragte er. „Wie ist er gestorben?"

„Es tut mir leid", antwortete Söhlbach, „aber zu laufenden Ermittlungen dürfen wir uns nicht äußern."

„Verstehe."

„Gab es denn in der letzten Zeit bei Fabian Neumann ein außergewöhnliches Verhalten?", wollte Muisfeld wissen. „Ist Ihnen an Fabian etwas aufgefallen?"

„Da fragen Sie den Falschen. Ich habe ihn nicht unterrichtet."

„Dann sollten wir vielleicht mal seinen Klassenlehrer fragen."

In dem Moment klopfte es an der Bürotür und im gleichen Augenblick wurde sie zaghaft geöffnet.

„Ich soll mich bei Ihnen melden?", fragte der Schüler, der verunsichert in den Raum trat.

Als er den Besuch des Schulleiters sah, wurde seine Verunsicherung noch größer.

„Hab´ ich etwas abgestellt?", kam es ängstlich aus seinem Mund.

„Nein, du hast nichts angestellt. Die beiden Herrschaften sind von der Polizei und möchten mit dir sprechen."

„Polizei? Warum? Was ist los?"

Silvia Muisfeld und Sven Söhlbach stellten sich dem jungen Mann erst einmal vor.

„Es geht um deinen Klassenkamerad Fabian Neumann", erklärte die Kommissarin. „Wann hast du ihn das letzte Mal gesehen?"

„Donnerstag. Warum wollen Sie das wissen? Was hat Fabi angestellt?"

„Und wann am Donnerstag war das? Weißt du noch die Uhrzeit?"

„Nach dem Unterricht haben sich unsere Wege getrennt. Was ist denn mit Fabi? Seine Mutter hatte mich auch schon angerufen und gefragt, ob ich wüsste, wo er ist. Fabi gehört eigentlich zu meinen besten Freunden, doch in der letzten Zeit ist er sehr merkwürdig geworden. Über viele Dinge kann man sich mit ihm nicht mehr vernünftig unterhalten."

„Und du hast seiner Mutter gesagt, dass er vielleicht wieder mit diesen komischen Typen herum hängt. Was für Typen meinst du denn?"

Der Befragte verzog das Gesicht. „Ich hab's ja geahnt, dass diese Typen Fabi dazu überreden werden irgendwelche Scheiße zu machen."

„Kannst du uns mal genauer sagen, wer diese Typen, von denen du redest sind?"

„Nein, mit denen wollte ich nichts zu tun haben, weil ich glaube, dass sie eine rechtsradikale Gesinnung haben. Fabi hat sich denen angeschlossen, um sie, wie er sagte, zu enttarnen. Er hat gesagt, dass er einer großen Sache auf der Spur sei und ihn alle dafür bewundern werden."

„Warum wollte er denn von allen bewundert werden?"

„Fabi ist bei allen in der Klasse sehr beliebt und hat es überhaupt nicht nötig, bewundert zu werden. Als sein bester Freund weiß ich aber, dass er ein wenig darunter leidet, zu den Kleinsten aus der Klasse zu gehören. Er sieht auch viel jünger aus, als er ist. Ich war selbst dabei, als ihn eine Frau sagte, dass er ja höchstens 15 Jahre alt wäre. Das macht Fabi doch etwas zu schaffen."

„Hat er auch gesagt, was er enttarnen will?"

„Nein, darüber wollte er nicht reden. Seitdem Fabi mit diesen Typen abhängt, ist er nicht mehr der alte. Ich hab´ sie nur mal kurz gesehen. Wenn Sie mehr über sie wissen wollen, müssen Sie Ahmet und den Langen fragen. Die beiden hatten fast eine Auseinandersetzung mit ihnen."

„Ahmet und der Lange?", Söhlbach wirkte für einen Moment verwundert. „Wer ist denn der Lange?"

„Felix", antwortete Gerke, „Felix Kunze, unser Klassensprecher."

Der Kommissar wandte sich an den Schulleiter: „Könnten wir die zwei auch mal sprechen?"

Der Angesprochene nickte und verließ den Raum, um die Schüler in sein Büro zu zitieren.

„Jetzt sagen Sie doch endlich, was Fabi angestellt hat", forderte Micha Gerke die beiden Polizisten auf.

Silvia Muisfeld atmete tief durch. Dann sagte sie: „Fabian ist tot."

Gerke blickte sie ungläubig an. „Sagen Sie mir, dass das nicht stimmt."

„Tut mir leid. Dein Freund lebt nicht mehr."

Der Schüler ließ sich langsam auf einen Stuhl nieder. Man hörte, wie er laut schluckte.

„Wie ist das passiert? Hatte er einen Unfall?"

„Nein Micha", beantwortete die Kommissarin seine Frage. „Er wurde ermordet."

Im Gesichtsausdruck von Gerke lag Unverständnis. „Was? Warum? Wer tut so etwas?"

„Das wüssten wir auch sehr gerne. Deshalb müssen wir wissen, wer diese Leute sind, mit denen Fabian in der letzten Zeit zusammen war. Das könnte uns weiterhelfen."

„Ich sagte doch schon, dass ich sie nicht kenne."

Seine Augen wurden schlagartig glasig und eine Träne floss über seine rechte Wange hinab.

„Fabi kann doch nicht einfach tot sein", sagte er leise.

Nun betrat der Schulleiter in Begleitung von zwei Schülern den Raum.

„Das sind Felix und Ahmet", stellte der Schulleiter die beiden den Beamten vor.

Sofort wurde klar, warum Felix von Gerke als „der Lange" bezeichnet worden war, denn die Größe des jungen Mannes lag jenseits der 1,90 Metermarke. Der mehr als einen Kopf kleinere Ahmet wirkte neben ihm verloren.

Ihnen war nicht entgangen, dass ihr Klassenkamerad Micha niedergeschlagen auf einen Stuhl saß und weinte.

Mit zwei schnellen Schritten war Ahmet bei ihm. „Was ist passiert, Micha? Haben die zwei dich angeschissen und du hast deswegen Ärger bekommen?" Dabei wies er mit der Hand auf die beiden Polizisten.

Micha schüttelte wortlos den Kopf.

„Nein", sagte Söhlbach, „es geht um Fabian Neumann. Wir sind von der Polizei. Mein Name ist Söhlbach und das ist meine Kollegin Frau Muisfeld."

„Und was hat Fabi angestellt?", wollte Ahmet wissen.

Bevor er von den Beamten eine Antwort bekam, stand Gerke auf und fiel ihm in den Arm. „Scheiße, Ahmet, Fabi ist tot."

Nachdem Muisfeld und Söhlbach die vielen Fragen der Schüler, die nun gefolgt waren, einigermaßen beantwortet hatten, lagen sich die drei Jugendlichen niedergeschlagen in den Armen.

„Wir müssen es der Klasse erzählen", sagte Ahmet.

Der hochaufgeschossene Felix nickte. „Ja, das müssen wir." Mit Blick auf den Schulleiter sagte er: „Für uns fällt der Unterricht heute aus."

Der Angesprochen nickte. „Eure Klasse kann nachhause gehen. Aber Morgen erscheint ihr wieder pünktlich zum Unterricht."

Die beiden Kripobeamten wandten sich nun an Felix und Ahmet.

„Euer Freund Micha hat erzählt, dass Fabian in der letzen Zeit mit irgendwelchen Leuten zusammen war. Könnt ihr uns näheres über diese Leute erzählen?"

Ahmet nickte. „Sie meinen bestimmt diese Nazispinner. Fabi ist voll auf diese Typen eingegangen. Selbst als einer von denen mich beleidigt hatte, hatte Fabi nichts dagegen gesagt."

„Wer hat dich denn beleidigt?", wollte Muisfeld wissen.

„Ich kenne den ja nicht näher. Ich weiß nur, dass er Jürgen heißt."

„Und wie hat er dich beleidigt?"

Jetzt ergriff Felix das Wort. „Er hat Ahmet als Dreckstürke beschimpft; hat gesagt, dass solche wie er bald aus Deutschland vertrieben werden. Ich wollte auf diesen Kerl losgehen, wollte ihm eine verpassen, aber Ahmet hat mich zurück gehalten. Dann hat dieses Arschloch auch noch gesagt, dass es in Deutschland eine Säuberung geben wird und Ahmet noch eine Galgenfrist hat, weil zuerst andere reif für diese Säuberung sind. Fabi hatte dabei gestanden und nichts gesagt. Glauben Sie mir, es wäre doch noch eskaliert, wenn da nicht plötzlich zwei weitere dieser Typen aufgetaucht wären."

„Was für Leute waren das denn?"

„Das waren auch solche Nazis, einer mit 'ner Glatze und einer mit Oberarme, so dick wie meine Oberschenkel. Mit denen legt man sich besser nicht an."

„Und was haben sie zu euch gesagt?"

„Sie haben nichts gesagt", antwortete nun Ahmet. „Sie sind zusammen mit diesem Jürgen verschwunden."

„Könnt ihr uns diesen Jürgen beschreiben?", fragte Söhlbach.

„Der sieht eigentlich eher durchschnittlich aus; läuft immer mit so einer Nazi-Kappe auf dem Kopf herum."

„Nazi-Kappe? Wie sieht die denn aus?"

„Ist 'ne rote Kappe mit 'ner 18 drauf," erklärte Ahmet.

„Kennen Sie das etwa nicht?", fragte Felix den verwundert dreinschauenden Söhlbach. „Die 18 stehen für die Anfangsbuchstaben von Adolf Hitler, A ist der erste und H ist der achte Buchstabe im Alphabet."

„Jetzt, wo du das sagst, fällt es mir wieder ein. Ja natürlich kenne ich das."

„Da fällt mir noch was ein", sagte Ahmet. „Als sie gegangen sind, hatte sich dieser Jürgen noch einmal umgedreht und gesagt, dass wir bald selbst sehen werden, wie die ersten 100 Andersartigen mit einem Schlag ausgelöscht werden. Dann hat er mich angeguckt und gemeint, dass ich dann wüsste, dass ich auch bald dran bin."

„Hatten diese Nazis noch mit anderen Leuten aus der Schule Kontakt?"

Ahmet schüttelte den Kopf.

„Nicht, dass ich´s wüsste. Wer will schon mit denen etwas zu tun haben?"

„Danke für eure Auskunft", sagte Muisfeld. „Wenn euch noch etwas einfällt, dann meldet euch bitte bei uns. Ihr könnt jetzt wieder zurück in eure Klasse gehen."

Als die drei Jugendlichen wortlos den Raum verließen, sprach Silvia sie noch einmal an:

„Eine Frage habe ich noch. Wie lange trug Fabian denn schon dieses Tatoo?"

„Was für ein Tatoo?", kam es fast gleichzeitig aus den Mündern von Felix und Ahmet.

„Ich hab´ noch nie ein Tatoo bei ihm gesehen", fügte Felix hinzu. „Wo soll er das denn gehabt haben?"

„Auf dem linken Oberarm", sagte nun Micha. „Fabi hatte es mir gezeigt. Er hatte es sich selbst gestochen. Als ich ihn gefragt hatte, warum er sich so ein schäbiges Zeichen auf den Arm gestochen hat, hatte er nur gemeint, dass ihm dieses Zeichen bald Ruhm und vielleicht auch Geld bringen wird. Ich hatte Fabi auch noch gesagt, dass diese Nazis angeblich 100 Leute auslöschen wollen, doch er hatte nur abgewunken."

„Wann war das?", fragte Söhlbach.

„Ist vielleicht `ne Woche her."

„Und mehr hat Fabian nicht dazu gesagt?"

„Nein." Micha Gerke blickte Söhlbach fragend an. „Haben diese drei Nazis den Fabi umgebracht?"

Der Kommissar zuckte mit den Schultern. „Es gibt noch keine Hinweise auf irgendwelche Täter. Dazu kann ich leider nichts sagen."

„Es waren bestimmt diese Nazis", sagte Ahmet. „Denen traue ich alles zu."

Dann wandte er sich an Felix und Micha: „Vielleicht sollten wir ja gleich mit der ganzen Klasse mal losziehen, und die Gegend nach diesen Typen absuchen. Ich denke, da machen alle sofort mit."

„Das lasst ihr mal schön bleiben", sagte Söhlbach. „Ihr werdet gar nichts machen. Wir wissen nicht, ob diese Leute überhaupt etwas mit dem Tod eures Freundes zu tun haben. Hinzu kommt, dass ihr mit einer solchen Aktion unsere Ermittlungen behindern könnt."

Silvia Muisfeld überreichte Micha eine Karte. „Hier steht unsere Telefonnummer drauf. Falls ihr einen dieser Männer zufällig seht, ruft uns bitte sofort an."

Als Söhlbach und Muisfeld etwas später im Auto saßen und zurück zum Präsidium fuhren, meinte Silvia:

„Wir werden diesen Jürgen zur Fahndung ausschreiben."

„Das wird aber nicht einfach", entgegnete Sven. „Wir haben nicht einmal eine vernünftige Täterbeschreibung."

„Das stimmt zwar, aber wissen, dass dieser Jürgen immer diese rote Kappe mit der 18 trägt. Wenn wir die Kollegen anweisen, jeden Mann, der so eine Kappe trägt, zu überprüfen, haben wir große Chancen, ihn ausfindig zu machen."

*　　*　　*

„Warum haben Sie uns denn so eilig hierher beordert, Herr Hauptkameradschaftsführer? Ist etwas Besonderes passiert? Eigentlich wollten wir erst morgen Abend Bericht erstatten."

Jürgen, der Mann mit der roten Kappe und seine beiden Begleiter blickten den Mann, der ihnen im saalartigen Kellerraum gegenüber saß und sehr verärgert drein schaute, fragend an.

„Warum habt ihr diesen Jungen ohne meine Erlaubnis exekutiert?"

„Er hat es irgendwie geschafft, an Daten über die KDH zu kommen und wollte uns damit erpressen."

Der Kameradschaftsführer machte große Augen.

„Was für Daten hatte er denn über uns?"

Jürgen zuckte mit den Schultern.

„Das wissen wir nicht, aber er wusste vom letzten Kameradschaftsführertreffen. Er wollte, dass man ihn umgehend in die KDH aufnimmt und hat gesagt, dass er es kaum erwarten kann, im Angesicht der rotweißen Fahne den Treueschwur abzulegen."

„Den Treueschwur?"

Rommel strich sich mit der Hand über die Perücke. In den Augen des vierzigjährigen Mannes spiegelte sich Unsicherheit.

„Woher kannte er unsere Rituale?"

„Das wissen wir nicht genau", antwortete Jürgens glatzköpfiger Begleiter. „Tatsache ist aber, dass er sehr viel über die KDH wusste."

„Woher kanntet ihr diesen Jungen?", wollte Rommel wissen.

„Er hatte mich angesprochen", sagte Jürgen. „Dann hatte er mir erklärt, dass er ganz genau wusste, was die 18 auf meiner Mütze bedeutet und dass er selbst schon mal daran gedacht hat, sich so eine Mütze zu zulegen. So war ich mit ihm ins Gespräch gekommen. Es stellte sich heraus, dass er Ausländer hasste. Als er schließlich auch noch gemeint hat, dass es solche Missstände, wie es sie jetzt in Deutschland gibt, unter einen Führer wie Adolf Hitler niemals gegeben hätte, dachte ich sofort daran, dass man seine Gesinnung ausnutzen muss, um ihn zu rekrutieren. Deshalb hatte ich ihm gesagt, dass es eine Gruppe gibt, die aus Leuten besteht, die ebenfalls seine Gedanken teilen. Ich sagte ihm, dass ich auch dazu gehöre. Er war sofort begeistert und wir hatten uns noch einige Male getroffen. Natürlich wollte er von mir wissen, wie denn diese Gruppe heißt, doch ich hatte ihm zu verstehen gegeben, dass der Name der Gruppe aus Sicherheitsgründen nur Mitgliedern bekannt ist und dass selbst Rekruten den Namen der Gruppe erst nach ihrer Aufnahmeprüfung erfahren. Ich schwöre Ihnen, Herr Hauptkameradschaftsführer, von mir hat er keine Informationen über die KDH bekommen."

„Das ist alles sehr merkwürdig", sagte der Kameradschaftsführer leise. „Es könnte bedeuten, dass wir einen Maulwurf in unserer Gruppe haben."

„Daran haben wir zunächst auch gedacht, doch wie es aussieht, hatte er seine Informationen durch Zufall bekommen."

„Wie, durch Zufall bekommen? Und überhaupt, warum habt ihr mich nicht verständigt? Ihr wisst doch, dass so eine finale Handlung mit mir abgesprochen werden muss."

„Es ging alles zu schnell", sagte Jürgen. „Der Junge hat uns regelrecht übertölpelt. Er hatte gesagt, dass er uns etwas Wichtiges zeigen muss, etwas, was unsere

Meinung zu seiner Rekrutierung ändern wird. Der Bursche hatte in seine Tasche gegriffen, einen Zettel herausgeholt und ihn uns übergeben."

Jürgen griff in seine Brusttasche und zeigte dem Kameradschaftsführer einen grauen Zettel.

„Sehen Sie, das ist der Zettel."

„Unser Symbol", stammelte Rommel. „Das gib´s doch nicht. Dieses Symbol kennen nur vereidigte Kameraden. Woher hatte dieser missratene Bursche seine Kenntnis über uns?"

„Ich weiß nicht, ob seine Angaben darüber stimmen", sagte Jürgen, „aber wir haben ihn überredet, uns seine Quellen zu nennen. Zunächst aber hatte er darauf bestanden, gemeinsam mit uns die Thingstätte im Mattlerbusch aufzusuchen."

„Er wollte zur Thingstätte?"

„Ja. Er meinte, dass es der einzige Ort ist, an dem er mit uns reden will und dass die Thingstätte eine mystische Ausstrahlung hat. Wir sind also am Donnerstagabend mit ihm dort hingefahren. Als wir schließlich im Wald vor den alten Fahnenhalterungen standen, verhielt er sich merkwürdig. Er streichelte mit der Hand über eine Säule und sagte: `Hierin waren einst die mächtigen Masten.´ Dann schaute er nach oben und meinte: `Und da oben wehten die heiligen Fahnen.´ Dann fragte er uns, ob wir schon davon gehört hätten, dass an einem dieser Sockel jemand umgebracht worden war. Als wir ihm sagten, dass wir von diesem Mord gehört haben, sagte er, dass der Tote bestimmt eine Opfergabe zur Erinnerung an die große Zeit war. Weil er mit uns unbedingt zur Thingstätte wollte, hatten wir schon befürchtet, dass er wusste, wer diesen Verräter umgebracht hat, aber zu unserer Erleichterung war das nicht der Fall. Dann erzählte er uns, dass jemand, den er gut kennt, Mitglied beim KDH ist. Der Junge hatte zufällig ein Telefongespräch von diesem Jemand, dessen Namen er nicht verraten wollte, mitbekommen. Aus diesem Gespräch war wohl hervorgegangen, dass eine Art Geheimbund im Spiel war. Als der Junge die Gelegenheit hatte, unbemerkt das Zimmer von diesem Jemand zu durchsuchen, fand er gut versteckte Unterlagen. Er sagte zu uns, dass er jetzt alles über den KDH wusste und deshalb sofort Mitglied werden wollte. Ich hatte ihn gefragt, ob er die Unterlagen über die KDH diesem Jemand geklaut hat. `Nein´, war seine Antwort, `Aber ich habe alles, was ich erfahren habe in meinem Kopf. Ich weiß alles, was bei den Veranstaltungen besprochen wurde und ich kenne sogar einige Namen.´ Ich war erleichtert, dass er nichts Schriftliches gegen uns in der Hand hatte. Dann sagte er: `Damit ihr wisst, wie ernst und wichtig mir die Sache ist, zeige ich euch etwas.´ Er schob den Ärmel seines T-Shirts nach oben und zeigte uns ein Tatoo. Wir waren geschockt. Es war unser Symbol. Dieser Junge hatte es gewagt, ein Symbol, welches absolut geheim bleiben sollte, öffentlich zu machen. Wir wussten nicht, wie wir uns verhalten sollten. Er grinste uns an und sagte: `Und wenn ich nicht augenblicklich eure Zusage bekomme, den Eid ablegen zu dürfen, werde ich unverzüglich zum Brauhaus Mattlerhof gehen. Dort im Saal findet genau jetzt eine Veranstaltung mit örtlichen Politikern statt. Dann werde ich denen mal erzählen, was bei euch so abgeht.´ Es war einfach unfassbar, wie selbstsicher er da vor uns stand. Ganz offensichtlich war er davon überzeugt, uns mit seinem Wissen überlegen zu sein. Diese Situation war so plötzlich gekommen, dass wir total unschlüssig waren. Als wir nicht auf seine Forderung reagierten, sagte er: `Dann eben nicht.´ Er drehte er sich um und marschierte in Richtung Mattlerhof davon."

Jürgen deutete auf seinen Nebenmann.

„Bernd hatte als erstes reagiert. Er war hinter ihm her gerannt, hatte ihn geschnappt und wieder zurück ge-bracht. Der Junge hatte nicht mal Respekt vor so einem Muskelberg wie Bernd. `Ich wusste doch, dass ihr es euch noch mal überlegt´, hatte er gesagt. `Warum nicht gleich so?´ Dann hatte er zu Bernd gemeint: `Und du solltest mal lernen, dass man einen Kameraden nicht so grob anpackt.´ Nun hatten wir keine Wahl. Dieser Zwerg musste für immer schweigen. Bernd hatte ihn wieder gepackt und ihm den Mund zugehalten. Patrik ist zurück zum Auto, um die Seile zu holen, die wir vom letzten Mal noch übrig hatten. Wir hatten Glück, dass so spät abends niemand mehr in diesem Wald unterwegs war. So gab es keine Zeugen. Seine Strafe fiel noch härter aus, als die von Weidekamp, denn Weidekamp hatte sich freiwillig fesseln lassen, weil er glaubte, dass es zum Aufnahmeritual gehört. Der Junge wusste aber, dass er nun sterben wird. Dieser Verräter sollte leiden. Damit niemand das Symbol entdeckt, was er sich tätowiert hatte, hat Patrik es einfach aus seinem Arm geschnitten. In einiger Entfernung haben wir dann ein Loch gebuddelt und den Hautfetzen mit dem Tatoo darin vergraben. Keine Angst, Herr Hauptkameradschaftsführer, als wir den Ort verlassen haben, hatten wir alle Spuren entfernt. Die Polizei wird dieses Mal keine Hinweise finden."

Rommel schaute die drei Männer nacheinander an.

„Also", sagte er schließlich und räusperte sich kurz. „Im Prinzip habt ihr richtig gehandelt. Der Junge war, genau wie Weidekamp, nichts anderes als ein Verräter, und für Verräter gibt es nur eine Strafe. Trotzdem war euer Verhalten unüberlegt. Nachdenken ist wohl nicht eure Stärke. Es ist doch logisch, dass die Eltern des Jungen ihn als vermisst melden und es ist auch logisch, dass die Polizei ein unbekanntes Mordopfer mit den Vermisstenmeldungen abgleicht. In diesem Fall hättet ihr den Verräter nicht an diesem Ort zurück lassen dürfen. Statt nur diesen Hautfetzen zu begraben, hättet ihr ein tiefes

Loch graben müssen, um den Verräter darin für immer zu begraben. Dann wäre der Tote nie mehr aufgetaucht. Jetzt weiß die Polizei, wer dieser Junge ist und nicht nur das. Sie haben auch den Hautfetzen mit dem Symbol gefunden."

„Das verstehe ich nicht", sagte Patrik. „Das Loch, was ich gegraben hatte, war mehr als einen halben Meter tief und es war weit weg von der Thingstätte. Die Polizei hätte den ganzen Wald umgraben müssen, um den Hautfetzen zu finden."

„Die Polizei brauchte überhaupt nicht danach graben. Hast du noch nie davon gehört, dass Hunde sehr gute Nasen haben? Es war ein Hund, der den Blutgeruch wahrgenommen hatte. Er hatte den Hautfetzen mal eben ausgebuddelt und seinem Frauchen gebracht."

„Scheiße", fluchte Patrik.

„Es war richtig von euch, den Verräter zu exekutieren", sagte der Kameradschaftsführer, „aber alles andere war unüberlegt, so unüberlegt, dass die Polizei uns auf die Schliche gekommen ist. Es wurden Mitschüler des Verräters befragt und diese haben ausgesagt, dass sie Ärger mit euch drei hatten."

Jürgen schluckte laut.

„Ja", sagte er, „es gab eine kurze verbale Auseinandersetzung mit zwei Schülern. Das war aber auch alles. Sie wissen ja nicht, wer wir sind."

„Ja", sagte Rommel. „Sie wissen nicht, wer ihr seid, aber trotzdem fahndet die Polizei nach einem von euch."

„Wie?" Jürgen sah den Gruppenführer ungläubig an. „Nach wem fahnden sie denn?"

„Die Polizei sucht einen Mann, der eine rote Kappe mit einer 18 trägt."

Rommel erhob sich und hielt seine ausgestreckte Hand in Jürgens Richtung.

„Jürgen, die Mütze."

Der angesprochene nahm seine Kappe ab und übergab sie, ganz offensichtlich schweren Herzens, seinem Gegenüber.

„Ich werde die Mütze für dich aufbewahren, Jürgen. Und es wird die Zeit kommen, da kannst du sie wieder voller Stolz tragen."

Rommel legte die Mütze auf den Tisch und setzte sich wieder.

„Bald ist es soweit", sagte er. „Dann kommt unser großer Moment. Allein die Vorstellung, dass wir so viele mit einem Schlag exekutieren, erzeugt bei mir eine angenehme Gänsehaut. Und bis es soweit ist, unterlasst ihr drei alles, was unser Unternehmen gefährden könnte. Ab sofort werdet ihr auch keinen Versuch mehr unternehmen, jemanden von unserer vaterländischen Einstellung zu überzeugen. Alle Neurekrutierungen können warten. Jetzt gibt es für uns etwas anderes, was absolute Priorität hat."

Jürgen, der nun ohne seine rote Mütze da saß, nickte. „Ja, Hauptkameradschaftsführer, Sie haben Recht. Wir werden ab jetzt vorsichtiger sein. Das verspreche ich Ihnen."

„Davon gehe ich aus, Jürgen. Von jetzt ab darf nichts mehr schiefgehen. Sollte euch, warum auch immer, wieder ein Verräter über den Weg laufen, dann haltet euch zurück. Egal, was passiert, bevor ihr drei etwas unternehmt, verständigt ihr zuerst mich. Ich werde dann persönlich entscheiden, was zu tun ist, verstanden?"

„Ja, Herr Hauptkameradschaftsführer", kam es fast gleichzeitig aus den Mündern der drei, die vor Rommel saßen.

„Bis auf ein paar unwesentliche Kleinigkeiten habe ich alles vorbereitet", sagte Rommel. „Nur wir vier wissen davon. Es wird ein Paukenschlag, der die ganze Welt aufrüttelt."

*   *   *

Sven Söhlbach und seine Kollegin saßen den Eltern des ermordeten Fabian Neumann gegenüber.

Die modern eingerichtete Wohnung der Familie Neumann lag direkt am Innenhafen. Vom Balkon der Wohnung konnte man auf den Hafenkanal und die Marina blicken. Doch die gute Lage der Wohnung interessierte im Moment niemanden.

Die Frage, ob ihnen am Verhalten von Fabian nicht doch etwas aufgefallen war, hatten die Eltern verneint.

„Er war, wie er immer war", sagte der Vater des Toten.

„Was hatte Ihr Sohn denn in seiner Freizeit gemacht?", wollte Söhlbach von ihm wissen.

„Was soll er schon gemacht haben? Er war oft unterwegs, wie jeder andere in seinem Alter auch. Fabi war schließlich schon fast erwachsen. Und er hatte viel vor seinem Computer gesessen."

„Fabians Schulfreund Micha Gerke hat uns erzählt, dass Ihr Sohn angeblich einer großen Sache auf der Spur war. Können Sie sich denken, was er damit gemeint hat?"

Die Antwort war ein Kopfschütteln.

„Herr Neumann, wissen Sie denn, was er am Computer gemacht hat?"

Die Antwort war zunächst ein unschlüssiges Schulterzucken. Fabians Vater atmete tief durch. „Was soll er schon gemacht haben? Wenn ich sein Zimmer betreten hatte, war er oft damit beschäftigt, irgendwelche Spiele zu zocken."

Er schaute zur Tür.

„Ich denke immer, gleich geht die Wohnungstür auf und dann kommt Fabi rein."

Als er das sagte, rollten Tränen seine Wangen hinab. Sein Blick ging nach unten und der Oberkörper wankte leicht hin und her.

„Fabi darf nicht tot sein", stammelte er leise. „Es ist alles nur ein Traum und gleich werde ich wach und alles ist wieder gut."

Seine Frau, die neben ihm auf dem Sofa saß, hatte noch nicht ein einziges Wort gesprochen. Sie starrte scheinbar teilnahmslos ins Leere. Ihre Gesichtszüge spiegelten Verzweiflung und Trauer wider. Die fahle Hautfarbe wirkte grau.

Silvia Muisfeld hatte das Reden ihrem Kollegen überlassen. Diese aufwühlende Situation belastete sie. Gab es etwas Schlimmeres für Eltern, als auf so eine Weise den Sohn zu verlieren? Als sie gerade die Reaktion von Fabians Vater gesehen hatte, waren ihr selbst Tränen in die Augen geschossen. Sie wollte sich nichts anmerken lassen und hatte schnell zum Fenster geschaut. Solche emotionalen Momente waren ihr immer schon tief unter die Haut gegangen. An den Anblick von schrecklich zugerichteten Mordopfern hatte sie sich gewöhnt und es machte ihr nicht mehr viel aus. Aber wenn es um die nahen Angehörigen der Toten ging, war das anders. Da waren Gefühle im Spiel, Gefühle, wie sie schlimmer und niederschmetternder nicht sein konnten.

Sie sah die Eltern von Fabian an, die dort wie zwei hilflose Häufchen Elend vor ihr auf dem Sofa saßen und sie war sich sicher, dass sie nicht in deren Haut stecken wollte. Fabian war ihr einziges Kind gewesen, und das hatten sie jetzt verloren.

Als sie daran dachte, dass für die beiden die ganze Welt zusammengebrochen war, registrierte sie, dass Sven aufstand, sich zu Fabians Vater begab und ihm auf die Schulter fasste.

„Herr Neumann", sagte er, „ich kann verstehen, wenn Ihnen jetzt nicht danach ist, unsere Fragen zu beantworten. Ich hätte aber eine Bitte. Dürften wir uns mal in Fabians Zimmer umsehen?"

Der Angesprochene atmete noch einmal tief durch. Dann wies er mit der Hand zum Flur.

„Die zweite Tür rechts", sagte er. „Sehen Sie sich ruhig um."

Muisfeld und Söhlbach betraten das Zimmer. Es war ein typisches Jugendzimmer und nichts deutete auf etwas Außergewöhnliches hin.

Auf dem Schreibtisch stand ein Laptop. Sven Söhlbach öffnete den Rechner und drückte den Startknopf. Der Bildschirm leuchtete auf, zeigte kurz das Abbild von Darth Vader aus Star Wars und wechselte sofort den Hintergrund. Das Desktop wurde hellblau und es erschien der Schriftzug: *Willkommen Fabian. Bitte das Kennwort eingeben.*

„Das können wir wohl knicken", bemerkte Söhlbach.

Seine Kollegin wirkte in diesem Moment nachdenklich. Bedächtig schob sie eine Strähne ihrer rotbraunen Haare, die ihr ins Gesicht gerutscht war, hinter das Ohr.

„Findest du das nicht merkwürdig, Sven? Vielleicht hatte Fabian auf seinen Rechner etwas zu verbergen? Warum sonst schützt man einen PC, der zuhause auf dem Schreibtisch steht, mit einem Passwort?"

Sven zuckte nur kurz mit den Schultern.

Wortlos überflogen sie einige Schriftstücke, die auf dem Schreibtisch lagen. Sie erweiterten ihre Suche nach einem Hinweis, indem sie die Schubladen durchsuchten und in den Büchern, die in den Regalen standen, herumblätterten. Sven legte sich auf den Boden und warf einen kontrollierenden Blick unter das Bett. Er entdeckte eine Kiste, die genau in der Mitte unter dem Bett auf dem Boden stand.

„Was haben wir denn da?", kam es hoffnungsvoll aus seinem Mund.

„Hast du etwas entdeckt?", fragte Silvia neugierig.

„Da steht eine Kiste."

Sven kroch näher an das Bett heran und schob seinen Arm in Richtung Kiste. Dann zog er sie vorsichtig aus ihrem Versteck.

Als die beiden den Inhalt sahen, waren sie etwas enttäusch.

In der Kiste lagen, fein säuberlich nebeneinander sortiert, Star Wars Figuren.

„Fabian hatte sie wohl gesammelt", kommentierte Sven den Fund.

Er wollte die Kiste wieder zurückschieben, als Silvia „Stopp!" sagte.

„Sieh´ doch mal", sagte sie. „Die Figuren liegen auf einem weißen Tuch. Darunter befindet sich aber noch etwas."

„Tatsächlich", bestätigte Sven ihre Entdeckung.

Er nahm einige Figuren heraus und hob das weiße Tuch an.

„Figuren", sagte er. „Unter dem Tuch sind noch mehr Figuren."

Trotzdem untersuchten sich vorsichtshalber die ganze Kiste, doch außer den Star Wars Figuren konnten sie nichts darin finden.

„Der Laptop ist unsere einzige Hoffnung, auf einen Hinweis zu stoßen", stelle Silvia fest.

215

Die beiden gingen zurück ins Wohnzimmer.

„Wir wollten gerade auf Fabians Laptop schauen", erklärte Söhlbach den Eltern des Toten, „wollten sehen, ob wir darauf vielleicht irgendeinen Hinweis finden. Der Rechner ist aber durch ein Passwort geschützt. Kennen Sie dieses Passwort?"

Fabians Vater schüttelte den Kopf. „Nein, ich weiß nichts von einem Passwort."

„Herr Neumann, hätten Sie etwas dagegen, wenn wir uns den Rechner mal ausleihen? Es wäre durchaus möglich, dass wir darauf hinweise auf die Täter finden."

Nun meldete sich zum ersten Mal Frau Neumann zu Wort. Ihre Stimme klang heiser.

„Der Computer war Fabis ein und alles", sprach sie sehr leise. Dann wurde die Stimme lauter. „Sie dürfen doch nicht einfach Fabis Computer mitnehmen."

„Ich verspreche Ihnen, dass wir an dem Computer nichts verändern werden, Frau Neumann", erklärte Söhlbach der Frau.

Die Angesprochene wirkte unsicher.

„Ich weiß nicht…"

Herr Neumann nahm seine Frau in den Arm und zog sie an sich heran.

„Hör zu, Schatz", sagte er, „vielleicht findet die Polizei ja wirklich Hinweise auf Fabis Mörder auf dem PC."

Dann wandte er sich an Söhlbach:

„Nehmen sie den Computer mit. Ich hoffe, sie können damit die Mörder unseres Sohnes finden."

„Danke, Herr Neumann. Wir hoffen wirklich, einen Hinweis auf dem Rechner zu finden, denn es ist ehrlich gesagt im Moment unsere einzige Hoffnung."

Der Kommissar ging zurück in Fabians Zimmer und kam mit dem Rechner in der Hand wieder zurück.

„Sobald unsere Leute den Computer ausgewertet haben", sagte er, „werden wir ihn wieder zurück bringen, versprochen."

Herr Neumann sah ihn fragend an.

„Wie wollen Sie den Computer denn auswerten? Geht das denn überhaupt, wenn Sie kein Passwort haben?"."

„Wir haben da unsere Fachleute. Sie sind so gut geschult, dass sie jeden auch noch so gut geschützten Rechner auswerten können."

Dann verabschiedeten sich die beiden Polizisten.

*　　*　　*

Silvia Muisfeld und Sven Söhlbach saßen in ihrem Büro.

Soeben hatten sie den Bericht der kriminaltechnischen Untersuchung gelesen. Demnach fanden sich an beiden Mordopfern DNA-Spuren, die drei unbekannten Personen zugeordnet werden konnten. Diese Spuren waren bei beiden Toten identisch.

„Es waren also die gleichen Täter", murmelte Sven.

Vor ihnen, auf dem Schreibtisch stand der Laptop, den sie aus der Wohnung der Familie Neumann mitgenommen hatten.

Ihre zuständigen Kollegen hatten trotz Passwort sehr schnell Zugang auf den Rechner gefunden.

Die beiden waren schon seit einiger Zeit damit beschäftigt, die Dateien auf dem PC zu durchsuchen, um einen Hinweis, der ihnen bei den Ermittlungen helfen könnte, zu finden.

Fabian Neumann war offensichtlich ein großer Star Wars Fan, denn er hatte auf dem Rechner Unmengen an Infos zu diesem Thema zusammen getragen. Auch seine Figurensammlung war nebst Fotos aufgelistet.

Nach einer Weile meinte Silvia resigniert:

„Das war´s. Wir haben alles durch. Der Internetverlauf hat nichts Brauchbares gebracht und alles, was auf dem Rechner gespeichert ist, auch nicht."

Sie nahm die Computermaus und ließ sie noch einmal über die einzelnen Dateien im Ordner Dokumente gleiten.

„Wir haben uns doch alle angesehen", sagte sie. „Oder haben wir eine übersehen?"

Sven, der neben ihr saß und ebenfalls auf den Monitor schaute, fasste sie an den Arm.

„Stopp", sagte er. „Geh´ noch einmal auf diesen leeren Ordner zurück."

218

„Wieso? Da steht doch, dass der Ordner leer ist."

„Nein. Es ist die Ordnerbezeichnung. Fabian hat diesen Ordner den Namen Leerer Ordner gegeben."

Als der Cursor auf der Datei verharrte, erschien in einem kleinen Fenster der Hinweis „Office-Word-Dokument, 24 KB".

Als Silvia den Ordner geöffnet hatte, stellten die beiden fest, dass er aus einer nicht beschrifteten Seite bestand.

„Eine leere Seite", stellte Sven fest. „Das ist irgendwie sehr merkwürdig."

„Also doch ein leerer Ordner", murmelte seine Kollegin.

„Da muss aber etwas sein", sagte Sven. „Ein leerer Ordner braucht keinen Speicherplatz von 24 KB."

„Du meinst, Fabian hat in diesem Ordner etwas hinterlassen? Wo soll das sein?"

Noch einmal schaute sie sich die Seite ganz genau an.

„Nichts", sagte sie schließlich. „Da ist absolut nichts."

„Da muss aber etwas sein", widersprach ihr Kollege.

Er kratzte sich nachdenklich mit der Hand an seinem kahlrasierten Kopf.

„Ich glaub´ ich hab´s", sagte er und zog den Rechner vor sich. Dann nahm er die Maus, hielt die linke Taste gedrückt und ließ sie am linken Rand der leeren Seite hinunter gleiten. Sofort bildeten sich blaue Balken auf dem Bildschirm.

„War für ein cleverer Bursche", sagte er. „Fabian hat die Schriftfarbe in Weiß umgewandelt und weiße Schrift auf weißem Grund sieht man nicht."

Nachdem er den kompletten Text markiert hatte, meinte er:

„So, Schriftfarbe Schwarz, ein Klick, und da haben wir es."

Seine Kollegin saß erstaunt neben ihm.

„Sven, du bist ein Genie."
Söhlbach begann damit, den Text laut vorzulesen:
„Punkt 1:
Das Treffen der KDH-Führung ist am Mittwoch, den gyyf.cvyss.q3q3.
Was bedeutet gyyf.cvyss,q3q3?
Punkt 2:
Das Treffen findet statt in grubsiud>bHKF1>Standort>55.
Datum und Treffpunkt muss noch entschlüsselt werden.
Entschlüsselt:
grubsiud rückwärts = Duisburg.
Punkt 3:
KDH = Kameradschaft Deutscher Heimatfreunde.
Es gibt Hauptkameradschaftsführer, Kameradschaftsführer, Kameraden Grad 1, Kameraden Grad 2 und Rekruten. Es gibt eine Vereidigung der Mitglieder.
Punkt 4:
Ziel der KDH: Entfernung von Staatsschmarotzern. Gesetzesänderung bzgl. der Befugnisse der exekutiven Staatsgewalt. Baldiges Auftreten der FPDB.
Punkt 5:
Wiederbelebung der Kultstätte.
Entschlüsselt: Die Kultstätte ist eine Lichtung im Mattlerbusch, ein ehemaliger NS-Thingplatz.
Punkt 6:
100 Zigeuner sollen sterben.
Zu klären:
Punkt 1, Datum,
Punkt 2, genauer Ort,
Punkt 4, was ist FPDB?
Punkt 6, war das ernst gemeint? Planen sie einen Anschlag, bei dem 100 Menschen sterben?"

Söhlbach schaute seine Kollegin an.

„Jetzt wissen wir, was KDH bedeutet, Kameradschaft Deutscher Heimatfreunde. Egal, was sich dahinter verbirgt, Fabian hatte einiges über diesen Verein herausgekriegt. Er war dieser Kameradschaft auf der Spur und musste sterben, weil er zu viel wusste."

Silvia blickte auf den Monitor und las das Geschriebene noch einmal durch.

„Das hört sich so an", sagte sie schließlich, „als wäre diese Kameradschaft nicht gerade klein. Diese KDH ist, so wie ich es sehe, eindeutig der rechten Szene zu zuordnen. Ich frag´ mich, warum man bisher noch nie etwas von dieser Organisation gehört hat."

„Das verstehe ich auch nicht. Die vom Staatsschutz haben es bisher doch immer erfolgreich geschafft, ihre Leute in solche Organisationen einzuschmuggeln."

„Wer weiß", sagte Silvia, „vielleicht wird die KDH ja schon vom Staatsschutz beobachtet. Das würde ja niemand erfahren."

Ihr Kollege stand auf, ging zum Fenster und sah hinaus.

„Das hört sich so an", meinte er schließlich, „dass diese Kameradschaft für uns zwei alleine eine Hausnummer zu groß ist. Jedem, der versucht etwas über diese Organisation zu erfahren, schlitzen sie eiskalt die Kehle auf. Die KDH hat Angst, dass etwas über ihr Vorhandensein in die Öffentlichkeit kommt. Wer weiß, wie lange es diese Gruppe schon gibt und wie viele Menschen, die über sie recherchiert hatten, schon sterben mussten?"

„Sven, lass uns zum Chef gehen. Metzger-Ibbenburg muss entscheiden, wie weiter ermittelt werden soll. Wenn wir ihn nicht sofort informieren, könnte es auch Ärger für uns geben. Du kennst den Chef ja. Er will immer alles sofort wissen."

„Wo du Recht hast, hast du Recht. Ich denke, der Chef wird staunen, wenn ich ihm erkläre, dass wir dank meiner Genialität wissen, was die KDH ist."

Silvia Muisfeld täuschte einen Hustenanfall vor.

„Mein Gott", sagte sie. „Ich krieg gleich keine Luft mehr, weil es hier so staubt."

Einige Minuten später saßen die beiden im Büro von Metzger-Ibbenburg. Sie zeigten dem Leiter des Kommissariats, was sie auf dem Laptop von Fabian Neumann entdeckt hatten.

„Was dieser Junge unter Punkt 6 erwähnt hat, macht mir am meisten Sorgen", sagte Muisfeld. „Er vermutet, dass sie einen Anschlag planen, bei dem 100 Menschen sterben sollen. Wenn sich Fabians Vermutung bewahrheiten würde, wäre das eine Katastrophe."

Der Kommissariatsleiter las sich das Geschriebene auf dem Laptop konzentriert durch.

„Der Junge musste sterben, weil er diese Kameradschaft ausspionieren wollte", sagte Metzger-Ibbenburg. „Ganz genau wie Weidekamp."

Söhlbach nickte.

Dann sagte er: „Jetzt wissen wir wenigsten, was KDH bedeutet, Kameradschaft Deutscher Heimatfreunde. Wir haben gerade schon den Onkel Google danach gefragt, doch es gab keinen Treffer."

Der Kommissariatsleiter verzog das Gesicht.

„Das habe ich mir schon gedacht. Diese KDH will absolut unerkannt bleiben. Dann werde ich jetzt mal ein paar Anrufe tätigen."

Er schaute auf die Uhr.

„Frau Muisfeld, Herr Söhlbach, machen Sie doch heute einfach mal früher Feierabend. Wenn Sie morgenfrüh wieder Ihren Dienst antreten, weiß ich hoffentlich schon mehr über diese Kameradschaft."

*   *   *

Günter Rommel saß in seinem Wohnzimmer und blickte durch das große Panoramafenster hinaus in den Garten.

Sein Haus lag in einer ruhigen Siedlung im Stadtteil Huckingen. Diese Siedlung, unweit vom St. Anna-Krankenhaus, war für Rommel eigentlich immer der Grund gewesen, sich in einer Großstadt, wie Duisburg wohl zu fühlen. Für ihn war diese Siedlung sein friedliches Dorf, in dem man vom städtischen Tumult, der rundherum herrschte, nichts merkte. Er gehörte zu den Menschen, die gerne in Duisburg lebten. Bis vor einiger Zeit hatte er sich auch nur auf die guten Seiten der Stadt konzentriert. Nun aber war sein geliebtes Zuhause leer. Was war schon ein schönes Haus, wenn die Seele darin fehlte.

Er hatte schon daran gedacht, das Haus zu verkaufen, denn alles hier steckte voller Erinnerungen an seine Familie. Doch er wusste, seine Frau hätte das niemals gewollt. Nina hatte das Haus von ihrer Tante geerbt, das Haus und eine beachtliche Geldsumme. Sie hatten damals die obere Etage umgebaut, um Platz für die Kinderzimmer zu schaffen. Rommel dachte daran, wie glücklich sie in diesem Haus waren. Nina hatte das Haus geliebt und sie würde sich im Grab umdrehen, wenn er es verkaufen würde.

Nein, Nina, ich werde es niemals verkaufen.

Rommels Blick ging zum offenen Treppenhaus, welches direkt am großen Wohnzimmer angrenzte. Wie so oft hoffte er, dass gleich die beiden Töchter die Treppen herab gestürmt kamen, doch ihm war bewusst, dass diese Hoffnung für immer Utopie sein würde. Die Kinderzimmer in der oberen Etage würden für immer leer sein. Und die Stimme seiner Frau, die ihm aus dem Esszimmer zurief: „Schatz, das Essen ist fertig", klang in seinem Kopf, als

224

hätte er sie gerade erst gehört. Doch Nina würde für immer schweigen. Seine „drei Mädels", wie er sie immer liebevoll genannt hatte, waren der Mittelpunkt seines Lebens gewesen. Sie waren das, wofür er gelebt hatte, ja, sie waren sein Leben. Wie so oft kullerten bei den Gedanken an Nina und die Kinder dicke Tränen über seine Wangen. Es war jetzt drei Jahre her, aber der Schmerz steckte so tief in ihm, als wäre es erst gestern passiert. Und wie so oft, ging der Blick seiner tränengefüllten Augen irgendwohin nach oben ins Leere. „Nina", sagte er mit zitternder Stimme. „Ich bin so alleine ohne euch. Was soll ich tun? Nina, wenn du mich da oben hören kannst, auch wenn du nicht bei mir bist, ich liebe dich. Gib den beiden Kleinen einen Kuss von mir."

Günter Rommel wischte sich die Tränen aus dem Gesicht. Er redete oft mit seiner Frau und seinen Töchtern und er glaubte fest daran, dass sie irgendwo da oben, wo das auch immer sein mag, sind und zu ihm herab sehen.

Rommel dachte für einen Moment daran, dass der Schmerz über den Verlust seiner Familie ihn damals fast in den Selbstmord getrieben hätte. Sein Freund Peter Bila hatte sich um alles gekümmert, um die Überführung der Toten nach Deutschland und um die Beerdigung. Peter hatte seinen Freund einige Wochen zuhause begleitet und bei ihm übernachtet. Dann aber hatte er nach Rumänien zurück gemusst und Rommel war alleine. Er hatte tagelang zuhause gesessen und sich aus Verzweiflung die Augen ausgeweint. Freunde aus der Nachbarschaft hatten ihn mit Essen versorgt und sich um ihn gekümmert. Doch der Schmerz um den Verlust seiner drei Mädels war immer unerträglicher geworden. Diese Situation hatte seine Seele zerfressen. Es war kein Leben mehr, es war ein armseliges Dahinvegetieren ohne jeden Sinn und er hatte sich dazu entschlossen, dieses abstruse Dasein zu beenden. Wie im Tran war er in sein Auto gestiegen und zur Sechs-Seen-Platte gefahren. Dort hatte er sein Auto auf den großen Parkplatz am Ende des Kalkwegs geparkt und war in Richtung Wolfsberg gegangen. Um dorthin zu gelangen, hatte er die Fußgängerbrücke, die sich im hohen Bogen über das Wasser zwischen Masurensee und Wolfsee spannte, überqueren müssen. Oben auf der Brücke war er stehen geblieben und hatte für einen Moment daran gedacht, sich von dort oben in das Gewässer zu stürzen. Doch er hatte daran gezweifelt, dass dieser Sturz seinem Leben ein Ende setzen würde. Der Badestrand vom Freibad Wolfsee war gut gefüllt und es wäre den Badegästen nicht entgangen, wenn jemand von der Brücke springt. Die dort stationierten Rettungsschwimmer der DLRG hätten ihn bestimmt aus dem Wasser gezogen und wiederbelebt. So war er weitergegangen. Auf dem Weg zum Wolfsberg waren die geistigen Andenken an seine geliebte Nina noch intensiver geworden. Als er die kleine Brücke, die über den Wambach führte, überquert hatte, waren die Erinnerungen an die glücklichen Tage mit seiner Frau noch tiefgehender geworden. Dort standen die hohen Mammutbäume, die Nina so geliebt hatte. Jedes Mal, wenn sie an diesen großen Bäumen vorbei gekommen waren, hatte Nina die besonders weiche Rinde auf den Stämmen gestreichelt und gescherzt, dass man da sogar mit dem Kopf dagegen rennen könnte, ohne sich weh zu tun. Nina und er hatten die Seen geliebt. Wie oft waren sie um alle Seen herum gewandert und wie oft hatten sie den großen Aussichtsturm oben auf dem Wolfsberg bestiegen. An diesem Tag hatte Rommel den Turm bestiegen, um seinem Leben ein Ende zu setzen, um sich von all seinen Schmerzen zu erlösen. Schließlich hatte er oben auf der Aussichtsplattform hoch über den Baumkronen ge- standen. Jetzt hätte er einfach nur über das Geländer klettern müssen, um sich in die Tiefe zu stürzen. Doch beim Blick auf die idyllische Seenlandschaft, die sich tief unter ihm ausbreitete, waren erneut alle Erinnerungen in ihm wieder hochgekommen. Er hatte sich umgeschaut. So weit das Auge reichte, erstreckten sich nach allen Seiten ausgedehnte Wälder bis zum Horizont. Wie oft hatten sie hier oben gestanden, er und seine Nina, wie oft hatten sie diese herrliche Aussicht genossen, eine Fernsicht, die bei klarem Wetter sogar in weiter Ferne die Ausläufer des Bergischen Landes erkennen ließ. Er erinnerte sich an Ninas Worte, welche sie angesichts der Seen und Wälder unter ihnen gesagt hatte: „Wenn ich nicht wüsste, dass ich mitten in Duisburg bin, würde ich denken, ich bin irgendwo in Kanada und schaue auf eine traumhaft schöne Seen- landschaft mitten in der Wildnis." In diesem Moment hatte er das Gefühl, Nina ganz nah zu sein. Ihm war, als ob Nina ihm jetzt zu sah, wie er da oben auf dem Turm stand. Nein, Nina durfte auf keinen Fall sehen, wie er seinem Leben ein Ende setzt. Das hätte sie nicht gewollt, schon gar nicht an einem so wunderschönen Ort der Erinnerung. Rommel konnte sich noch genau daran erinnern, wie er schließlich oben auf dem Turm gestanden und zum Himmel hinauf geschaut hatte, um seiner geliebten Nina, die jetzt irgendwo da oben war, zu schwören, dass er sich an die Mörder rächen wird.

Und nun würde es bald soweit sein. Die Mörder würden ihre Strafe bekommen, die Todesstrafe.

Günter Rommel lenkte seine Gedanken wieder in andere Bahnen. Er dachte darüber nach, wie großartig es doch ist, Reichtum und Macht zu haben. Eigentlich sollte die KDH, die er vor einem Jahr mit Hilfe seiner finanziellen Möglichkeiten gegründet hatte, nur dazu dienen, die richtigen Leuten, die er für seinen Racheplan brauchte, zu finden, doch dann war mehr daraus geworden.

Rommel genoss die Macht, die er als Haupkamerad-schaftsführer hatte. Er hatte die Regeln aufgestellt und alle befolgten sie. Alle kannten ihn nur als den großen Führer und niemand wusste, wer wirklich dahinter steckt.

Es war ein großartiges Gefühl, so eine Macht zu haben, doch diese Macht würde er aber bald ablegen, denn wenn seine Rache vollendet war, würde er in ein anderes, geruhsames Leben eintauchen, auch wenn dieses Leben nie mehr so glücklich sein konnte, wie früher. Seine Frau und seine Töchter konnte ihm niemand mehr zurück-geben.

Rommel hatte sich geschworen, den Tod seiner Familie zu rächen und diesen Schwur würde er bald vollenden.

Bald werden sie sterben. Sie und auch all die andern. Ich hasse sie. Sie sind alle gleich. Sie werden alle sterben.

Eigentlich war Rommel zeitlebens ein friedliebender Mensch gewesen, ein Mensch, der jedem Streit aus dem Weg gegangen war. Und wenn es um ihn herum irgend-wann einmal Streitigkeiten unter anderen gegeben hatte, war er stets bemüht, diese Streitigkeiten zu schlichten. Wenn er etwas gehasst hatte, dann war das Gewalt, die von irgendwelchen Menschen ausging.

Doch seine Einstellung hatte sich mit einem Schlag geändert, als man ihm seine Familie genommen und damit sein Lebensglück zerstört hatte. Die Momente, nachdem man die Leichen seiner Familie entdeckt hatte, spukten immer wieder durch seinen Kopf, die Momente, in denen die Mörder lachend vor ihm gestanden hatten und er nichts gegen sie unternehmen konnte. Es waren Momente aus unvorstellbarer Trauer, Verzweiflung, Wut und Hass. Als Raducanu ihm schließlich grinsend ins Gesicht gesagt hatte, wie sie seine Familie „kaputt-gemacht" hatten, war es passiert. Da hatte es bei Rommel im Kopf geklickt und seine bisher so friedliche Lebens-einstellung hatte eine große Wende erfahren.

Er hatte sich in einen Mensch verwandelt, dem es egal war, ob Unschuldige sterben.

Sollen sie doch alle vor die Hunde gehen.

Jedes Mal, wenn er daran dachte, dass die Mörder seiner Familie sich des Lebens erfreuten und ungestraft geblieben waren, wurde er wütend, so wütend, dass er regelrechte Aussetzer bekam. Es waren Situationen, in denen er sich nicht mehr unter Kontrolle hatte. In seiner Rage hatte er schon einige Möbel zertrümmert. Die ganze Situation hatte dafür gesorgt, dass er unter schweren psychischen Störungen litt. Mittlerweile hatte er aber gelernt, damit umzugehen.

Mit seinem Reichtum und die dadurch erlangte Macht hätte er die Mörder seiner Familie auch durch ein paar agagierte Killer töten lassen können, doch das Spielchen, was er gerade inszenierte, gefiel ihm und irgendwie ge-noss er es.

Auch wenn er schon ein paar Mal daran gedacht hatte, ob bei seiner Rache so viele Unschuldige sterben mussten, war ihm schnell bewusst geworden, dass ihm diese Menschen egal waren. Seine Gefühle waren kalt geworden, eiskalt.

Seine Rache war bestens geplant. Er hatte hier in Deutschland dafür gesorgt, dass alles für den großen Tag vorbereitet war und sein Partner und Freund Peter Bila hatte in Rumänien alle Vorbereitungen getroffen.

Bila war es nicht schwer gefallen, Raducanu, Hobica, Stojka und auch die Rumänen, die den Mord an Rommels Familie durch Falschaussagen gedeckt hatten, ausfindig zu machen. Diese Männer bekamen schließlich Einladungen von einer gemeinnützigen Organisation aus Deutschland, die arme Rumänen unterstützt. Natürlich gab es so eine Organisation nicht, aber das ahnten sie nicht. Die Einladung beinhaltete eine sechstägige Reise nach Deutschland, An- und Abreise, Unterkunft und Verpflegung eingeschlossen. Der Höhepunkt dieser Reise sollte eine Veranstaltung zum Anlass der Herdelezi-Feier sein. Herdelezi fiel normalerweise auf den 6. Mai und war eigentlich ein hoher Feiertag der Romas. So etwas wollten sich die Mörder nicht entgehen lassen und deshalb hatten sie sofort zugesagt. Bila hatte auch einen Kleinbus mit Fahrer angemietet, mit dem die Männer reisen konnten.

Dass Rommel, vom Wahn getrieben, einen anderen, heimtückischen Plan ausgeheckt hatte, konnte Bila nicht ahnen. Günter Rommel hatte heimlich weitere Einladungen verschickt und auch dementsprechend weitere Busse organisiert. Er hatte ebenfalls dafür gesorgt, dass auch einige in Duisburg lebenden Rumänen Einladungen bekamen. Sein krankes Gehirn hatte ihm zugeflüstert, dass mehr Rumänen sterben mussten. So hatten sich schließlich hundert Leute gemeldet, welche diese Einladung angenommen hatten. Auch wenn die Herdelezi-Feier offiziell am 6. Mai war, so war es den geladenen

Gästen egal, dass die Veranstaltung aus organisatorischen Gründen deutlich später stattfinden würde.

Rommel hatte in Deutschland alle Vorbereitungen getroffen.

Sein perfider Plan war, die Rumänen mit Kohlenmonoxid zu töten. Als gelernter Chemiker hatte er lange für einen großen Chemiekonzern gearbeitet und deshalb hatte er die genaue Kenntnis darüber, wie man Kohlenmonoxid herstellt.

Über Mittelsmänner hatte er in einem Gewerbegebiet eine kleine Halle anmieten lassen. Eine angeblich neu gegründete Firma sollte dort Forschungsarbeiten nachgehen können. In der Halle hatte er sich ganz nach seinen Wünschen eine Anlage bauen lassen, von der niemand wusste, welchem Zweck sie dienen sollte. Die Zutaten, die man brauchte, um in dieser speziellen Anlage Kohlenmonoxid herzustellen, konnte man problemlos im Internet bestellen. Es waren lediglich zwei Zutaten, nämlich konzentrierte Schwefelsäure und Ameisensäure. In der Anlage wurde dieses Gemisch erhitzt und schon hatte man Kohlenmonoxid. Rommel hatte auch eine Lösung gefunden, dieses tödliche Giftgas in Flaschen abzufüllen. Er hatte eine Firma aufgekauft, die pleite gegangen war, weil ihre Produkte nicht mehr den neuen Maßstäben entsprachen und kein Geld da war, das Unternehmen auf dem neusten Stand zu bringen. Diese Firma hatte mit Druckluftflaschen für Taucher ihr Geld verdient und den Anschluss verpasst, als neuere und effizientere Geräte auf den Markt gekommen waren. Durch den Kauf der Firma war Rommel in den Besitz von Unmengen alter Stahlflaschen gekommen, die schon lange nicht mehr beim Tauchen verwendet wurden. Auch große Kompressoren zur Drucklufterzeugung gehörten zur Firmen-ausstattung. Diese Kompressoren hatte Rommel so umbauen lassen, dass das von ihm erzeugte Kohlen-monoxid in die Druckluftflaschen gepresst werden konnte.

Die Produktion lief genauso, wie Rommel es sich vorgestellt hatte und bald waren so viele Druckluftflaschen mit dem giftigen Mix gefüllt, dass man damit die Besucher eines gefüllten Fußballstadions hätte töten können.

Rommel dachte daran, wie genial er doch war. Kohlen-monoxid war absolut tödlich und das heimtückische daran war, dass man dieses Gas nicht sehen, nicht riechen und nicht schmecken konnte.

Auch die Lieferung der tödlichen Fracht zum Ort des Geschehens war bestens durchdacht. Günter Rommel hatte sich einen alten Tankwagen, der einst zum Ausliefern von Heizöl benutzt wurde, umbauen lassen, so, dass man den Tank von hinten öffnen konnte. Es waren Gestelle eingebaut worden, um darauf die Druckluft-flaschen zu befestigen. Ein Leitungssystem, welches mit allen Flaschen verbunden war, endete in einem ver-schlossenen Anschluss am Heck des Lkws. Ein langer Schlauch, den man daran befestigen konnte, würde seine tödliche Fracht ans Ziel bringen.

Günter Rommel hatte keinerlei Zweifel daran, dass alles genauso ablaufen wird, wie er es geplant hatte. Nichts und niemand konnte dieses Attentat mehr verhindern. Die beiden Morde an die Verräter waren eigentlich nicht eingeplant, doch sie waren halt nötig. Den Mord an Weidekamp hatte er selbst befohlen, denn dieser Mann war ihnen auf die Schliche gekommen und da niemand genau wusste, was er über ihre Pläne schon heraus-bekommen hatte, musste er sterben, rein zur Vorbeugung.

Der Mord an diesen Schüler war nicht geplant. Da hatten Jürgen und die beiden anderen Dummköpfe Scheiße gemacht. Doch es war alles noch mal gut gegangen. Die Polizei tappte im Dunklen. Rommel wusste, dass der Polizei auch zu Ohren gekommen war, dass 100 Leute sterben sollen, doch das nahmen die zuständigen Ermittler nicht ernst.

Rommel schmunzelte.

Für Geld kann man sie alle haben, dachte er, *auch diese Bullen. Ein Informant, der direkt an der Quelle sitzt, ein Polizist, der persönlich dafür sorgt, dass alles reibungslos ablaufen wird.*

Er hatte mittlerweile gelernt, wie man mit Geld an jeden heran kommt, ohne selbst auftreten zu müssen. Den Polizist, den er mit viel Geld und leeren Versprechen für das, was nach dem Attentat passieren wird, geködert hatte, war über die laufenden Ermittlungen bestens informiert. Und nicht nur das, er würde auch dafür sorgen, dass niemand den Plan durchkreuzen wird.

Und auch dieser Dummkopf weiß nicht, wer hinter dieser Sache steckt. Niemand außer Peter weiß es. Niemand weiß, wer ich bin.

Er dachte kurz an Peter Bila.

Es ist gut, einen solchen Freund zu haben, einen Freund, mit dem man ein großes Geheimnis teilen kann, einen Freund, auf den man sich absolut verlassen kann. Auch wenn Peter es in diesem Ausmaß niemals gewollt hätte, er ist mein Freund. Er wird mich verstehen.

Rommel wirkte sehr zufrieden. So, wie er da in seinem Wohnzimmer saß, wies nichts an ihm auf den Hauptkameradschaftsführer hin, den er immer spielte. Er war zuhause ein anderer Mensch, ein Mensch, der zwar die Mörder seiner Familie abgrundtief hasste und sie töten wollte, der aber nichts mit rechtsradikalem Gedankengut zu tun hatte. Das war alles nur gespielt.

Auch optisch würde ihn niemand wiedererkennen. Vom Aussehen her war er eher die graue Maus, ein unauffälliger, zurückhaltender Mensch, dem niemand etwas Böses zutrauen würde. Eine Glatze, umgeben von einigen seitlich verbliebenen Haaren, zierte seinen Kopf. Mit einer Größe von 1,69 Meter zählte er auch nicht zu den großgewachsenen Männern. Jedes Mal, wenn er in die Rolle des Hauptkameradschaftsführers schlüpfte, änderte er sein Outfit. Er hatte sich in einem rumänischen Zahnlabor ein kostspieliges Zusatzgebiss anfertigen lassen. Dieses Gebiss war so konstruiert, dass er es einfach über seine eigenen Zähne schieben konnte. Sein eigenes Gebiss war eher schmal, doch wenn er die künstlichen Zähne darüber schob, sah man die optische Änderung sofort. Nicht nur, dass das Gebiss jetzt viel breiter war und er dementsprechend auch ein breites Lächeln zeigen konnte, auch der Unterkiefer wirkte dadurch breiter und markanter, so, dass sich seine Gesichtsform veränderte. Zur Verwandlung zum Hauptkameradschaftsführer gehörte auch eine moderne Brille mit dunklem Rahmen und eine Perücke, die nicht erahnen ließ, dass sich darunter eine Glatze befand. Unauffällige Schuhe mit erhöhter Sohle und speziellen Einlagen ließen ihn im fünf Zentimeter größer aussehen.

Niemand, der den Hauptkameradschaftsführer kannte, wäre darauf gekommen, dass sich der unauffällige Mann, der dort im Wohnzimmer saß, dahinter verbergen könnte.

Für den geplanten Anschlag hatte er eine noch bessere Tarnung geplant, denn dann würde er spezielle Arbeits-

schuhe anziehen, die ihn sogar um zehn Zentimeter größer erscheinen lassen. Alles war bestens vorbereitet.
Er saß da und lächelte.
Bald werde ich von der Last der Rache befreit sein.

*   *   *

Silvia Muisfeld und ihr Kollege Sven Söhlbach saßen in ihrem Büro im Polizeipräsidium.

Metzger-Ibbenburg, der Leiter des Kommissariats, hatte sich zu den beiden gesetzt.

„Also", sagte er und schaute Muisfeld und Söhlbach abwechselnd an. „Ich habe ein paar aufschlussreiche Infos für Sie. Diese KDH ist für den Staatsschutz nichts Neues. Die Kameradschaft Deutscher Heimatfreunde wird bereits seit ihrer Gründung beobachtet. Es sind Leute mit einer äußerst rechten Gesinnung. Erst letzte Woche hatte es hier bei uns in Duisburg eine heimliche Versammlung dieser Gruppe gegeben. Die KDH hat eine neue politische Partei gegründet, die freiheitliche Partei Deutscher Bürger, kurz FPDB. Dem Staatsschutz ist die rechte Gesinnung dieser Partei bekannt und deshalb wird sie beobachtet. Fazit: Die KDH redet sehr viel über die bösen Ausländer, doch ist das scheinbar alles nur dummes Geschwätz. Da wollen sich ganz offensichtlich die sogenannten Kameradschaftsführer profilieren, um gut bezahlte Posten in der neuen Partei zu bekommen, eine Partei, die eh keine Chance hat. Laut den Beobachtern ist es alles nur viel Säbelrasseln um nichts. Und was die beiden Morde angeht, so weiß ich vom Staatsschutz, dass ein Beobachter direkt an der Quelle sitzt und dass es ihm nicht entgangen wäre, wenn es wirklich einen Mord gegeben hätte. Auch gibt es keinerlei Hinweise auf einen Anschlag, bei dem 100 Menschen sterben sollen. Wie gesagt, es gibt einen Informanten, der bei der KDH eingeschleust wurde und der wüsste das. Das mit dem Informanten bleibt aber unter uns."

Metzger-Ibbenburg blickte auf seine Uhr.

Mit den Worten: „So, ich muss dann wieder", stand er auf. „Ach so, das habe ich doch fast vergessen. Ich brauche Ihren Bericht über den Fall Matisek. Der ist schon lange überfällig. Eigentlich hätte ich diese Akte schon vorgestern auf meinem Schreiblisch liegen gesehen."

Dann verließ Metzger-Ibbenburg das Büro.

Silvia Muisfeld sah ihren Kollegen mit hochgeschobenen Augenbrauen an.

„Hast du den Bericht über Matisek schon geschrieben?"

„Ich dachte, du wolltest das machen."

Der Fall Matisek lag schon zwei Wochen zurück. Georg Matisek hatte versucht, seine Frau zu töten, indem er sie in der Badewanne solange unter Wasser gedrückt hatte, bis sie sich nicht mehr regte. Weil zufällig seine Tochter zu Besuch gekommen war, hatte er die Tat nicht vollenden können. Die Frau hatte überlebt. Matisek sitzt seitdem in Untersuchungshaft.

„Immer diese scheiß Berichteschreiberei", murmelte Silvia. „Scheinbar sind dem Chef Berichte wichtiger, als laufende Mordermittlungen. Ich verstehe einfach nicht, wieso der Chef diese KDH plötzlich als harmlos einstuft. Es hat Morde gegeben. Johannes Weidekamp wollte die KDH ausspionieren und musste deshalb sterben, und Fabian Neumann hatte auch Infos über diese Gruppierung gesammelt und es mit seinem Leben bezahlt. Das kann kein Zufall sein. Die Morde stehen definitiv im Zusammenhang mit der KDH."

„Da stimme ich dir voll zu, Silvia. Nur, wo sollen wir bei unseren weiteren Ermittlungen jetzt ansetzen?"

„Gute Frage."

„Wir können jetzt alle Fragen beantworten, die Fabian Neumann sich auf seiner verdeckten Computerdatei gestellt hatte. Die KDH ist nun kein Geheimnis mehr."

„Nicht alle Fragen, Sven."

Muisfeld nahm den Ausdruck von Neumanns Computer-datei zur Hand und las vor:

„Punkt 6, war das ernst gemeint? Planen sie einen Anschlag, bei dem 100 Menschen sterben?"

Ihr Kollege verzog das Gesicht.

„Weißt du, Silvia, wenn wirklich so ein Anschlag geplant ist, dann muss er auf jeden Fall verhindert werden. Nur wie will man so etwas verhindern, wenn man nicht einmal weiß, wo und wann dieses Attentat geplant ist? Es könnte zwar in unserer Stadt geplant sein, aber genauso gut in einer Nachbarstadt, oder auch in München, Hamburg oder Berlin. Ja, es könnte sogar in einem benachbartem Land stattfinden."

Muisfeld nickte. „Du hast Recht. Wir haben keinerlei Anhaltspunkte. Außerdem ist es ja auch möglich, dass es wirklich nur eine leere Drohgebärde dieser Möchtegern-nazis ist."

Sie blickte noch einmal auf den Ausdruck in ihrer Hand.

„Alles, was hier steht, entspricht der Wahrheit. Warum also sollte der letzte Punkt nicht auch der Wahrheit entsprechen?"

„Mal den Teufel nicht an die Wand, Silvia."

„Das gleiche hat Steff auch zu mir gesagt."

Söhlbach schaute sie verwundert an. „Du redest mit Steff darüber?"

„Na klar. Er fragt mich andauernd danach, was es neues in unserem Fall gibt. Ihn interessiert halt alles, was in meinem Leben passiert."

Sven grinste. „Dann gehe ich mal davon aus, dass du letzte Nacht nicht bei dir zuhause geschlafen hast?"

Er erntete strenge Blicke.

„Was geht dich das an?"

„Nun", meinte Söhlbach, „ich dachte, ich wäre dein Freund, und als guter Freund geht es mich ja irgendwie doch etwas an, was meine beste Freundin so treibt."

„Ich habe das Recht, zu schweigen."

„Okay, aber wenn du schon mit Steff über unsere Ermittlungen redest, dann würde mich eins interessieren. Was hält dein Steff von diesem Fall?"

„Er meint, dass diese Ankündigung, 100 Menschen zu töten, nur leere Worte eines dieser Nazis sind. Dieser Typ wollte den anderen mit dieser Drohung einfach nur Angst machen."

„Dein Steff hat gut reden. Er braucht ja auch dafür nicht gerade zu stehen, wenn wirklich etwas passiert."

„Was willst du damit sagen, Sven?"

„Na, was wohl? Wenn wirklich etwas Schlimmes passiert, dann sind wir mit schuldig. Fabian Neumann hat von dem geplanten Anschlag in seiner geheimen Datei berichtet und dieser Jürgen von der KDH hat diesem Schüler, diesem Ahmet damit gedroht. Mit anderen Worten: Wir haben zwei verschiedene Aussagen, die vom gleichen Anschlag berichten. Das sollten wir ernst nehmen, sehr ernst."

„Du hast doch gerade gehört, was der Chef gesagt hat. Laut dem Informanten wird es kein Attentat geben."

Sven Söhlbach zog die Mundwinkel nach unten. „Und woher will Metzger-Ibbenburg das so genau wissen? Den Spitzeln beim Staatsschutz kann auch mal etwas entgehen."

„Der Chef war sich seine Sache aber sehr sicher", gab Silvia ihrem Kollegen zu verstehen. „Zu Metzger-Ibbenburg kann ich nur sagen, dass er ein sehr guter Polizist ist. Wenn er nur die geringsten Zweifel an die Aussage des Staatsschutzes hätte und dass sich der Informant irrt, hätte er etwas gesagt. So aber war er sich seiner Sache sehr sicher."

„Das mag ja sein, Silvia, aber mal ganz ehrlich, was für ein Gefühl hast du denn? Bist du dir auch sicher, dass es keine Pläne für ein Attentat gibt?"

Die Kommissarin atmete tief durch.

„Wenn ich ehrlich bin, hab ich auch ein komisches Gefühl. Leute, die anderen eiskalt die Kehlen aufschneiden, scheuen bestimmt auch nicht davor zurück, ein Attentat zu begehen."

„Da ich das gleiche komische Gefühl habe", sagte Söhlbach", sollten wir etwas unternehmen."

Muisfeld sah ihn fragend an.

„Und an was denkst du da? Was sollen wir unternehmen?"

Ihr Kollege zog die Tastatur seines Rechners vor sich.

„Ganz einfach", sagte er. „Wir werden uns jetzt im Internet alle geplanten Veranstaltungen ansehen, bei denen 100 Leute zu Gast sind. In fange mit Duisburg an und dann durchforste ich Oberhausen, Mülheim und die anderen Städte östlich von uns. Du suchst in allen Orten auf der linken Rheinseite."

„Genauso machen wir das."

Die beiden begannen damit, im Internet alle geplanten Veranstaltungen zu überprüfen. Dass sie eigentlich den Bericht Matisek schreiben sollten, hatten sie vergessen.

Nach etwa einer Stunde hatten sie einen Stapel Ausdrucke auf dem Tisch liegen, Ausdrucke mit den Veranstaltungen der nächsten drei Monate.

„Ich denke", sagte Söhlbach, „dass wir uns erst mal alles angucken sollten, was in den nächsten Tagen an Events auf dem Plan steht."

Er zog den untersten Ausdruck nach vorne.

„Mit Duisburg fangen wir natürlich an", sprach er weiter. „Da haben wir gleich Morgen zwei Veranstaltungen in unserer Stadt.

„Morgen schon?", kam es überrascht aus Silvias Mund. „Wenn eine dieser Veranstaltungen das Ziel der Attentäter sein sollte, müssen wir uns aber beeilen, wenn wir es verhindern wollen. Wo sind diese Veranstaltungen denn?"

„Die erste ist in der Liebfrauenkirche."

„Und was ist da los?"

„Es ist die Eröffnungsfeier für eine Ausstellung zeitgenössischer Kunst. Berühmte Künstler aus aller Welt präsentieren ihre Werke. Die Feier, mit vielen geladenen Gästen, auch hohen Repräsentanten aus der Politik, beginnt um 16 Uhr. Alle kunstinteressierten Leute sind zu diesem Event ebenfalls eingeladen. Der Eintritt ist frei."

„Für einen Anschlag wäre diese Feier das ideale Ziel. Wenn da Künstler aus aller Welt mit von der Partie sind, dann werden also Leute verschiedenster ethnischer Herkunft dabei sein, genau die Zielgruppe dieser Nazis."

„Aber wenn auch hochrangige Politiker geladen sind, wird es auch eine hohe Sicherheitsstufe geben. Attentäter hätten es in dem Fall schwer."

Muisfeld nickte kurz. „Du sagtest, es gibt morgen zwei Veranstaltungen. Wo findet die zweite denn statt?"

Der Angesprochene schaute auf den Ausdruck.

„Die zweite Veranstaltung findet im Hotel Montan in Marxloh statt, ebenfalls um 16 Uhr. Es ist eine Feier der Gemeinschaft Kulturvereine NRW. Hier steht, dass ein abwechslungsreiches Programm geboten wird und dass ein paar wenige Restkarten noch zum Verkauf am Empfang liegen."

„Hmm", murmelte Silvia. „Steht da auch, wie viele Gäste erwartet werden?"

„Nein, davon steht hier nichts. Ich kenne den Saal des Hotels übrigens. Da hab ich mal vor einigen Jahren die Feier eines Karnevalsvereins besucht." Er grinste für einen Augenblick. „War klasse. Da ging echt die Post ab."

„Und?", wollte seine Kollegin von ihm wissen. „Passen 100 Leute in diesen Saal?"

Sven nickte. „Aber ganz locker."

„Dann haben wir jetzt zwei Orte, an denen morgen etwas passieren könnte. Ich hoffe ja immer noch, dass die Drohung des Anschlags nicht ernst gemeint war."

In diesem Moment öffnete sich die Bürotür und Metzger-Ibbenburg trat ein.

„Da ich ja in meinem Büro vergeblich auf Sie gewartet habe", sagte er, „möchte ich den Bericht über den Fall Matisek jetzt persönlich abholen."

Er blickte in erstaunte Gesichter

„Ups", sagte er. „Den Gesichtsausdrücken entnehme ich, dass der Bericht immer noch nicht fertig ist. Oder irre ich mich?"

Die Angesprochenen waren für einen Augenblick sprachlos. Dann ergriff Silvia Muisfeld das Wort:

„Wissen Sie, Chef, uns liegt dieser angedrohte Anschlag im Magen. Deshalb wollten wir sicherheitshalber erst einmal die Möglichkeiten für einen solchen Anschlag überprüfen."

Dann erklärte sie Metzger-Ibbenburg das, was sie entdeckt hatten."

„Und Sie glauben", meinte der Kommissariatsleiter schließlich, „dass an einem dieser Orte morgen ein Anschlag verübt wird." Er schüttelte leicht den Kopf. „Ich sagte Ihnen doch, dass da der Staatsschutz dran ist und wenn von dieser Gruppierung irgendeine reelle Gefahr ausgehen würde, dann wäre man dort informiert."

„Und wenn dem Staatsschutz etwas entgangen ist?", versuchte Silvia dem Chef ihre Sorgen zu erklären. „Sie sind in meinen Augen ein sehr guter Polizist. Sagen Sie doch mal ganz ehrlich, haben Sie bei dieser Sache nicht auch ein komisches Gefühl?"

„Metzger-Ibbenburg nickte. „Ja, das habe ich, aber wenn von ganz oben die Anweisung kommt, alles, was wir bezüglich dieser KDH wissen, zu vergessen, damit der V-Mann, den sie da eingeschleust haben, nicht auffliegt, muss ich mich dieser Anweisung fügen. Und jetzt sind Sie bitte so lieb und schreiben den Bericht, und nicht nur den Bericht über Matisek, sondern auch über alles, was sie bisher in den Fällen Weidekamp und Neumann haben."

Mit den Worten: „Spätestens heute Nachmittag möchte ich die Berichte auf meinem Schreibtisch haben", verließ er das Büro.

Fast gleichzeitig sah man bei Söhlbach und Muisfeld ein tiefes Durchatmen.

„Scheiße", kam es leise über Muisfelds Lippen.

„Das kannst du laut sagen, Silvia. Und was machen wir jetzt?"

„Na was wohl, Sven. Wir schreiben die Berichte. Ich habe keine Lust, vom Chef einen Einlauf zu bekommen. Er war gerade nicht gut drauf."
Söhlbach seufzte.
„Also werden wir den Rest des Tages damit verbringen, Berichte zu schreiben. Ich bin begeistert."

*   *   *

Etwas später.

Er saß alleine in seinem Büro im Polizeipräsidium.

Sein Blick war gedankenversunken aus dem Fenster gerichtet.

Alles Scheiße, ging es ihm durch den Kopf. *Aber jetzt ist es zu spät. Da komm ich nicht mehr raus. Ich bringe es hinter mich und dann ist die Sache gelaufen. Denk an die Kohle. Einigen Kollegen hab ich ja schon erzählt, dass ich von einer verstorbenen Tante 'nen dicken Batzen geerbt habe und mir davon eine Eigentumswohnung kaufen will. Anders wäre es ja auch nicht zu erklären, wie man als Polizist zu so viel Kohle kommt.*

Er stand auf und ging zum Fenster. Dann schaute er hinaus, in der Hoffnung, sich gedanklich ablenken zu können, doch es gelang ihm nicht.

Zu sehr machte ihm sein Gewissen zu schaffen.

Alles hatte damit begonnen, dass er sich für ein paar harmlose Informationen hatte bestechen lassen. Er fand es eigentlich auch nicht schlimm, mal etwas auszuplaudern, was über das Dienstgeheimnis hinaus geht, zumal man ihm dafür so viel Geld in die Taschen gesteckt hatte, dass er sämtliche Raten für sein finanziertes Auto mit einem Schlag hatte bezahlen können. Dadurch hatte er jetzt jeden Monat eine beachtliche Summe mehr in seiner Geldbörse.

Vielleicht hätte er zu diesem Zeitpunkt noch aussteigen können und die Sache wäre für ihn noch einigermaßen glimpflich verlaufen. Doch jetzt steckte er tief drin, sogar sehr tief.

Es wird 100 Tote geben.

Dieses Wissen hatte ihn geschockt, doch man hatte ihn zu gut dafür bezahlt, dieses Wissen für sich zu behalten.

Warum hab ich mich darauf eingelassen?

Und jetzt würde es noch schlimmer kommen. Nicht nur, dass er diesen Anschlag deckte, er würde auch höchstpersönlich zum Mörder werden. Alles war genau geplant.

Er musste an die Pistole denken, die zuhause bei sich im Schrank lag, eine Pistole mit Schalldämpfer, die er morgen benutzen wird.

Denk an die Kohle.

Er dachte daran, dass er bereits eine beträchtliche Summe als Anzahlung bekommen hatte und dass er, wenn alles planmäßig abläuft, den Kollegen von einem hohen Lottogewinn erzählen muss, um seinen neuen Reichtum zu erklären.

Wenn alles so laufen wird, wie geplant, konnte nichts schiefgehen. Alle Zeugen, die ihn hätten belasten können, wird es dann nicht mehr geben und der eigentliche Auftraggeber, der im Verborgenen lebt und den er nicht kannte, hatte ihm die Waffe zukommen lassen, mit dem Versprechen, dass damit die Sache für immer aus der Welt sei.

Wie weit er diesem Unbekannten trauen konnte, wusste er nicht, aber er hatte keine andere Wahl.

Ich werde es durchziehen und übermorgen geht das Leben wieder ganz normal weiter, fast ganz normal, denn ich werde so viel Kohle haben, dass ich ausgesorgt habe.

*   *   *

Günter Rommel stieg in den alten Tanklastwagen.

Gerade hatte er noch einmal überprüft, ob die mit Kohlenmonoxid gefüllten Stahlflaschen, die sich im umgebauten Tank des Fahrzeugs befanden, richtig angeschlossen waren.

Um 17 Uhr soll die Feierlichkeit, die keiner der anwesenden Gäste überleben sollte, beginnen.

Rommel hatte also noch viel Zeit.

Er dachte darüber nach, dass er Glück hatte, denn das Vereinshaus, welches er für die Feierlichkeit angemietet hatte, sollte eigentlich nicht mehr vermietet werden. Der Grund dafür war, dass es bei Feiern, die dort stattgefunden hatten, Beschwerden aus der Nachbarschaft gab. Man hatte die Polizei wegen ruhestörendem Lärm gerufen, weil es angeblich zu laut war. Doch die Polizei hatte keine Verstöße feststellen können.

Eigentlich hatte Rommel geplant, den Saal im Hotel Montan anzumieten, doch der war nicht mehr frei. Im Nachhinein war er aber froh, das Vereinsheim angemietet zu haben, denn das verband er mit Erinnerungen. Das Vereinsheim gehörte dem Schützenverein BSV Walsum und war bei den Leuten sehr beliebt, weil man dort Hochzeiten, Geburtstage und andere Feste sehr gut feiern konnte. Da die Mitglieder des Vereins aber ehrbare Bürger waren, die mit den Nachbarn des Vereinsheims keinen Streit haben wollten, hatte man beschlossen, den Saal des Heims nicht mehr zu vermieten. So hatte man den Saal für vereinseigene Zwecke umgebaut.

Rommel hatte, zusammen mit seiner Frau, vor vielen Jahren dort die Hochzeitsfeier von Bekannten besucht und es hatte beiden sehr gut gefallen. Er wollte für sein Vorhaben unbedingt diesen Saal haben. Der Saal, in dem

247

er mit seiner Nina glückliche Stunden verbracht hatte, sollte den Mördern den Tod bringen.

Tatsächlich hatte Rommel es geschafft, das Vereinsheim ausnahmsweise anmieten zu dürfen. Er hatte Jürgen losgeschickt, damit dieser die Nachbarschaft des Vereinsheims besucht. Jürgen sollte von allen Nachbarn eine schriftliche Genehmigung, mit der ausnahmsweise eine Feierlichkeit erlaubt ist, einholen. Nach mehr als einer Woche hatte Jürgen alle Genehmigungen zusammen. Mit gutem Zureden und reichhaltigen Geschenken, denen auch mal ein großer Geldschein beigefügt war, hatte Jürgen schließlich alle Anwohner überzeugen können. Mit diesen Genehmigungen war Jürgen schließlich an den Vorstand des Schützenvereins herangetreten, um die Ausnahmegenehmigung für eine Feierlichkeit zu erhalten. Er hatte den Vereinsmitgliedern versprochen, dass es trotz schriftlicher Genehmigung aller Nachbarn, nicht laut werden würde. Schließlich war es eine gesponserte Veranstaltung für einen guten Zweck. So hatte er letztendlich die Zusagen des Schützenvereins erhalten.

Als Jürgen mit dem Pachtvertrag für das Vereinshaus zu Rommel gekommen war, war dieser überglücklich. Tief im Inneren hatte Günter Rommel aber schon vorher gewusst, dass ein Pachtvertrag zustande kommen würde, denn er hatte vor längerer Zeit ein Schützenfest des BSVs besucht und dabei einige der Schützen, auch welche aus dem Vorstand, persönlich kennen gelernt. Es waren alles herzensgute Menschen und Rommel hatte gewusst, dass sie, wenn es um einen guten Zweck geht, nicht nein sagen werden.

Nun würde nichts mehr schiefgehen können. Alles war bestens organisiert.

Die geladenen Gäste werden alle mit extra angemieteten Bussen zum Vereinsheim gefahren, da es für Autos keine Parkmöglichkeiten gab. Der Platz direkt vor dem Haus, auf dem auch einige Fahrzeuge hätten parken können, blieb gesperrt. Unmittelbar vor dem Vereinsheim lag eine Reihe Garagen. Diese mussten natürlich für ihre Besitzer zugänglich sein. Deshalb hatten Jürgen und seine beiden Mitstreiter die Zufahrt in Höhe der Garagen abgesperrt. Die drei werden als Ordner dort stehen, um die Gäste zu empfangen.

Rommel dachte daran, dass die drei jetzt schon dort waren, damit alles planmäßig verlaufen konnte.

Sobald alle Gäste im Haus waren, würde Rommel mit seinem Laster direkt vor dem Vereinsheim vorfahren.

Alles war gut vorbereitet. Rommels Mitstreiter hatten sich das Haus genau angeschaut und überlegt, wie man das tödliche Kohlenmonoxid am besten einleiten kann. Es war Jürgen, der hinter dem Gebäude oben in der Außenwand ein Lüftungsrohr entdeckt hatte. Dieses Rohr führte genau in den großen Saal. Dort konnte man es allerdings nicht sehen, weil es unter der abgehängten Decke verborgen war. Es war nahezu perfekt.

Jürgen, Bernd und Patrik waren gestern schon vor Ort, um alle Stühle richtig aufzustellen. Sie hatten auch dafür gesorgt, dass die Fenster sich nicht mehr öffnen ließen. Bernd hatte gemeint, dass man von innen Blenden vor die Fenster setzen sollte, damit niemand auf die Idee kommen würde, aus Verzweiflung die Scheiben einzuschlagen. Doch Rommel hatte ihm klar gemacht, dass so etwas nicht nötig war. Kohlenmonoxid kann man nicht sehen, nicht riechen und nicht schmecken, und bei der Menge, die in den Raum strömen wird, bleibt den Betroffenen keine Zeit mehr zum Überlegen. Es wird sehr schnell gehen.

Rommel dachte daran, dass seine drei Mitstreiter den Schlauch, der vom Lüftungsrohr bis zum Parkplatz führte, ebenfalls gestern bereits verlegt hatten.

Ich muss nur noch rückwärts heranfahren, den Schlauch an den Laster anschließen und den Hebel umlegen, damit das Werk vollendet wird.

Günter Rommel konnte nicht wissen, dass am gestrigen Abend zwei Vorstandsmitglieder des Schützenvereins noch einmal in das Haus gegangen waren, um ein paar Unterlagen zu holen. Dabei hatten die beiden Männer den Schlauch entdeckt und sofort überprüft, wo er hinführte. Dass der Schlauch an der Gebäudeseite im Lüftungsrohr endete, hatte sie verwundert. Sie hatten sich gefragt, warum jemand einen Entlüftungsschlauch am ganzen Heim entlang bis zum Parkplatz verlegt, doch keine Antwort darauf gefunden. Weil es aber offensichtlich zur Vorbereitung des Festes diente, hatten sie alles so gelassen, wie es war.

*   *   *

Silvia Muisfeld schob einen Ordner mit Akten ins Regal.

Endlich; gleich Feierabend, ging es ihr bei einem kurzen Blick auf die Uhr durch den Kopf.

Der heutige Tag gehörte zu den Tagen, die Söhlbach und Muisfeld überhaupt nicht mochten.

Gestern hatten sie es noch auf dem letzten Drücker geschafft, den Bericht für den Fall Matisek zu schreiben. Es war wesentlich mehr Arbeit gewesen, als sie zunächst gedacht hatten. Einige Zeugenaussagen, die auf Band gesprochen waren, mussten noch schriftlich niedergelegt werden, und das hatte eine halbe Ewigkeit gedauert. Erst kurz vor Feierabend hatten sie dem Chef die fertige Akte übergeben können.

So kam es, dass sie erst heute mit dem Berichtschreiben über die aktuellen Morde anfangen konnte. Dafür hatten sie den ganzen Vormittag gebraucht.

Nach der Mittagspause hatte Metzger-Ibbenburg für sein Kommissariat eine Dienstbesprechung angesetzt. Es war eine dieser Besprechungen, bei denen alle Mitarbeiter mal wieder auf ihre Rechte, aber vor allen Dingen auf ihre Pflichten hingewiesen wurden. Metzger-Ibbenburg hatte einige Kollegen dafür getadelt, dass sie zu wenig Zeit auf dem Schießstand verbringen. Andere wiederum vernachlässigten seiner Meinung nach den Dienstsport. Danach hatte der Chef das Wort an einen Mann übergeben, der ein Referat über das neue Computersystem, welches nächsten Monat anlaufen sollte, gehalten hatte.

Muisfeld und Söhlbach mochten solche Dienstbesprechungen, die sich scheinbar endlos in die Länge zogen, überhaupt nicht. Einfach nur da sitzen und zuhören, das war sehr ermüdend.

251

Jetzt waren sie froh, wieder in ihrem Büro zu sitzen, besonders, weil gleich Feierabend war.

Als das Telefon auf Muisfelds Schreibtisch klingelte, sah sie es strafend an, denn sie befürchtete, dass der Chef mal wieder einen Fehler in ihrem Bericht entdeckt hatte und sie jetzt auf seine ganz eigene Art und Weise darauf hinweisen wollte.

Sie nahm den Hörer ab und meldete sich.

„Hier ist Micha Gerke. Sie wissen doch, der Schulfreund von Fabi. Sie hatten mir doch ihre Karte gegeben. Ich weiß nicht ob es wichtig ist, was ich vorhin gehört habe, aber da ich Angst habe, dass vielleicht doch etwas Schlimmes passiert, dachte ich, dass ich Sie lieber mal anrufe."

Damit ihr Kollege das Gespräch mithören konnte, stellte sie den Lautsprecher an.

„Was hast du denn vorhin gehört, Micha?", frage die Kommissarin.

„Also, vorhin im Park, da waren sie wieder, diese drei Nazis. Sie saßen da auf einer Bank. Auch wenn ich ein wenig Angst vor ihnen hatte, musste ich daran denken, dass sie ja die Mörder von Fabi sein könnten. Die Bank stand direkt vor dichten Büschen und da habe ich mich von hinten ran geschlichen, um sie zu belauschen. Ich dachte daran, dass sie sich vielleicht über den Mord an Fabi unterhalten und dann hätte ich den Beweis, dass sie wirklich Fabis Mörder sind. In dem Moment, als ich nahe genug dran war, um alles zu verstehen, was sie sagten, sind sie aufgestanden und weiter gegangen. Was sie beim Weggehen gesagt haben, hat mir Angst gemacht. Sie haben gesagt, dass sie jetzt los müssen und dass die Leute heute in den Spätnachrichten etwas erfahren werden, was die ganze Welt erschüttern wird. Ich hoffe, es ist richtig, dass ich Sie deshalb angerufen habe."

Söhlbach und Muisfeld schauten sich ungläubig an.

„Es war richtig, dass du angerufen hast", sagte die Kommissarin. „Haben die drei noch etwas gesagt?"

„Ja, sie haben sogar sehr viel geredet und haben sogar gelacht, aber ich konnte nur das verstehen, was ich Ihnen gerade gesagt habe."

„Vielen Dank für deinen Anruf, Micha. Er kann sehr wichtig gewesen sein."

Dann beendete sie das Gespräch.

„Scheiße", kam es aus Svens Mund. „Wir müssen sofort los." Er sah auf die Uhr. „Um 16 Uhr gehen diese beiden Veranstaltungen los und dann sollten wir vor Ort sein."

„Und wie denkst du dir das?", wollte Silvia von ihm wissen.

„Wenn wir auf Grund eines Verdachts das SEK anfordern, wird der Chef uns vierteilen. Außerdem ist es gleich vier Uhr. Das schaffen wir sowieso nicht mehr pünktlich."

„Du hast Recht. Trotzdem müssen wir vor Ort sein, um zu gucken, ob es irgendetwas Verdächtiges gibt. Sollten wir einen dringenden Verdachtsmoment ausmachen, können wir immer noch die Kollegen anfordern. Ich schlage vor, du fährst zur Liebfrauenkirche und ich zum Hotel Montan nach Marxloh."

„Gute Idee, Sven. Meinst du nicht, wir sollten vorher den Chef informieren?"

„Erstens hat der Chef schon Feierabend gemacht und zweites weiß ich nicht, wie er darauf reagiert, wenn wir ihn schon wieder mit dem gleichen Verdacht belästigen."

Die beiden hatten sich sofort auf den Weg gemacht.

Söhlbach hatte das Hotel in Marxloh nicht pünktlich erreicht. Ein Blick auf seine Uhr verriet ihm, dass es schon fast halb Fünf war. Es war so spät geworden, weil er auf der A59 in den täglichen Stau des Berufsverkehrs in Richtung Norden geraten war.

Er betrat das Hotel und erkundigte sich sofort am Empfang nach der Veranstaltung.

„Hat diese Veranstaltung der Gemeinschaft der Kulturvereine schon angefangen?", wollte er wissen.

Der Mann am Empfang schüttelte den Kopf.

„Die Veranstaltung findet heute nicht statt", sagte er. „Sie wurde schon vor zwei Wochen verschoben."

„Was?", kam es verwundert aus dem Mund des Kommissars. „Verschoben?"

„Ja. Der neue Termin ist genau heute in einem Monat. Erst zusagen und dann wieder absagen. Ich hasse das. Erst bekomme ich gleich zwei Anfragen für den heutigen Tag und dann findet nichts statt."

Söhlbach zuckte mit den Schultern.

„Na dann", sagte er, „hat sich das ja erledigt."

Er verließ das Hotel. Draußen vor der Tür nahm er sein Handy und rief seine Kollegin an.

„Gute Nachricht, Silvia, die Veranstaltung im Hotel Montan findet heute nicht statt. Sie wurde verschoben. Wie sieht es bei dir aus?"

„Gut", hörte er seine Kollegin sagen, „denn ich habe mich gerade in mein Auto gesetzt und fahre jetzt nach Hause. In der Kirche ist die Hölle los. Ich denke aber nicht, dass etwas passieren kann. Da prominente Gäste da sind, muss jeder Besucher durch die Schleuse und wird durchsucht. Hier kommt niemand rein, der etwas Böses plant. Meine Anwesenheit war dort total fehl am Platz."

„Dann können wir für heute Feierabend machen. Gut, dass wir kein SEK angefordert haben. Also, bis Morgen."

Damit war das Gespräch beendet.

Als Sven sein Auto besteigen wollte, dachte er noch einmal an den Mann im Hotel, der gesagt hatte, dass heute sogar zwei Veranstaltungen hätten stattfinden können. Was wäre, wenn es wirklich eine zweite Veranstaltung gibt, die jetzt woanders stattfindet?

Söhlbach ging zurück ins Hotel.

Der Mann an der Rezeption wunderte sich darüber, dass der Besucher von gerade das Haus erneut betrat.

„Sie sagten doch gerade", sprach der Besucher ihn an, „dass es heute hätte zwei Veranstaltungen geben können. Was wäre denn die zweite Veranstaltung gewesen?"

„Warum wollen Sie das wissen?", fragte der Angesprochene. „Wer sind Sie überhaupt?"

Söhlbach zeigte dem Mann seinen Dienstausweis. „Sind Sie bitte so nett und sagen mir, was für eine Veranstaltung da noch im Gespräch war?"

Der Mann vor ihm wirkte verblüfft.

„Das kann ich Ihnen leider nicht sagen. Es gab für heute eine Anfrage für eine Feierlichkeit für 100 Personen. Diese Anfrage musste ich zurückweisen, weil ich den Kulturvereinen schon fest zugesagt hatte."

Als Söhlbach die Personenzahl hörte, schluckte er. Eine Feierlichkeit für 100 Personen. Das konnte kein Zufall sein.

„Wissen Sie noch, wer diesen Termin haben wollte?"

„Nein, den Namen habe ich vergessen. Es liegt ja auch schon ein paar Wochen zurück. Ich hatte diesem Mann aber eine Ausweichmöglichkeit genannt."

„Eine Ausweichmöglichkeit?"

„Ja. Da gibt es ein großes Vereinshaus, von dem ich weiß, dass dort locker 100 Personen hinein passen. Ich hatte dem Mann empfohlen, dort einmal nach zu fragen."

„Was für ein Vereinshaus ist das?" Die Nervosität in Söhlbachs Stimme war nicht zu überhören.

„Das Vereinshaus des BSV Walsum."

„Was ist der BSV Walsum?"

„Das ist ein Schützenverein."

„Und wo liegt dieses Vereinsheim?"

Dem Mann vor Söhlbach war nicht entgangen, dass sein Gesprächspartner immer nervöser wurde.

„Kennen Sie die Kaiserstraße in Walsum?", fragte er den Kommissar.

„Ja. Das ist doch die Straße an der die Parkplätze an der Rheinaue liegen, oder?"

„Genau. Wenn Sie von der Königstraße kommen und rechts in die Kaiserstraße einbiegen, dann kommt nach circa 50 Meter auf der linken Seite die Zufahrt zum Vereinsheim. Ich weiß zwar nicht, warum Sie das alles wissen wollen, aber ich denke, dass diese Veranstaltung dort nicht stattfindet."

Söhlbach schaute den Mann an der Rezeption verwundert an.

„Warum denken Sie das?", wollte er wissen.

„Ich habe vorige Tage einen Bekannten getroffen. Er ist Mitglied in diesem Schützenverein. Von ihm habe ich erfahren, dass der BSV sein Vereinsheim nicht mehr vermietet. Es hatte da wohl Beschwerden aus der

Nachbarschaft gegeben, weil bei den Festen oft zu laut wurde. Das hatte ich allerdings noch nicht gewusst, als ich dem Anrufer das Haus empfohlen hatte."

Auch wenn es eigentlich nicht Söhlbachs Art war, aber er wurde immer unruhiger. Der Gedanke daran, dass heute irgendwo eine Veranstaltung mit 100 Leuten stattfinden sollte, machte ihn nervös.

Er wandte sich erneut an den Mann: „Haben Sie die Möglichkeit, Ihren Bekannten aus dem Schützenverein anzurufen, um ihn zu fragen, ob sie diesen Leuten vielleicht einen anderen Saal empfohlen haben?"

Der Angesprochene nickte.

„Kann ich machen."

Er griff zum Telefon und hatte sehr schnell eine Ver-bindung. Nachdem er seinem Bekannten die Frage nach der Veranstaltung gestellt hatte, wurden seine Augen immer größer. Schließlich verabschiedete er sich und beendete das Gespräch.

„Es hat doch geklappt", sagte er zu Söhlbach. „Der Verein hat ausnahmsweise diese Feierlichkeit im Vereinshaus genehmigt. Sie findet heute um 17 Uhr statt."

Der Kommissar blickte auf seine Uhr.

16.45 Uhr. Scheiße!

Söhlbach verabschiedete sich kurz und verließ eilig das Hotel. Beim Hinausgehen hatte er bereits sein Mobil-telefon in die Hand genommen und die Nummer von Muisfeld gewählt.

„Hör zu, Silvia", erklärte er seiner Kollegin. „Es gibt doch noch eine Veranstaltung. Wo bist du jetzt?"

„Auf der Achse."

Mit „Achse" meinte sie die A59, die Autobahn, die offiziell als Nord-Süd-Achse betitelt und im Volksmund kurz

„Achse" genannt wird. Da Silvia Muisfeld im Stadtteil Neumühl zuhause war, musste sie jeden Tag den Feierabendstau auf der Achse durchleben.

„Und wo auf der Achse?", wollte Söhlbach wissen.

„Kurz vor der A40, im Stau."

„Scheiße. Dann sieh mal zu, dass du schnell dadurch kommst. Kennst du das Vereinsheim des Schützenvereins BSV in Walsum?"

„Ja, das kenne ich."

„Da findet um 17 Uhr eine Veranstaltung mit 100 Personen statt. Ich habe das Gefühl, dass dort etwas Schlimmes passiert. Ich bin noch am Hotel Montan und mache mich sofort auf den Weg nach Walsum."

„Und du willst, dass ich auch komme, oder?"

„Ja, aber wenn du lieber Feierabend machen möchtest, dann bin ich dir nicht böse."

„Sven, ich komme, auch wenn ich glaube, dass es wieder ein Fehlalarm ist. Wer weiß, was Micha Gerke da gehört hat."

„Okay, Silvia, wir treffen uns gleich dort."

„Und wenn wir feststellen, dass dort auch nichts Besonderes ist, dann lädst du mich danach ein."

„Was? Ich soll dich einladen?"

„Ja. Du kommst mit mir nach Neumühl."

„Sag nichts, Silvia, du willst mit mir in den Greco-Grill."

„Genau."

Silvia ahnte, dass ihr Kollege nicht nein sagen würde, denn im Greco-Grill gab es Svens absoluten Lieblings-Gyros."

„Das ist Erpressung", sagte Sven. „Aber sag mal, warum verbringst du den heutigen Abend nicht mit deinem neuen Lover? Hat Steff keine Zeit für dich?"

„Er hat heute etwas Wichtiges vor."

„Was denn?"

„Keine Ahnung. Hab ihn nicht danach gefragt. Also, bis gleich."

Damit war das Gespräch beendet.

*   *   *

Das dröhnende Brummen des Motors interessierte Günter Rommel nicht. Auch, dass diese Geräuschkulisse im Führerhaus des alten Lastwagens durch laute, knarrende Geräusche der Karosserie noch verstärkt wurde, empfand Rommel nicht als störend.

Ein kurzer Blick auf die Uhr ließ ihn für einen Augenblick nervös werden. Nicht, weil er vielleicht ein paar Minuten zu spät vor Ort sein könnte, denn darauf kam es nicht an. Vielmehr musste er daran denken, dass vielleicht doch noch etwas schief gehen könnte. Alles war genau geplant und er hatte es immer wieder durchgespielt; hatte jede Eventualität durchdacht, doch was war, wenn er doch irgendetwas bei seiner Planung übersehen hatte?

Alles wird gut, ging es ihm durch den Kopf. *Nichts kann meinen Plan mehr durchkreuzen.*

Heute hatte er, was seine Verkleidung angeht, sogar noch etwas zugelegt. Passend zum Tankwagen hatte er sich einen Arbeitsanzug angezogen. Dieser Anzug war dermaßen unterfüttert, dass er darin etwas füllig wirkte. Die Arbeitsschuhe, die er trug, waren ebenfalls eine besondere Anfertigung, denn die hohen Sohlen ließen Rommel um ganze zehn Zentimeter größer erscheinen. Da die Anzughose fast bis zum Boden reichte, war die dicke Sohle für Außenstehende nicht ersichtlich.

Er würde Jürgen, Bernd und Patrik nicht mehr wieder sehen.

Die drei werden als Täter da stehen. Sie werden sterben, erschossen von der Polizei.

Seinen arglistigen Plan hatte er gut durchdacht.

Als er den umgebauten Tankwagen auf seine Funktion überprüft hatte, hatte er seine drei Mitstreiter immer wieder hinzu geholt, um sie bei der Überprüfung mit einzubeziehen.

Jürgen und Patrik waren mit dem Auto ein paar Mal herumgefahren. Dabei hatten sie genug Fingerabdrücke auf dem Lenkrad, dem Schalthebel und anderen Dingen im Laster hinterlassen.

Der Hebel, den er umlegen musste, um das Ventil zu öffnen, war hinten am Heck des Fahrzeugs montiert worden. Dieser Hebel würde durch das Umlegen die tödliche Fracht freigeben und war besonders wichtig. Deshalb hatte er ihn ebenfalls immer wieder von seinen Mitstreitern überprüfen lassen. Dieser Hebel war übersät von Fingerabdrücken, mit denen die drei eindeutig als Täter identifiziert werden sollten.

Rommel blickte kurz auf den Beifahrersitz. Dort lag eine rote Mütze, auf der die Zahl 18 zu sehen war. Auch ohne Fingerabdrücke hätte diese Mütze auf Jürgen als Täter hingewiesen.

Alles perfekt. Nichts kann mehr schief gehen.

Von Rommel selbst gab es nirgendwo auch nur einen einzigen Fingerabdruck. Er hatte grundsätzlich Handschuhe an. Weder Jürgen, noch die anderen beiden hatten sich dabei etwas gedacht, dass ihr Hauptkameradschaftsführer beim Überprüfen des Tankwagens immer Arbeitshandschuhe getragen hatte. Ein Mann wie er wollte sich schließlich nicht die Finger schmutzig machen.

Wie so oft dachte Rommel kurz daran, wie sehr er sich doch als Mensch verändert hatte. Wut und Hass hatten ihn gefühlslos werden lassen, so gefühlslos, dass er eiskalt Menschen töten würde.

Wenn das hier alles vorbei ist, werde ich wieder normal leben, denn dann werde ich vom Zwang der Rache befreit sein. Für einen Augenblick sah er seine Frau vor seinem geistigen Auge; seine Nina und seine geliebten Kinder.
Ich tue es für euch.
In diesem Moment dachte er an seinen Freund Peter Bila. Er dachte daran, dass er Peter hintergangen hatte. Bila hatte dafür gesorgt, dass die Mörder seiner Familie nach Deutschland gekommen waren. Allerdings hatte er es in dem Glauben getan, dass sein Freund Günter nur diese Männer töten würde. Von dem geplanten Attentat auf 100 geladene Gäste hatte Bila nichts geahnt. Er wusste, dass Rommel seit dem Mord an seine Familie alle Rumänen hasste und immer wieder hatte er zu Günter gesagt, dass nicht alle Rumänen schlecht sind, nur weil drei von ihnen Mörder waren. Doch er hatte Rommels Hass auf diese Tigani, wie sein Freund Günter sie abfällig nannte, nicht abwenden können. Tigani war die rumänische Bezeichnung für Zigeuner.
Günter Rommel hatte vor, dieses Attentat seinem Freund als tragischen Unfall zu schildern.
Rommel fuhr langsam, denn er wollte nicht noch im letzten Moment durch ein unvorhergesehenes Ereignis, wie einen Unfall, die Sache gefährden. Deshalb fluchte er laut, als vor ihm ein Autofahrer im letzten Moment voll in die Bremsen ging, weil eine Ampel auf Gelb umschaltete. Rommel brachte den LKW aber noch rechtzeitig zum Stehen. Er blies laut die Luft durch seine aufgeblasenen Backen.
Noch mal gut gegangen.
Noch einmal atmete er tief durch.
Ich muss noch vorsichtiger fahren.

Der übertriebene Sicherheitsabstand hatte sich ausgezahlt.

Als es schließlich wieder weiter ging, lenkte er das Fahrzeug noch umsichtiger durch die Straßen des Stadtteils Walsum.

Es ist nicht mehr weit. Gleich bin ich da.

Auch wenn er jetzt noch aufmerksamer fuhr und versuchte, sich voll auf den Verkehr zu konzentrieren, musste er in diesem Moment an den Polizist denken, den er in diese Sache hineingezogen hatte.

Wie leicht man doch mit Geld jeden bestechen kann. Es muss nur die Summe stimmen. Rommel grinste kurz. *Die Anzahlung, die dieser bestechliche Bulle bekommen hat, war so hoch, dass er jetzt tatsächlich so naiv geworden ist und daran glaubt, nach der Tat ein reicher Mann zu werden.* Für einen Augenblick sah er das Gesicht des bestochenen Polizeibeamten vor sich. *Nichts wirst du mehr bekommen, du bestechlicher Bulle, keinen Cent.*

*   *   *

Sven Söhlbach parkte sein Auto direkt vor dem Eingang des Vereinsheims.

Silvia ist noch nicht da, ging es ihm durch den Kopf, da er ihren Wagen nirgendwo sehen konnte.

Er warf einen kurzen Blick auf das große Schild, welches am Gebäude angebracht war. „Schützenheim BSV 1856 Walsum e.V.", las er.

Ohne zu zögern ging er zur Tür und trat ein.

Im Vorraum standen drei Männer, die ihn überrascht ansahen. Das Stimmengemurmel, welches durch eine geschlossene Tür auf der linken Seite kam, verriet, dass der Saal dahinter gut gefüllt sein musste.

„Was wollen Sie hier?", fragte einer der Männer den Kommissar. Es war ein großer, breitschultriger Kerl, der ihn eindringlich anschaute.

Söhlbach wusste nicht so recht, wie er sich verhalten sollte. In seinen Augen wäre es ein Fehler gewesen, sich als Polizist zu outen, denn er musste davon ausgehen, dass diese Veranstaltung, die hier stattfindet, auch problemlos verlaufen könnte.

„Eigentlich wollte ich zu der Veranstaltung", log er.

Während der Hüne Söhlbach nach einer Einladung fragte, ging ein anderer Mann an ihm vorbei, öffnete die Außentür und blickte hinaus.

„Er ist alleine", sagte er und schloss die Tür wieder.

„Meine Einladung", sagte Söhlbach unsicher. „Das ist das Problem. Ich habe sie zuhause vergessen."

„Zu welcher Veranstaltung wollen Sie denn?", fragte ihn nun einer der Männer, dessen Haupt eine Glatze zierte.

Sven Söhlbach überlegte krampfhaft, was er antworten sollte, denn er wusste nicht, zu welchem Anlass die heutige Feierlichkeit stattfindet.

„Zu welcher Veranstaltung will ich wohl?" Er deutete auf die Tür, die zum Saal führte. „Zu dieser natürlich."

„Dann wissen Sie ja auch, was da gefeiert wird, oder?", hakte der Glatzkopf nach.

„Natürlich."

Auch wenn Sven das sehr selbstsicher gesagt hatte, schien der Mann vor ihm immer misstrauischer zu werden.

„Soll ich Ihnen das jetzt etwa erklären?", fragte Söhlbach.

„Ja, denn sonst kommen Sie nicht rein."

Noch während der Kommissar verzweifelt überlegte, was er dem Glatzkopf jetzt sagen sollte, passierte etwas, worauf er nicht gefasst war.

Sven hatte sich nichts dabei gedacht, dass der Mann, der gerade zur Tür gegangen war, noch hinter ihm stand. Als dieser Mann ihn plötzlich von hinten angriff, seinen Arm um Svens Kehle legte und ihn nach hinten zog, hatte er keine Chance, zu reagieren. Alles ging zu schnell. Auch der Hüne und der Glatzkopf packten ihn.

„Scheiße, er hat ´ne Knarre", stellte der Mann mit der Glatze fest, als er Söhlbachs Dienstwaffe sah.

„Du bist ein Bulle", sagte der Hüne zu ihm. „Was willst du hier?"

„Das ist nur eine Routinekontrolle", log Söhlbach.

Die drei Männer gingen nicht auf ihn ein. Während zwei von ihnen den Kommissar festhielten, nahm der Hüne ihm die Waffe ab.

Sie schubsten den Polizist nach hinten in den Vorraum.

Dann standen sie in ein paar Meter Abstand vor ihm und schauten ihn bedrohlich an.

Der Hüne zielte mit der Dienstwaffe auf ihn.

„Raus mit der Sprache, was willst du hier?"

„Was soll das?", kam es wütend aus Söhlbachs Mund. „Geben Sie mir sofort meine Waffe zurück."

Als Sven merkte, dass die drei sich nicht beeindrucken ließen, sagte er: „Jeden Augenblick werden hier Mannschaftswagen mit einer Hundertschaft vorfahren und das Haus stürmen. Dann ist hier die Hölle los. Machen Sie keinen Mist."

Der Glatzkopf grinste. „Wir wissen zufällig aus allererster Quelle, dass hier keine Hundertschaft eintrudeln wird, aber damit, dass hier gleich die Hölle los ist, hast du wortwörtlich recht. Und deine Waffe bekommst du auch zurück, aber stückweise, das heißt, zuerst ein paar Kugeln und dann den Rest."

Die drei lachten.

Sie hatten nicht bemerkt, dass hinter ihnen leise die Außentür geöffnet worden war und ein Mann den Raum betreten hatte.

„Waffen fallen lassen! Hände hoch!", hörten sie die Stimme des Mannes hinter sich. „Los! Die Waffe sofort auf den Boden!"

Vorsichtig legte der Hüne die Waffe ab. Dann drehten sie sich langsam mit erhobenen Händen um.

„Schieße die Waffe mit den Füßen zu mir herüber", befahl der Mann und der Hüne befolgte den Befehl.

Der Mann nahm Söhlbachs Dienstwaffe schließlich auf und schob sie unter seinen Gürtel.

Sven hatte den Mann, der da so plötzlich aufgetaucht war, sofort erkannt und wirkte beruhigt.

„Steff", sagte er. „Was machst du denn hier? Na egal, du bist auf jeden Fall genau im richtigen Moment gekommen."

„Und was machst du hier?", fragte sein Kollege Stephan Kowalewski ihn.

„Uns war zu Ohren gekommen, dass es einen Anschlag auf eine Veranstaltung geben sollte und deshalb wollte ich mich hier mal umsehen."

Die Erleichterung in seiner Stimme war n cht zu überhören.

„Was für ein Zufall", sagte Steff. „Ich bin aus dem gleichen Grund hier."

*   *   *

Die Männer im Vorraum des Vereinsheimes hörten zwar, dass draußen ein Motor brummte, aber sie wussten nicht, dass es Rommel war, der gerade den Tankwagen vorsichtig zurücksetzte, um ihn schließlich ganz in der linken Ecke des Platzes vor dem Haus, direkt neben den Garagen, zu parken.

Rommel stieg aus und ging hinter den Lastwagen.

Zufrieden blickte er auf den breiten Schlauch, der am Gebäude entlang genauso von seinen Mitstreitern verlegt worden war, wie er es ihnen erklärt hatte.

Günter Rommel war ein sehr gründlicher Mensch. Deshalb lief er nun seitlich am Haus entlang und folgte dem Schlauch. Er wollte noch einmal überprüfen, ob er auch richtig im Abluftrohr befestigt war. Was er schließlich sah, erfreute ihn. Der Schlauch war in dem Rohr, was oben aus der Wand ragte fest verankert. Seine Mitstreiter hatten sogar die Ränder zusätzlich mit Dichtungsmasse ausgefüllt, so, dass absolut nicht, was dort hineingeblasen werden sollte, wieder hinaus konnte.

Alles perfekt.

Rommel ging zurück zum Tankwagen.

Dort angekommen hob er den Schlauch auf und schob die Kupplung an dessen Ende auf den Anschluss, der sich hinten am Tankwagen befand. Mit wenigen sicheren Handbewegungen schraubte er den Schlauch an das Fahrzeug.

„Sitz, wie angegossen", murmelte er leise und lächelte.

Mit den Fingern streifte er noch einmal kurz über seine Handschuhe, so, als prüfe er, ob sie richtig sitzen. Dann griff Rommel nach dem Hebel, mit dem er das Ventil am Tankwagen öffnen konnte.

Jetzt ist es soweit.

Als er den Hebel nach unten drückte, vernahm er deutlich das leise Zischen, welches von dem strömenden Giftgas erzeugt wurde. Nun wurde sein Lächeln noch breiter.

Er ging links an dem Fahrzeug vorbei und verließ das Gelände, um schließlich in einen weißen Kleintransporter zu steigen, der vorne an der Straße geparkt war.

Jetzt werden sie verzweifelt nach Luft schnappen und dann elend krepieren. Es ist vollbracht.

*   *   *

Die Männer im Vorraum des Vereinsheims ahnten nicht, dass Rommel einen Hebel am Tankwagen umgelegt hatte, um eine tödliche Fracht in das Haus zu leiten; eine Fracht, die den Menschen im Saal ein grausames Ende bereiten sollte.

„Mensch Steff, gut, dass du noch im letzten Moment gekommen bist", sagte Söhlbach zu seinem Kollegen. „Die drei wären zu allem fähig gewesen." Er deutete auf die geschlossene Tür zum Saal. „Wir sollten mal nachsehen, ob da drin noch alles in Ordnung ist."

„Nicht die Tür öffnen", sagte der Glatzkopf mit einem ängstlichen Unterton in der Stimme.

„Sei still!", fuhr Kowalewski ihn an und fuchtelte drohend mit seiner Waffe herum. Dabei deutete er zur rechten Ecke des Raumes. „Los, ihr drei, stellt euch darüber."

Die Männer folgten seiner Anweisung.

Als Söhlbach einen kurzen Blick auf die Waffe in der Hand seines Kollegen warf, wunderte er sich.

„Seit wann hast du eine Pistole mit Schalldämpfer, Steff? Und warum trägst du Handschuhe?"

„Das hat seinen Grund, Sven."

Kowalewski richtete die Waffe auf die drei Männer. Dann ging alles ganz schnell, so schnell, dass die Männer keine Chance hatten, zu reagieren. Es fielen blitzartig hintereinander drei Schüsse, deren Knall von dem Schalldämpfer in ein leises Ploppen verwandelt wurde. Jeder Schuss war tödlich. Die drei brachen mit Schusswunden in der Herzgegend zusammen.

Sven Söhlbach wollte nicht glauben, was sein Kollege gerade getan hatte.

„Steff", stotterte er. „Steff, was hast du getan?"

„Ich habe das getan, was ich tun musste, Sven. Ich habe einen Auftrag erfüllt."

Söhlbach sah ihn ungläubig an.

Bevor er etwas sagen konnte, redete Kowalewski weiter: „Mein Auftrag war es, die drei zu erledigen. Dadurch werde ich bald ein gemachter Mann sein. Alles war bis ins Detail geplant. Den ersten Teil des Planes habe ich jetzt erledigt. Die drei sind tot. Die unbekannten DNA-Spuren, die man an den Toten im Mattlerbusch gefunden hat, werden die drei als Mörder entlarven.

Dennoch ist es leider nicht so gelaufen, wie es eigentlich geplant war. Es sollten nur zwei von ihnen mit dieser Pistole erschossen werden. Den dritten, diesen Glatzkopf, wollte ich mit meiner Dienstwaffe erschießen. Als nächstes hätte ich jetzt diesem Glatzkopf die Pistole mit dem Schalldämpfer in die Hand gedrückt und sie in die Richtung der Eingangstür zweimal abgefeuert. Es sollte so aussehen, als hätte er auf mich geschossen, als ich durch die Tür kam und als ob ich dann mit meiner Dienstwaffe zurückgeschossen hätte. Nun steckt aber leider keine Kugel meiner Dienstwaffe in ihm. Das ist schlecht."

„Du bist verrückt, Steff. Warum tust du das?"

„Na, warum wohl? Wegen des Geldes natürlich. Du glaubst gar nicht, wie viel Kohle man bekommt, nur weil man so ein paar Verbrecher abknallt. Jetzt habe ich allerdings ein Problem, und dieses Problem heißt Sven."

„Was willst du damit sagen?"

Kowalewski antwortete nicht. Er richtete seine Waffe auf Sven.

„Mach keinen Scheiß, Steff!"

„Sei still. Ich muss jetzt genau überlegen, wie ich vorgehe."

271

Er nahm Söhlbachs Dienstwaffe, die er vorhin unter seinen Gürtel geschoben hatte, zur Hand.

„Wenn ich dich jetzt damit abknalle und danach diesem Glatzkopf deine Dienstwaffe in die Hand drücke, um sie in seiner Hand noch mal abzudrücken, sieht es so aus, als hätte er dich erschossen. Doch wie erklärt sich dann die Kugel aus einer anderen Waffe in seinem Körper? Jetzt habe ich es. Nachdem ich dich abgeknallt habe, werde ich dir die Pistole mit dem Schalldämpfer in die Hand drücken und noch einmal damit schießen. Dann hast auch du die Schmauchspuren an deiner Hand und es sieht so aus, als hättest du die drei erschossen. Bevor du diesen Glatzkopf erschossen hast, gab es mit ihm ein kurzes Gerangel und er konnte dir dabei deine Dienstwaffe entreißen. Dann habt ihr beide quasi gleichzeitig geschossen und dabei seid ihr beide getötet worden. Genauso mache ich das."

„Mach keinen Scheiß, Steff. Willst du dir dein Leben kaputt machen? Was ist mit Silvia? Ich denke, du liebst sie und da willst du ihren besten Freund erschießen? Da wird sie nicht drüber weg kommen."

Kowalewski grinste.

„Wer sagt denn, dass ich sie liebe? Als Mann braucht man regelmäßig einen guten Fick, und wenn man den Mädels ein wenig Honig um den Mund schmiert, kannst du sie alle haben. Ich muss zugeben, Silvia ist wirklich gut im Bett, aber deshalb liebe ich sie noch lange nicht, genau wie all die anderen Weiber, die ich schon durchgevögelt habe. Weißt du, Sven, ich bin eben ein gutaussehender Mann, auf den sie abfahren und ich weiß ganz genau, wie ich sie ins Bett kriege. Ich will ja nicht angeben, aber es waren schon so viele, dass ich mich nicht mal mehr an alle erinnern kann. Silvia ist nur eine von vielen und es werden

noch ´ne Menge dazu kommen. Vielleicht werde ich auch
sie eines Tages vergessen haben. Ich genieße mein
Leben und habe nicht die Absicht, etwas zu verändern."
Söhlbach stand wortlos vor ihm und blickte ihn ungläubig
an.
Kowalewski hob Söhlbachs Dienstwaffe und zielte damit
auf seinen Kollegen.
„Tut mir leid, Sven, aber ich habe keine andere Wahl."
Dann hallte ein lauter Schuss durch den Raum.

*   *   *

Günter Rommel hatte den weißen Kleintransporter auf den Seitenstreifen neben einem Firmengelände abgestellt und war von dort aus zu einem großen Parkplatz gelaufen, der für die Kunden eines Baumarkts, eines Lebensmitteldiscouters und einigen anderen Geschäften gedacht war. Auf diesem Parkplatz hatte er seinen Privatwagen abgestellt. Er stieg in das Auto und fuhr los.

Jetzt sind sie alle tot, ging es ihm durch den Kopf. *Raducanu, Hobica und Stojka, nun seid ihr ausgelöscht.*

Für einen Augenblick dachte er an die vielen anderen, die durch sein Attentat zu Tode gekommen waren und auch daran, dass die meisten von ihnen unschuldig waren.

Was kümmern die mich? Hat es jemanden gekümmert, als man mir meine Lieben genommen hat? Nein, das hat niemanden gekümmert. Hat es jemanden gekümmert, als ich deswegen am Ende war und mir sogar das Leben nehmen wollte? Nein, das hat niemanden gekümmert. Hat es jemanden gekümmert, dass ich deswegen psychische Probleme habe und oft an Depressionen leide, dass ich an manchen Tagen von morgens bis abends zuhause sitze und mir die Augen ausweine? Nein, es kümmert niemanden. Und selbst wenn, meine Lieben kann mir niemand zurück bringen. Jetzt sind sie tot. Sie haben es nicht anders verdient.

Er steuerte sein Auto in Richtung A59, um über die Autobahn in Richtung Süden nachhause zu fahren.

Unterwegs dachte er daran, dass sich die Mitglieder der KDH jetzt wundern werden, weil sie nie mehr etwas von dieser Organisation hören werden. Er hatte alle Kameradschaftsführer angeschrieben und ihnen mitgeteilt, dass die KDH vorerst ruht, weil es bald eine neue Partei gibt.

Die werden sich wundern.

In seinen Gedanken sah er noch einmal Jürgen, Patrik und Bernd vor sich. Er wusste, dass auch sie jetzt nicht mehr leben würden, doch auch für sie empfand er kein Mitleid.

Dumme Menschen haben es nicht anders verdient.

Dann dachte er daran, dass er jetzt befreit ist, weil seine Rache vollendet ist.

Günter Rommel konnte nicht ahnen, dass der Anschlag auf die Besucher des Vereinsheims doch noch in letzter Sekunde mehr oder weniger durch Zufall vereitelt worden war.

Die beiden Mitglieder des Schützenvereins, die gestern Abend zufällig den Schlauch entdeckt hatten, waren heute noch einmal zum Heim zurück gekehrt, weil ihnen dieser merkwürdige Schlauch keine Ruhe gelassen hatte. Sie wollten unbedingt wissen, welchen Sinn dieser Schlauch hatte.

Als sie das Gelände betreten und den Tankwagen erblickt hatten, waren sie stutzig geworden. Das Heim hatte keine Ölheizung, warum also ein Tankwagen?

Sie waren auf der Beifahrerseite an dem Wagen vorbei gegangen. Es war der gleiche Moment, in dem Rommel den Hebel umgelegt und sich sofort an der Fahrerseite des Lkws entlang auf den Rückweg gemacht hatte. Als die beiden Schützenbrüder das Heck des Fahrzeugs erreicht hatten, hatten sie Rommel nur um Sekundenbruchteile verpasst.

Die beiden Männer hatten sofort erkannt, dass da etwas in ihr Heim geleitet wurde, denn sie hörten das leise Zischen. Ohne zu zögern hatte einer von ihnen den Hebel des Ventils ergriffen und nach oben gezogen.

„Warum hast du das getan, Hubert?", hatte der andere Mann von ihm wissen wollen. „Vielleicht hast du soeben eine Überraschung für die Gäste versaut."

„In dem Pachtvertrag war nicht vereinbart, dass man irgendetwas in unser Vereinsheim einleiten darf. Wir werden jetzt mal reingehen und uns danach erkundigen. Wenn das harmlos ist, dann können sie ja damit weitermachen."

Während die beiden Schützenbrüder sich noch einmal die Vorrichtung am Tankwagen genau angeschaut hatten, war ein Schuss gefallen, ein Schuss, der eindeutig in ihrem Vereinsheim abgegeben worden war. Diesem Schuss war sofort ein zweiter gefolgt.

*　　*　　*

Sven Söhlbach hatte mit seinem Leben schon abgeschlossen. Dann war alles sehr schnell gegangen.

Genau in dem Moment, als Kowalewski seine Waffe auf ihn gerichtet hatte, erschien Silvia Muisfeld mit gezogener Pistole in der offenen Eingangstür. Sie zögerte nicht eine Sekunde und drückte den Abzug ihrer Waffe, bevor Steff auf Sven feuern konnte. Silvias Kugel traf Kowalewski in den Rücken. Die Kugel des zweiten Schusses, den Silvia abgab, schlug nur wenige Zentimeter neben dem ersten Einschuss ein.

Kowalewski sackte auf die Knie. Dann kippte sein Oberkörper nach vorne und der Kopf schlug mit dem Gesicht voran auf den Boden.

Langsam ließ Silvia ihre Waffe sinken.

Sie spürte, wie sie am ganzen Körper zitterte. Ihr wurde schwindelig.

Sven, der noch immer wie angewurzelt da stand, erkannte, dass mit seiner Kollegin etwas nicht stimmte.

Er warf noch einen kurzen Blick auf den toten Körper von Kowalewski. Dann ging er zu Silvia.

In dem Moment, als er sie erreichte, sackte sie zusammen. Im letzten Moment konnte er sie noch auffangen und ihren Sturz auf den Boden verhindern.

Silvia weinte.

„Mensch, Mädchen", versuchte Sven sie zu trösten. „Es gibt keinen Grund zu weinen. Du hast mir soeben das Leben gerettet."

Seine tröstenden Worte schienen bei ihr aber nicht anzukommen, denn ihr Schluchzen und Weinen verstärkte sich.

„Alles ist gut, Silvia", sagte Sven, der sie im Arm hielt und drückte.

Es dauerte eine ganze Weile, bis Silvia sich wieder einigermaßen beruhigt hatte.

„Hast du gehört, alles ist gut", wiederholte Sven seine Worte.

„Nichts ist gut", antwortete seine Kollegin schluchzend. „Überhaupt nichts ist gut. Ich hab´ genau gehört, was er gesagt hat. Er hat mich nur benutzt. Ich war für ihn nicht mehr, als eine seiner vielen Bettgeschichten."

„Er war ein egoistisches Schwein, Silvia." Sven deutete auf die drei toten Männer, die in der Ecke des Raums lagen. „Und nicht nur das, er war ein eiskalter Mörder. Er hat sie erschossen, ohne mit der Wimper zu zucken."

In diesem Moment weinte Silvia erneut los.

„Und ich habe ihn geliebt", kam es leise über ihre Lippen. „Ich habe ihn wirklich geliebt."

Sven, der sie noch immer in den Armen hielt, strich ihr mit der Hand tröstend über den Kopf. Dabei sah er aus dem Augenwinkel eine Bewegung draußen vor der Tür. Da hatte gerade jemand blitzschnell seinen Kopf zurück gezogen. In Silvias herabhängender Hand hielt sie noch immer ihre Pistole. Söhlbach nahm die Waffe vorsichtig an sich.

„Da ist jemand vor der Tür", flüsterte er Silvia ins Ohr. „Ich werde dich jetzt loslassen und nachsehen."

Um den Überraschungsmoment auf seiner Seite zu haben, war er mit wenigen schnellen Schritten zur Tür gegangen und mit der Waffe in der Hand hinaus-gesprungen. Sofort hatte er zwei Männer erkannt und die Pistole auf sie gerichtet.

„Keine falsche Bewegung", sagte er. „Ich bin von der Polizei. Wer sind Sie?"

278

Nachdem sich die Männer als Schützenbrüder zu erkennen gegeben und Söhlbach von diesem merkwürdigen Tankwagen berichtet hatten, wurde allen langsam bewusst, dass sie mit dem Umlegen des Hebels etwas Schlimmes verhindert hatten.

Bald wimmelte es auf dem Gelände von Männern der Spurensicherung. Die Gäste im Saal, die von all dem nichts mitbekommen hatten, wurden aus dem Haus geleitet und mit Bussen in Sicherheit gebracht.
Erst als später Spezialisten den Inhalt des Tankwagens analysiert hatten, war allen bewusst geworden, was für ein großes Unglück die beiden Schützenbrüder durch ihr Misstrauen unbewusst vereitelt hatten.

*   *   *

Als am nächsten Tag Metzger-Ibbenburg Muisfeld und Söhlbach mit Lob überschüttete und danach ihr Büro verlassen hatte, um im ganzen Präsidium zu erzählen, dass die beiden seine besten Pferde im Stall sind, blieben die beiden nachdenklich zurück, Sven Söhlbach gedankenversunken und Silvia Muisfeld niedergeschlagen und traurig.

Dass die Geschichte mit Steff für Silvia so schrecklich geendet hatte, sprach sich schnell im Präsidium herum. Die Kollegen hatten daraufhin die beiden zwei Tage später abends in eine Gaststätte eingeladen.

Silvia Muisfeld hatte diese Einladung zunächst nicht annehmen wollen, denn ihr stand nicht der Sinn danach. Sven hatte sie aber schließlich überredet, ihn dorthin zu begleiten.

Auch wenn die Versuche der Kollegen, Silvia in der Gaststätte wieder aufzumuntern, zunächst nicht so richtig bei ihr ankamen, in den späten Abendstunden sah man sie wieder ausgelassen lachen.

*   *   *

Günter Rommel saß zusammen mit Peter Bila im Wohnzimmer seines Hauses.

Bila war heute Morgen erst nach Deutschland gekommen, um seinen besten Freund zu besuchen.

„Es hat nicht sollen sein", sagte Rommel. „In den Zeitungen kann man lesen, dass ein schlimmes Attentat durch Zufall verhindert wurde. Die eigentlichen Helden wollen nicht genannt werden und bescheiden im Hintergrund bleiben. Die Attentäter wurden an Hand von Fingerabdrücken und eindeutigen Spuren am Tatfahrzeug identifiziert. Sie wurden erschossen, doch über die Hintergründe will die Polizei noch nichts sagen. Die Polizei hat ebenfalls bestätigt, dass bei der Schießerei auch ein Polizist ums Leben gekommen ist."

„Es sollten einfach nicht so viele Unschuldige sterben, Günter. Ich verstehe nicht, was du dir dabei gedacht hast. Ich dachte, wir sind Freunde und du hintergehst mich."

„Tut mir leid, Peter, aber ich muss dir etwas sagen."

Nun erzählte Rommel seinem Freund von den Wahnvorstellungen, die ihn immer wieder überfallen hatten, den Wahnvorstellungen, denen er sich nicht entziehen konnte.

„Ich konnte mit niemandem drüber reden, Peter, nicht mal mit dem Psychiater. Ich hatte einfach Angst, dass man mich deshalb sogar einsperren könnte."

Peter Bila blickte ihn ungläubig an.

„Wir werden das zusammen durchstehen, Günter und du versprichst mir, über diese Wahnvorstellungen auch mit dem Psychiater zu reden. Das geplante Attentat verschweigst du natürlich. Dann schaffen wir das."

„Du hast Recht, Peter. Diese drei Mörder leben aber immer noch."

„Sie werden uns nicht entgehen. Die drei sind wieder in Rumänien und werden observiert. Wir zwei fahren Morgen auch dorthin und dann machen wir es so, wie wir es von Anfang an machen wollten. Wir locken die drei in die Wälder und erledigen sie eigenhändig."

„So machen wir das, Peter. Es wird mir ein Vergnügen sein, diese Schweine eigenhändig ins Jenseits zu befördern."

„Und es wird genau so ein Vergnügen sein, sie danach wie Schlachtabfälle zu verscharren."

„Und wenn wir Glück haben, stoßen wir beim Verscharren auf eine neue Goldader."

*　　*　　*

Buchtipps

Helene – Eine Kriegskindheit

Eine wahre Geschichte aus Duisburg. Dieser, bereits 2007 auf der Frankfurter Buchmesse neu vorgestellte Erfolgstitel gehört mittlerweile zu den absoluten Buch-Klassikern. Der Krieg, gesehen mit Kinderaugen. Obwohl die Handlung manchmal sehr tief unter die Haut geht, ist es eine wunderschöne Familiengeschichte.

Helene – Eine Kriegskindheit, Dieter Ebels, ISBN 978-3-7481-0295-3

Ruhrmord
Duisburg - Krimi

Als in den Ruhrwiesen ein Mordopfer gefunden wird, ahnt niemand, dass der Täter bereits den nächsten Mord plant. Nach zwei weiteren Morden beschließt der Täter, ein hochintelligenter Psychopath, die ermittelnde Kommissarin auf grausame Weise zu töten.
Hochspannung bis zum Ende.

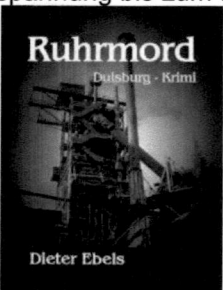

Ruhrmord, Duisburg – Krimi, Dieter Ebels, ISBN 978-3-7519-3467-1

Ebenfalls im BoD-Verlag erschienene Bücher von
Dieter Ebels

Krimi
Das Geheimnis des Billriffs
Inselkrimi Juist

Krimi
Der schwarze Golk
Inselkrimi Wangerooge

Krimi
Die Bestie von Juist
Inselkrimi Juist

Thriller
Scador – Die
vergessene Legende

Jugend-Fantasy
Ghandoya
Das geheime Land

Humoreske
Lola …oder wie man eine auf-
blasbare Sexpuppe ermordet